王瞳王项羽

王科 著

海峡出版发行集团
海峡文艺出版社

图书在版编目(CIP)数据

重瞳王项羽/王科著. 一福州:海峡文艺出版
社,2022.7
ISBN 978-7-5550-2922-9

Ⅰ.①重… Ⅱ.①王… Ⅲ.①长篇历史小说
－中国－当代 Ⅳ.①I247.5

中国版本图书馆 CIP 数据核字(2022)第 052258 号

重瞳王项羽

王科 著

出 版 人	林滨	
责任编辑	莫茜	
出版发行	海峡文艺出版社	
经　　销	福建新华发行(集团)有限责任公司	
社　　址	福州市东水路 76 号 14 层	
发 行 部	0591－87536797	
印　　刷	天津海德伟业印务有限公司	
厂　　址	天津市宝坻区新安镇工业园区 3 号路 3 号	
开　　本	889 毫米×1194 毫米　1/32	
字　　数	175 千字	
印　　张	6.75	
版　　次	2022 年 7 月第 1 版	
印　　次	2022 年 7 月第 1 次印刷	
书　　号	ISBN 978-7-5550-2922-9	
定　　价	68.00 元	

如发现印装质量问题,请寄承印厂调换

除了悲壮，项羽还有什么？
——《重瞳王项羽》序言

　　青年作家王科是一位十足的"项羽迷"。他自幼喜欢阅读历史人物事迹，小学时一本关于项羽的连环画书，使项羽的形象在他内心里矗立。从此，他如饥似渴查找相关史料，研究项羽，做了大量的笔记。在走过少年懵懂期后，他迈入文学启蒙的青年时代，开始专心建构他自己认知和审美的"项羽世界"。如此，终于创作出历史小说《重瞳王项羽》。

　　在浩瀚的中国历史星空中，项羽的亮度无疑是耀眼的。在一个以"成者为王败者为寇"为人生哲学的社会里，唯有项羽这位惨败者有幸被奉为"英雄"，且被人们世代记诵。李清照说项羽是"生之人杰、死之鬼雄"。当今著名文化学者易中天甚至认为，项羽的失败是"英雄时代"在中国历史里的终结。历代诗文歌赋无不为其破釜沉舟、置之死地而后生的霸王之威而击节赞叹，亦为其乌江自刎、英雄末路的悲剧结局而扼腕痛惜。项羽恐怕也是中国人心目中极少有的"非成功偶像"。项羽如此特别，令中国人千年关注，不减热度。也正因了这，写作项羽的故事便需要足够的历史学识、文学本领和创作勇气。我有兴趣关注，王科这位如此年轻的作家，到底能不能胜任。

　　这部小说呈现了项羽短暂、完整而悲壮的"奋斗人生"。故事从张良刺杀秦始皇失败开始。秦始皇追杀六国残余势力，项羽跟随叔父项梁避祸隐居。后来秦二世即位，横征暴敛，民怨沸腾，天下苍生苦不堪言。陈胜吴广揭竿而起，发动反暴政的起义，遭到秦军大围剿。陈胜吴广失败后，项梁扶立楚王，继续抗秦。项梁被杀后，项羽举起义旗，所向披靡。他怒斩宋义，率军渡河援救赵王。在巨鹿之战，击破秦军主力，一路攻城略地打入咸阳，自称西楚霸王，大封灭秦功臣将领，一时名显四方。

故事的后半段说的是，项羽高调拥立六国贵族后代为王的举措，让汉王刘邦大为不满。刘邦从汉中出兵，掀起楚汉之争。项羽在正面战场上屡次击败刘邦，更是在彭城之战以少胜多，大败汉军。然而，彭越不断在后方骚扰破坏楚军补给；韩信挥师南下支援刘邦；刘邦采纳萧何建议施行反间计让项羽猜忌亚父范增，范增愤而离去，项羽失去高人范增，等等诸多不利因素严重挫伤军心人气，此后屡战屡败，最终被围困于垓下，成为瓮中之鳖。张良用四面楚歌之计，使楚军军心动摇。一代英雄在乌江上演了著名的"霸王别姬"，美人香消，英雄玉殒。

该作品以作家苦心甄别的史料为基础，对一代豪杰项羽和相关历史人物的命运关系图景，进行了纵横展示。作家虽然年轻，但历史学识的积淀不浅，还善于为故事铺陈宏大的背景，梳理错综的人物关系，勾拾精微的人性细节，其技法老道令人惊喜。小说通过对政治、战争等大场景的着墨，加入作家对当时政治经济制度、人伦道德的体悟，勾画出一幅幅波澜壮阔的历史性格画卷，给"项羽文化"和"西楚文化"以全新的意象，使之富含新的元素和内涵，令人回味和反思。得益于长期进行网络写作，作家语言鲜活，大量运用当代流行文学词句，熟练驾驭野史笔法，化繁重为轻易，演绎项羽军队是如何一步步从精锐到倾颓，从威震海内到功败垂成的惊心动魄的过程。小说写得举重若轻，读者读来轻松快意。

让我欣赏的是，这部作品的人物塑造很有特点，试图以当代眼光、以文学故事，重新解构历史人物，打破人们固有的印象，刻画出一个更鲜活、更多面、更复杂的项羽形象——这个形象包含了一个当代青年读史的叛逆心得、崇拜英雄的新奇情怀、评判历史的独立标准。作家更有新一代学人犀利的思想，把这样的思想化作感性，融化到人物的血性之中，使项羽这一被人们熟悉不过的历史人物，产生了新的气质与风骨。"新"是何"新"，我们在字里行间隐约察觉，却也捉摸不全。作家爱恨之间，有十分复杂、多向的感情，我相信这种感情的形成，是自童年初识的懵懂，到少年热爱的莽撞，青年反思的趋向，全部的热情与纠结日积月累、复合而成的，它强烈而又带有不确定性。它迫使我们自问：我们到底需要不需要重新认识项羽？读完小说，结论是不得不重新认识；我们通过作家偏于主观的塑造，认识到怎样一个"新项羽"？除了悲壮，项羽竟然还有"那么多"！我们会不由自主陷入沉思，在历史的传说与纷繁的评说中浮想联翩。

据此，《重瞳王项羽》算得上是一部标新立异的小说，它的意义令我们无法忽略！于我而言，这更不是一次无动于衷的阅读，有纠结，也有顿悟。可以结论，年轻的王科是担当得起他的创作的。因而，我果断向读者推荐，写下以上这点感想文字，并当是序。

丁捷

2022 年 6 月 26 日于南京

目 录

第一章 皇帝诞生 ………………………………………… 1

第二章 我秦始皇防刺杀第一 …………………………… 4

第三章 永远难忘这一天 ………………………………… 7

第四章 终极版欺上瞒下 ………………………………… 10

第五章 缘分让我们相见恨晚 …………………………… 13

第六章 上了战场保命要紧 ……………………………… 16

第七章 万万没想到 ……………………………………… 19

第八章 苟富贵，勿相忘 ………………………………… 21

第九章 没开打，反骨崽先蹦出来 ……………………… 25

第十章 这倒是一门好亲事 ……………………………… 28

第十一章 形势不对立马卖了你 ………………………… 31

第十二章 我早料到你会来找我 ………………………… 34

第十三章 说话不算数那是小狗 ………………………… 37

第十四章　刘邦来了 …………………………………… 40

第十五章　有良心的钦差 ……………………………… 43

第十六章　狡猾的刘邦 ………………………………… 46

第十七章　立下军令状 ………………………………… 49

第十八章　我为你杀尽贪官 …………………………… 52

第十九章　别这样，我答应你 ………………………… 55

第二十章　白拿钱随时跳槽 …………………………… 58

第二十一章　最后的名将 ……………………………… 61

第二十二章　魏国灭亡 ………………………………… 64

第二十三章　老大哥的能耐 …………………………… 67

第二十四章　左右不是人的李由 ……………………… 69

第二十五章　美色让人纠结 …………………………… 72

第二十六章　三仙姑巧舌如簧 ………………………… 75

第二十七章　温柔似水 ………………………………… 78

第二十八章　猛虎出笼 ………………………………… 80

第二十九章　一定帮你干成 …………………………… 83

第三十章　章邯攻打邯郸 ……………………………… 86

第三十一章　一笔勾销 ………………………………… 89

第三十二章　告慰项梁在天之灵 ……………………… 92

第三十三章　宋义叛国 ………………………………… 94

第三十四章　项羽获封大将军 ……………………………… 97

第三十五章　一心为了大楚 ………………………………… 100

第三十六章　两小无猜 ……………………………………… 102

第三十七章　一出好戏 ……………………………………… 105

第三十八章　杀得难舍难分 ………………………………… 108

第三十九章　傀儡罢了 ……………………………………… 111

第四十章　死无葬身之地 …………………………………… 114

第四十一章　放弃战略要地走人 …………………………… 116

第四十二章　哪有什么大英雄 ……………………………… 119

第四十三章　章邯萌生反意 ………………………………… 122

第四十四章　结拜大会 ……………………………………… 125

第四十五章　没牙的老虎凶不起来 ………………………… 128

第四十六章　保全自己 ……………………………………… 131

第四十七章　原形毕露 ……………………………………… 134

第四十八章　活着就是成功 ………………………………… 136

第四十九章　鸿门宴 ………………………………………… 139

第五十章　本王重重有赏 …………………………………… 142

第五十一章　虎口脱险 ……………………………………… 145

第五十二章　以一敌万 ……………………………………… 148

第五十三章　告慰我家人的亡魂 …………………………… 151

第五十四章　复仇宿命 ·············· 153

第五十五章　秦王子婴 ·············· 155

第五十六章　还有谁要劝本王 ·············· 158

第五十七章　项羽要不要当皇帝 ·············· 160

第五十八章　拉仇恨拉到极点 ·············· 163

第五十九章　楚王的想法 ·············· 166

第六十章　你是义帝 ·············· 168

第六十一章　军心不齐 ·············· 171

第六十二章　再也强硬不起来 ·············· 175

第六十三章　义帝迁都 ·············· 177

第六十四章　滋味不同 ·············· 180

第六十五章　打游击的始祖 ·············· 183

第六十六章　青铜变王者 ·············· 186

第六十七章　谣言可畏 ·············· 188

第六十八章　负荆请罪我也学过 ·············· 191

第六十九章　偷天换日 ·············· 193

第七十章　攻心为上 ·············· 196

第七十一章　最后的夜晚 ·············· 199

第七十二章　尘埃落定 ·············· 203

第一章 皇帝诞生

"秦王驾到，诸位臣工，列队相迎！！！"随着太监的一声嗷叫，底下那些臣工各怀鬼胎叽叽喳喳相互勾结的声音立刻停止了，全都等着这位年轻有为的秦王殿下到来。善于察言观色的丞相李斯很快便发现秦王的脸色不对，相比起前些年横扫六国时候的兴奋劲，最近闲下来的秦王突然意识到自己不能再用"秦王"这个称呼了。

李斯自然不会多说，秦王快步上前，坐下后直接开口道："诸位爱卿，孤自打即位以来，殚精竭虑，征战不休，终于得以横扫六国，天下一统。如今天下初定，应该有新的法制来统领全局了。尤其是孤的称谓，'秦王'已不足以宣示孤的丰功伟业，孤认为所作所为已超越历代秦王，还请各位爱卿建言！"

面对这道可能送命的题，下面的众臣个个都点头哈腰，然后一片肃静。秦王见无人应答，更恼怒了，便问掌管历史书籍的文官。

"刘爱卿，历史上成就孤之大业的人是如何给自己封号的？"

这位文官平日里只跟书籍打交道，猛然被秦王问道，吓得头上冒出冷汗，颤颤巍巍地答道："启奏陛下，陛下横扫六国的创举前无古人，历史上的三皇五帝也没有达到大王今天的成就，臣等万万不敢给大王建言！"

此话一出，所有臣工跪下，齐声道："是啊，自古以来只有君上给臣子封号，哪有臣子敢给君上起名的，那不是犯了以下犯上的死罪了吗？"

秦王立刻明白了，让他们起名确实不妥。秦王暗骂这群怕事佬，不想理这些没用的大臣，把目光转向了李斯。平日里有什么难题最后都是李斯拿主意，秦王很是期待李斯的回答。

丞相李斯知道自己不回答不合适，于是开口道："陛下功过三皇，

1

德超五帝，乃是万古一帝。昨晚微臣夜梦，梦中神灵说道，秦王功德盖世，当尊为皇帝！"

秦王一听，这个好，立马应道："既然是神灵的指示，那孤以后称谓就是'皇帝'吧，也不能再叫'孤'了，以后自称为'朕'，诸位臣工何意？"

底下那帮跪着的臣子纷纷佩服李斯这个丞相，立刻附和着喊道："吾皇万岁万岁万万岁！大秦万岁万岁万万岁！"

就在这山呼海啸中秦朝诞生了。当然任何新生事物开始的时候都是朝气蓬勃充满希望的，秦始皇也是，他刚开始还是做了些好事。比如接下来的历史考试重点，是哪位君主统一全国文字和度量衡，促进了诸侯国文化交流？当然是他，是他，是他，中国历史上第一位皇帝，秦始皇啊。

于是嬴政就自己给自己挂了块招牌，这块招牌一挂就是两千多年，从此皇帝诞生。

当然光是这样还不行，秦始皇整天待在皇宫里，可把他憋坏了，他要出去炫耀显摆，他希望看到所有人对他崇拜臣服的样子。

于是秦始皇嬴政开始四处逛荡，走到哪都是锣鼓喧天、彩旗飘飘，走到哪扰民到哪，要的就是这个皇帝范儿。然而俗话说得好——闷声发大财，更何况作为一个国家的最高统治者，他这样大摇大摆暴露行踪，自然招来了一大堆刺客。

要知道，六国虽然被灭了，但是他们好多后人依然还在民间躲藏。这帮人恨啊，恨不得吃了嬴政。原先他们是高高在上的贵族，却一下子沦为底层，人生就怕曾经拥有，回忆起来那是老泪纵横。于是这帮人哪怕散尽家财也要找人杀嬴政，好在秦始皇的护卫给力，这帮人没有成功。

这个时候有人就开始动脑子了，总结失败的教训，为啥花了钱出了力气事儿就是没办成，很重要的原因便是嬴政身边的武林高手太多了。首先从正面根本杀不了嬴政，要是正面能打赢嬴政的军队，

2

那还要刺杀做啥，直接干就是了，而且嬴政还老喜欢跟乌龟一样躲在车里面，基本不露脸。那车防御贼好，弓箭射不穿，没准这就是中国乃至世界上最古老的防弹车。在怕死方面，某些国人永远走在世界前列。

那咋办？韩国的公子张良就来了。哪个张良？就是后面凭借出色的智谋，协助汉王刘邦赢得最后一战的那个高智商学霸张良。张良对秦始皇那是恨到了极点，他老张家可是韩国宰相世家，他父亲、他爷爷都是宰相，本来同样该走上人生巅峰的张良却因为秦国灭了韩国而命运发生了改变，变成了战犯，只能在民间躲藏，所以他不甘心啊，他要报仇，他要为韩国死去的万千子民报仇。

不愧是高智商学霸，有头脑，张良分析了前面无数次刺杀失败的原因，终于明白了，刺杀这个活，讲究一击必杀，绝不能跟秦国的护卫军交锋，那是已经被证明的死路一条。而秦始皇的防弹车防御级别又特别高，咋办？

那就破防啊！管他防御级别再高，也是木头做的，张良就不相信了，我造出个超级无敌大铁锤，在一个高地埋伏，等秦始皇的车经过，我就随地乱扔垃圾，不对，是高空抛物，这重力加速度的物理学至高定律牛顿大法加持，再牛的车也得爆了。

但张良是个谋士，动脑子的，没力气，咋办？不怕，张良也是有气魄的，他把家里的祖传金银财宝全给卖了，所谓重金之下必有勇夫。还真找到一个大力士，这大力士也是个亡命之徒。张良和大力士两人埋伏在秦始皇必经之路，准备扔下大锤，给秦始皇来个车毁人亡。

结果车队一来，傻眼了，足足百十来辆。这么多车，该扔哪辆？还好张良聪明，挑最豪华的那辆扔。于是乎，一个铁锤扔下去，顿时秦始皇升天，从此中国历史改写，本书完结。

第二章 我秦始皇防刺杀第一

当然这是不可能的。秦始皇是谁，刀山火海里闯过来的，论防刺杀，就没人可以刺杀得了他秦始皇，不管是荆轲还是你张良，我秦始皇防刺杀天下第一！

原来秦始皇早料到会有人行刺，为了以防万一，他没有坐最豪华的那辆车，而是让那个老太监坐，至于他坐哪辆车，只有极少人知晓。

于是乎，张良忙活了半天，最后死了个太监。秦始皇看着那车毁人亡，心里那叫一个凉飕飕的啊，心想，还好自己棋高一着，否则那车祸现场的尸首就是我了。

这件事自然不会就这么完了。秦始皇一声令下，调查作案凶手。很快就弄明白了，好家伙，这帮六国后人真是亡我之心不死。为了大秦，秦始皇下令将所有六国后代通通杀光。

正所谓命运的蝴蝶效应是难以预料的，由张良引起的六国后人大清洗开始了。张良不愧是谋士，跑路功夫第一，肯定也是早就计划好了的，因此刺杀完后第一时间迅速跑路。

但是曾经的楚国大将军项燕后人就没那么幸运了，几乎是满门抄斩。好在这个时候项燕的二儿子项梁在外面鬼混，估计八成也是在琢磨勾搭些人来杀嬴政，结果发现他家大伯火急火燎抱着个孩子过来了，说这是他侄儿。项梁开始还不信，因为这孩子长得跟羽毛一样，咋会是我英俊潇洒的大哥家的娃？而且他大哥大嫂咋那么快就有了？大伯赶忙解释说，这不就是因为有你在不方便，你走了之后你大哥大嫂赶忙造人；再说，那秦兵来的时候，你大哥拼出一条血路送出来的娃还能有假？

这时候，一个僧人出现了。这个僧人一看长得就像世外高人，仙风道骨，开口便说道："此子骨骼清奇，将来必成大器，你就不要推辞了。"

项梁问道："敢问僧人尊姓大名？"

那僧人答道："我乃百晓生，擅长正骨算命。这孩子不一样。"说完就消失了。

于是项梁就收下了这个孩子，给他取名叫项羽。项梁的大伯项伯则是找个地方隐居起来，毕竟古人也知道，聚在一块一旦被抓那就是一窝端。

项梁自幼习武，因此也是身强体壮。正所谓有力气在哪都活得下去，尤其是在古代，不管是建房子还是打井，都要靠男人出力。项梁在这个叫栋阳的地方，谁家有婚丧嫁娶的事儿，他都去帮忙，因为他干活勤快，因此获得了这个地方群众的一致称赞。同时，在帮人家婚丧嫁娶的时候，唱戏的女人王晴瞧上了项梁，于是两人眉目传情。正所谓女追男隔层纱，很快，这项梁跟王晴就好上了。

然而要是一切平静，也就没项羽啥事了。这天，项梁回到家，却是发现了一封信，写信的人称自己是个县令，曾受过楚国大将军的恩德，听说楚国大将军的儿子项梁在此，特邀请他到自己的县里避难。

项梁一看便吓了一跳，心想自己隐藏得挺深，从没说过自己是楚国大将军后人，怎么就暴露了？因此第一时间就跑去了自己的老相好王晴家。

王晴还是很高兴的，因为项梁警惕性很高，一般都在自己家后院睡，从不在她家过夜。

老相好王晴原本以为项梁想开了，打算跟自己过一辈子，没想到项梁是个宅男，天天待在家里，而且还嘱咐她出去啥也别说，更不许透露他在这里。

这下子王晴就是再笨也知道了，躲家里不出来，不是犯事了还是咋的，于是就很关心地问："你是不是犯事了？如果犯事咱俩一

5

起逃走吧。"

项梁一听，这相好真是重情重义，一般人要是猜到自己犯事怕是早就把自己卖了，这女人跟我绝对是真爱。

于是项梁就告诉王晴自己的真实身份，他其实是燕国大将军的后人，肩负着灭秦复国的重要使命，同时也是秦始皇重点捉拿的罪犯。

没想到王晴居然还接受了，连项梁都感觉这女人胆识过人。当然后面他才知道，这女人其实是大场面见多了，所以淡定。

然后又过了些日子，见没人来抓他，项梁就想着应该是虚惊一场，于是又回家继续过安分日子了。同时项羽终于长大了。

项梁开始教授项羽武艺，没想到项羽真是神了，不管什么兵器都能很快学会使用，而且嫌弃武器都太轻了，耍起来没意思。项羽性子太急，学会了就不想练习了，项梁有心想磨磨项羽的性子，于是就让他搬门口的大石头。

没想到，才过了没几天，大石头就被项羽全搬完了。于是项梁想着这孩子这么有力气不能浪费，就让他跟着自己干活。

项梁跟项羽太能干了，加上项梁为人处事公道，因此越来越多人婚丧嫁娶以及一些家长里短的事儿都来找项梁主持。原先这地方的这些事都是由一个叫李老头的负责主持，这李老头一见大家伙都去找项梁了，自己被晾在一旁，没活干了，那叫一个生气啊，于是就想着把项梁赶走。

项梁也没意识到危险即将降临，要知道他现在可是混得如鱼得水，他的个人威望与日俱增，甚至政府衙门遇到难搞定的事情也会找他帮忙，也许过不了多久他也会跟刘邦一样弄个亭长当当。

第三章 永远难忘这一天

这一天,晴空万里,花开鸟唱,不管是靠天算命的,还是靠星座占卜的,都说今天是个好日子,特别适合结婚,今天结婚以后生出来的娃特别棒。

然而估计项梁永远不会忘记这一天。这天项梁正在一家办喜事的人家里干活,喜庆洋洋的日子,突然一群官兵进来,二话不多说,喜酒也不喝,便冲上前去绑了王晴跟项梁。领头的官人说道:"我乃御史周元,我接到密报,楚王的王妃还有项燕大将军的儿子藏在这里,遵照朝廷命令,六国相关人员一律抓入大牢。"

项梁跟王晴喊出那句没有意义的废话:"救命啊,我们是被冤枉的啊!大人啊,小的是老实本分的良民。"

结果就跟某些领导被带走前说的那些话一样没有意义,项梁跟王晴便被兵士抓了起来,关进了大牢。

抓人时候,项羽冲上去想要拼命,可是他毕竟还是个孩子——也没人知道他以后会有多厉害——直接被兵勇踹翻在地。唉,只有经历过现实社会的毒打,我们可亲可爱的项羽小朋友才能迅速成长。

当天夜里,这个周元却是来到大牢审问王晴。当然名义上是审问,实际上可不就是调戏。原来这御史周元是个色鬼,路过栋阳县时,无意间撞见了王晴,然后就跟那首歌里面唱的一样,"只是在人群中多看了你一眼,就再也没能忘记你容颜",幻想着有一天把王晴抓到大牢里,任他摆布。

正所谓万事俱备,只欠东风。这时候恰好那个李老头来告状,说项梁乃是楚国大将军后人,那个王晴是楚国王妃,两人勾搭在一起是要复国。要说李老头无凭无据的话估计没人会信,但是御史周元却相信了,因为他需要一个借口来抓人,就算李老头说项梁是楚

7

王复活，他也暂且相信，反正抓错人责任也在李老头，何况在秦王朝哪有冤假错案一说。

但御史周元没想到的是，王晴却是个烈女。瞧着王晴那张俏脸，周元害怕动用酷刑把王晴打坏了，可是王晴坚决不认自己是楚王妃。于是周元便使出了一招毒计，故意在王晴面前抽打项梁。这下子王晴受不了，只得委身于周元。所以说反对严刑逼供，很有意义。

得偿所愿的周元相当高兴，夜夜笙歌那是一定要的。结果就忘了正事，没想到上面来了命令，问他交代的事情怎样了，这下周元急了，赶忙上路。要知道，在秦朝不管你是多大的官，没把事情办成都要掉脑袋。

当时项梁还是个小角色，周元也没把项梁当回事，得到了王晴后，周元就把项梁扔在大牢里面不管了，交给栋阳县县令处置。

这时候，项羽的少年英雄气魄就显现出来了。项羽自从项梁被抓走后，独自回到家，想着怎么营救项梁。这时候他想起了那封信，于是找出信来一看，原来写信人是邻县的县令何辉。于是他赶忙跑去邻县，拿着那封信找到了何辉。

何辉没想到项羽一个小孩竟有如此气魄，能够一个人走这么远的路来找自己，再细看项羽，这孩子两眼睛居然是重瞳，也就是一个眼里有两个眼珠。重瞳在古代是大人物的象征，据说秦始皇也是重瞳，三皇五帝全部都是重瞳，于是何辉更加觉得项羽不凡。

当下何辉便跟项羽一同回栋阳县求见县令，栋阳县县令平常也知道项梁处事公道，于是就应允了何辉的请求，把项梁放了出来。

项梁死里逃生，出来后便到处打听王晴的下落，得知自己的老相好是被周元带走了，对周元可以说是恨之入骨。而且他知道，经此一事，栋阳县是肯定不能再待了。

于是项梁打算杀了周元，然后带着项羽跟王晴一起亡命天涯。但是他没想到的是，周元也是个喜新厌旧的人，很快对王晴便腻了。同时周元打算把王晴献给秦始皇，因此就让随从押着王晴赶往咸阳。

这样一来，周元身边的随从人员就少了。

于是项梁观察了周元几日，在某天夜里，一剑刺向周元。周元瞬间毙命，项梁绑了个随从，拷问后得知王晴已经被押往咸阳献给秦始皇。项梁内心愤怒不已，便趁着夜色把十来个随从全给杀了，然后逃往会稽。

这下子可是惊动了全国，御史跟随从全部被杀，这在秦朝可以算得上重大案件。秦始皇下旨要彻查此案，丞相李斯派有名的断案高手司马正带着人马前去查案。

司马正封锁了现场，把现场所有物件都找出来，结果却是从周元身上搜出来一件鼎鼎大名的宝物，这就是传说中的和氏璧。

要知道，秦始皇建立秦朝后，曾多次派人找寻和氏璧，而这个和氏璧一直被周元藏在自己家里。原先天下动乱，周元不敢拿出来，后来眼见秦始皇统一六国，于是便打算献宝换取官位。果然，周元由于献宝有功，被封为御史。然而令秦始皇没想到的是，那和氏璧在运送途中，竟然被一伙贼人劫走。现在真相大白，那伙贼人原来就是周元找来的。周元这样做，既有了官位，又不用失去宝物和氏璧，可以说是空手套白狼。

司马正捉拿凶手数日，然而却一直没有可靠的线索，想着自己小命不保，于是把和氏璧献上去，希望秦始皇饶他一命。

没想到，秦始皇却对和氏璧不感兴趣，而且此时秦始皇已经到了末年，对死亡很是忌讳，唯一在意的只有长生不老，和氏璧作为死人的遗物，触犯了秦始皇的忌讳。

另外一边，幸亏项梁跑得快，司马正也怀疑过项梁，然而项梁早就不知踪迹。

项梁日夜兼程来到了会稽郡的吴中县，也就是王晴的老家，见到了王晴的老父亲。王老爹此时过得特别惨，老伴早就死了，大儿子被抓去做徭役，不知生死，只留还是个小孩的二儿子在家。本来王晴如进宫当了楚王妃还能接济家里，没想到很快楚国灭亡，王晴也不知去向。如今听闻自己女儿又被抓去，王老爹忍不住老泪纵横，见项梁无家可归，便求项梁留下来照顾自己。项梁考虑了一下也就同意了。

第四章 终极版欺上瞒下

此时的秦朝，各种苛捐杂税层出不穷。秦始皇焚书坑儒后，哪怕老百姓哼唱几句歌谣宣泄不满，按照律法也要杀头，而各地方官吏也被朝廷的徭役指标逼迫得苦不堪言，可以说整个秦朝已经到了崩溃的边缘了。

那些地方官员也不傻，尤其是徭役指标，整个县整个村的年轻人就那么多，都抓去后，哪有青壮年劳力可以再继续抓？而且赋税越来越重，一些穷苦人家被逼得变卖妻儿，可以说是惨不忍睹。可是不完成指标按照秦朝的法律要杀头，官员们也是很无奈。

然后这个时候，会稽郡郡守殷通就发现不对劲了，所有的指标啊，那个吴中县都完成得相当好。这就好比试卷越来越难，却有个学生反而越考越好，你这一突出不显得别人无能吗？

然后殷通就把吴中县的县令潘恩叫过来了。这个潘恩跟殷通有亲戚关系，所以潘恩便告诉殷通是项梁出的好主意。于是殷通立马就把项梁叫来，毕竟他也发愁，今年的指标完成不了。

结果项梁一开口说出主意，就让殷通大吃一惊。项梁的主意很简单，就是向上面汇报会稽受了天灾，什么地震啦，瘟疫啦，旱灾啦，反正就是说得越严重越好，然后按照政策不就可以免除甚至减轻徭役了？

殷通第一反应是，这是欺君啊，灭九族的大罪，这不是馊主意吗？结果项梁就给殷通算了算账，这是今年的徭役，明年再翻一番，后年再翻番，可以说用不了几年，就算把全郡老老少少阿猫阿狗都抓去，岂不还是没法完成徭役？可以说横竖是个灭九族的重罪，还不如先糊弄着，能糊弄一天是一天。

接着朝廷就接到了会稽的加急奏报，说会稽遭遇百年一遇的大灾。于是朝廷按照惯例拨粮赈灾，还免除了徭役。这殷通没想到一下子白得这么多赈灾银两，而且徭役也免了。

接着，朝廷也派官员下来了。这时候项梁就来了，直接便拿出了一半的赈灾银两送给朝廷下来的官员，同时每天好酒美女的伺候着。很快那朝廷官员便跟项梁、殷通他们串通一气，回去报告时候，更是汇报说会稽受灾相当严重。

这秦始皇也不是吃素的，他到年底一看，只有会稽徭役跟税收为零，还倒贴不少，心中就感到奇怪，怎么都赈灾一年了还没效果啊，莫非有猫腻？

于是秦始皇就打算亲自下去到会稽看看。这下可急坏了殷通，他都准备好把项梁卖了，可是把项梁卖了也不顶事，回头自己还得死。

这时候项梁却是不慌，跟殷通说："咱们这次干票大的，直接糊弄皇帝。"可是皇帝他啥都不缺，怎么糊弄？最后想着，皇帝的行进路线都是由太监赵高安排的，只要把赵高安排妥当了，不就行了。

殷通又问："可是怎么才能让赵高帮咱们？"项梁说道："只要大人你舍得，把女儿送给赵高，赵高是个太监，看见有人愿意把女儿送给他，一定认为大人你忠诚可靠，到时候一定能保住你的荣华富贵，搞不好还能更上一层楼。"

殷通也是无可奈何，心中那叫一个气愤啊，谁家女儿愿意嫁给阉人？这哪是不要脸，简直是把脸给扔厕所里面了！因此他痛骂项梁不是好东西，害他沦落至此，一边又无可奈何地把女儿献给了赵高。

此时的赵高跟李斯分庭抗礼，特别希望能得到下面官员的支持，

11

以此来削弱丞相李斯的权力。赵高见郡守殷通居然把女儿嫁给自己，立马便认定了殷通是个值得信赖的人。要知道，当时的秦朝官员都不愿与赵高这个阉人为伍。

于是一系列令人感叹、载入史书的操作开始了。赵高将秦始皇的行踪提前告诉了殷通，殷通立刻派人沿途放火，搞得哀鸿遍野，好像世界末日降临一般。

于是秦始皇沿途察看时，彻底相信了。而且殷通还有更绝的，他在秦始皇召见他之前，故意在家里吃馊了的食物，导致身体变得瘦骨嶙峋，秦始皇召见他时，他好像奄奄一息了一般，是被人抬进来的。秦始皇询问相关情况，殷通故意哑着喉咙，什么也说不清楚。

秦始皇见殷通为了赈灾变成这副模样，还以为殷通是个大忠臣，再加上赵高在旁边说好话，于是便给了殷通一些赏赐，同时又减轻了会稽的徭役跟赋税。

接着秦始皇便离开了。这次秦始皇的车队可以说是相当气派，项梁领着项羽远远观望，告诉项羽这就是把他从一个官二代变成罪犯的罪魁祸首。项羽当场便是指着秦始皇车队说道："彼可取而代之！"这时候项梁看了下四周，见没啥人，对项羽说道："就凭你这小身板，怕是连秦始皇周围的随从都打不过，怎么可能杀死秦始皇报仇？"

项羽说道："那我一定将武艺练到盖世无敌的地步，到时候没有人可以阻挡我，我一人足以敌万人。有生之年，大秦必为我所灭！"

项梁接着说道："不光要练武，还要会兵法。我听闻这附近有个叫鬼谷子的，不光武艺高超，而且还会兵法，回头你就去跟他学习吧。"

话说殷通得了赏赐回家，更是跟下属宣布了这个好消息，一时间人人称赞。大家纷纷庆幸自己的乌纱帽保住了，于是一起喝酒祝贺。而殷通更是觉得项梁是个人才，这下子自己可以过安生日子了。谁知道，大家喝酒喝得正高兴，殷通的老婆却冲了进来。

殷通老婆可是个悍妇，之前殷通一直瞒着她，她还以为自己女儿嫁了个好人家。今天殷通喝多了，酒后失言，把自己将女儿献给赵高的事情说了出来，他老婆知道后火冒三丈，立马就去厨房拿了菜刀要砍项梁，还好项梁武艺高超躲了过去。

第五章 缘分让我们相见恨晚

这时候殷通赶快出来打圆场，制止他老婆，说道："项梁只是出了个主意，我这也是没办法，你个妇道人家懂什么？"

殷通老婆气得大哭大闹，对着项梁喊道："你个狗贼，还我女儿，我非把你也阉了送进皇宫里面当太监。"

这下子众人酒也喝不成了，只好不欢而散。

项梁回到家，没找到项羽，却发现了项羽留下的书信。原来项羽真的去找那个叫鬼谷子的去了，发誓不学成绝不归来。

项梁没想到项羽脾气这么犟，打算找找项羽。谁知道这个时候吴中县令潘恩来找项梁，说是自己的母亲死了，要他负责操办，项梁只好先去操办这件事。

话说项羽背上干粮就出发了，一路问人，得知鬼谷子住在山上。项羽便向着那座山走去，渴了就喝山泉，饿了就吃干粮，把脚底都磨出血了，硬是走到了山上。

关于鬼谷子的传说有许多，相传战国时，他教了张衡跟苏秦两个徒弟，两个徒弟分别走合纵跟连横两条道路，可以说对战国时期的政治产生了重大影响。

当然项羽可不是个轻易拜他人为师的人，他是个坚信自我乃至于盲目自大的人，想要让他佩服，唯有跟他比试过后，他才肯认。

于是鬼谷子就让他的弟子恒楚跟项羽比试。恒楚是个矮个子，没有项羽高大。其实在秦朝，像项羽一样高大威猛的是少数，大多数人都吃不饱，因此身体基本上是矮壮型的。项羽有些不屑，觉得恒楚不可能打赢自己，于是站在那儿，用轻蔑的眼神看着恒楚，意思是我就站那不动，你尽管放马过来。恒楚自然是抓住机会，直接便攻杀过去。

项羽本打算来个过肩摔，给恒楚一个教训，但是没想到，他正打算抱住恒楚，结果恒楚跟条泥鳅似的，轻轻一滑就摆脱了他的控制。项羽没抓住恒楚，反倒被恒楚迅速进攻了下盘。项羽打算转身一拳下去，没料到又被恒楚躲开了，最后反而因为出拳太急，没注意脚下，被恒楚一个扫堂腿进攻得手，项羽重心不稳，直接便摔倒在地。

项羽不甘心，这次急了，直接便如同一辆战车冲过去。然而恒楚继续躲避，项羽怎么也抓不住恒楚，像一头巨熊怎么也抓不住一只兔子一般。结果几个来回，项羽又被恒楚抓到空当袭击得手，连摔几个跟头，彻底服气了，跪下喊鬼谷子师傅。

鬼谷子见项羽气度不凡，对周围的徒弟说："你们看到了吗？此人天生双瞳，乃王者之相，自古三皇五帝乃至始皇帝，都是双瞳，以后若天下大乱，你们跟着此人必能成一番大事业。"周围徒弟有些不服，觉得一个刚刚被恒楚打败的人，怎么能领导他们。

接着鬼谷子便让众人到武器库中，项羽以为是要给自己挑兵器，说道："这些刀剑斧头都太轻了，我使着不顺手。"

鬼谷子却指着门口战神蚩尤的雕像，说道："你去把蚩尤的兵器取下来吧，我掐指一算，你跟这兵器有不解之缘。"

战神蚩尤手持的兵器是一把方天画戟，重量惊人，足足有两百斤，日常擦拭都需要十来个人配合才能取下来。众徒弟也曾开玩笑说，谁能把这方天画戟取下来，就认谁为头领。

项羽见这方天画戟无比霸气，心中甚喜，便上前一步，双手握柄，一用力便取了下来。项羽挥舞起方天画戟来相当顺手，他忍不住感叹："这件兵器我耍起来正趁手，有了这件兵器，吾可敌万人矣。"

众徒弟都是习武之人，都崇拜力量大的强者，此时见项羽竟然举起了战神蚩尤的方天画戟，明白刚刚恒楚不过是用的巧劲，以后若是项羽习得武艺，一定超过他们，因此纷纷服气了。

从此以后，项羽便在鬼谷子门下学习，日日操练，武艺突飞猛进。此时的项梁却是在为吴中县令潘恩的母亲大丧而忙得不可开交。县令相当于我们现在的县委书记加县长，潘恩的母亲又是高寿去世，因此潘恩决定大操大办一番，好借孝子之名进一步加强自己的威望。

项梁也是第一次操办这么大规模的丧事，好在之前积累了一些经验，因此他也不慌，同时想着借此机会多认识一些地方上的豪强，为日后起兵复国做准备。因此项梁打起十二分的精神替潘县令老母亲操办丧事，只是他没想到这又让他陷入牢狱之灾。

项梁先是把自己认识的人找来，聚在一个屋子里面开会，根据各人的情况分配任务，力气大的负责抬棺材、桌椅、板凳，能说会道的负责接待，同时又虚心向上了年纪的老人家请教吴中县的丧葬习俗，每日忙个不停，生怕哪里有一点纰漏。潘恩见项梁如此负责尽心，也是忍不住暗自赞叹。

潘县令老母亲是高寿去世，属于喜丧，于是项梁要把丧事办得热热闹闹，他正在物色唱戏唱得好的艺人。项梁听说王麻庄有个叫娥姬的唱戏唱得很好，于是去请她来唱戏，一见面才发现，这哪是什么娥姬，明明就是王晴！王晴跟项梁老相好见面，也是痛哭流涕，而且王晴还有了个孩子。

项梁听王晴诉说这些年的经历。原来王晴自从被周元献给秦始皇后，一路上也是历经艰辛，结果没想到居然怀孕了，刚到咸阳就要生产，生下一个孩子。按照规矩，王晴已经算是有夫之妇了，自然连秦始皇的面也没见到就被赵高打发下去了。再加上不久后周元就被杀了，王晴被认为克夫，是不吉利的象征，因此被赶回家乡。

由于王晴自己也认为自己不吉利，所以没回去找家人，就在王麻庄抚养孩子，靠帮人做衣服唱戏谋生。当然这个王晴也确实克夫，不光周元会死，以后项梁也要死。

第六章 上了战场保命要紧

项梁见那孩子居然长得挺像他的，于是就跟王晴说："这孩子应该是我的，既然是在王麻庄长大的，以后就叫项庄吧。"于是项梁感觉自己好日子就要来了，老婆孩子热炕头，真不错。

这次大丧，作为潘恩亲戚的殷通及其夫人自然也来吊丧，负责接待他们的是个叫徐力的小生。项梁吩咐徐力好生接待，不过这个殷夫人见到项梁就想起自己女儿被嫁给赵高的事来，顿时怒火中烧，招呼也不打便走过去，项梁也没在意，赶忙去接待别人了。

好在徐力嘴巴甜会说话，殷夫人也没太反感。殷夫人日夜赶路有些累了，便打算去休息一下，让徐力把丧礼的流程以及要准备的物品先告诉自己的丫鬟春华。

没想到，这徐力竟然看上了春华。春华长得不错，又正值妙龄，一来二去，两人竟然好上了。

徐力没想到的是，他一切尽在殷夫人的掌控之中。殷夫人久经风月场，一见徐力跟自己的侍女眉来眼去，便明白两人心意，因此故意装作累了去休息，让这两人独处。

然后等到半夜，徐力跟春华正如胶似漆，干柴烈火，共赴云雨，不料殷夫人却闯了进来。按照大秦律法，在参加丧礼期间男欢女爱属于大不敬，要被打入大牢。徐力原想不承认，但是床单上的处女

16

落红让他无从辩解。这下子徐力被殷夫人抓住了把柄，殷夫人更是向徐力许诺，事情做成之后，他可随她一起回去，她亲自为他跟春华主持婚礼。徐力被晓之以利弊，同时又被殷夫人抓住了把柄，只得按照殷夫人说的去做。

古代没有防腐措施，尸体放在棺材里面很快就会腐烂，因此一般几天就该下葬。但是由于这次是大丧，棺材足足停放了十几天，加上又是夏天，这下子那尸体腐臭的味道哪怕是再能熬的守灵人也受不了了，因此到了晚上便全都到灵堂屋外头纳凉去了。可是众人没想到的是，月黑风高夜，居然有人潜入灵堂。

到了第二天，众人发现，灵堂里的棺材中没有尸体了。这可是一件了不得的大事，尸体怎么没有了？这样前来吊丧磕头的人怎么办？总不能对着空棺材磕头吧？

潘县令听到消息直接就气疯了，母亲尸体被盗，这可是奇耻大辱，一声令下，把项梁跟看守灵堂的人全部关进大牢里面去了。

项梁也是莫名其妙就受此牢狱之灾，他在狱中仔细回想，这才意识到可能是殷夫人搞的鬼，因此审讯的时候就说了出来。潘县令原先不信，于是派人去找徐力跟殷夫人，发现人早就走了，再一打听，得知那个徐力平素就爱干些偷鸡摸狗之事，又听说徐力跟殷夫人一块走的，于是就跟项梁说，让他带人去抓徐力回来，抓不回来，就拿他顶罪。

可是项梁一个人怎么抓？于是项梁便想到了项羽。项羽这些日子在鬼谷子教导下武艺日益长进，更是在比试中拿到了第一，恒楚等人对项羽也彻底服了气，尊称项羽为大哥。这一日，项羽正在操练，没想到项梁来了，项梁告诉了项羽事情经过。项羽立马拍板，跟众兄弟说道，一起干大事的时候到了。众人自然应和。于是一百多人便打着吴中县的旗号向着会稽城杀了过去，轰轰烈烈，好不热闹。

这个时候秦始皇已经死去了，据说是从会稽归去途中就病了。由此可见不要随便到发生瘟疫的地方去，哪怕是假的。秦始皇晚年越发迷恋长生不老，性情也越发暴躁，不怎么面见大臣，臣下有事都要奏报赵高，因此朝政渐渐被赵高掌控，终于埋下祸患。秦始皇死后，赵高联合李斯掌控朝政，篡改遗诏，胡亥登基为皇帝。胡亥只知道享乐，不体恤百姓疾苦，终于老百姓忍不住爆发了。第一个揭竿而起的就是陈胜吴广，而陈胜吴广本是平民出身，为了让自己的政权具有合法性和号召力，便打起了楚国的旗号。一时间，有了第一个出头鸟，正所谓天下苦秦久矣，顿时响应者如云，一副天下大乱要开启的节奏。

秦王朝为了剿灭叛贼，命令下面郡守，一旦底下有县城叛乱，可以直接出兵。会稽郡守殷通自然也接到了命令。恰好此时项梁打着吴中县令的旗号领着队伍前来了，说是要抓一个叫徐力的人，殷通便以为吴中县也想造反。殷通派出去的探子回报，总共才百来人。殷通笑了，真是一群胆大包天的蠢人，就这么点人也想造反，要知道殷通手下的军队可说是数倍于项梁。于是殷通便召集部下集结军队，打算消灭这支不自量力的队伍。

殷通派偏将王淮、先锋史义带着千余人出城迎敌。项梁见那些军队称自己反贼，而殷通却不出来，以为殷通是想要杀了自己来报女儿嫁给太监赵高的仇，于是也不害怕，沉着镇定迎敌。

这鬼谷子训练出来的徒弟武艺确实高超，百余人打千余人竟然不落下风。尤其是项羽，第一次上阵，一人手持方天画戟就挡住了王淮跟史义，同时周围的人围着项羽进攻，项羽竟然也毫无溃败之意。而恒楚跟项梁也不是吃素的，恒楚用一根破天棍，像一只灵活的猴子一样，在敌人薄弱的地方左右突进；项梁手握宝剑，剑荡四方。三人配合得如此之好，以至于千余人的军队竟然节节溃败。

其实此时的秦朝军队战斗力下降，很大原因便是组成军队的士兵都是被抓来的壮丁。这些人要么被迫，要么只想苟且偷生混一碗饭吃，上了战场自然是保命要紧。

第七章 万万没想到

这时候殷通却是躲在城墙上观望，本以为胜券在握，十个打一个难道还打不赢？没想到还真没打赢。眼见这帮反贼就要打进城里，自己的先锋部队居然贪生怕死溃不成军，殷通立马意识到形势不妙，便让城内所有军队倾巢出动，一下子近万人从城门中冲出。

这下子项梁傻眼了，这人也太多了，经过刚刚那场战斗，己方体力已经消耗得差不多了，现在又来，人不是铁打的，自然吃不消。望着数倍于己的敌军，根本看不到一点打赢的希望，是个人都知道赶紧逃。

项梁也是跟侄儿项羽一块抓紧逃命，好在两人武艺高超，没让追兵追上。回到吴中县，两人却被潘恩关入大牢，说是他们意图谋反。项梁也没想到潘恩此人如此两面三刀，在监狱中大骂潘恩。

而另外一边，那个郡守殷通见已经击退敌人，立马松了一口气，写了封奏报给朝廷，说吴中县谋反。接着朝廷便命令集结周边所有军队，围剿吴中县。大军出征，夜间也不休息，只一夜工夫便来到吴中县。潘恩还想申辩，然而朝廷军队根本不给他机会，直接便是攻城而入。这一夜腥风血雨，县衙内的人全部被杀，潘恩一家老小全被乱刀砍死。此时项梁却是因为在狱中，躲过一劫。

项梁因为跟殷通有私交，那些带兵将领也认识项梁，于是就把项梁项羽从大牢里面放了出来。项梁带着项羽去求见殷通，想要解释清楚，没想到殷通一见项羽便惊讶无比，因为项羽高大威猛，相貌魁梧。殷通很是迷信，以为项羽是上天派来助他成就一番大事的，因此便让项梁跟项羽在他府中当军师，把两人当作最亲近的人。

项梁好不容易过上了安稳日子，但是没想到，陈胜吴广起义带来的连锁效应如此之大，朝廷调集军队围剿反而越剿反的越多，常常是这里刚刚平定，另外一个地方又造反了。秦帝国底层的官员，由于无法完成徭役和赋税指标，心想免不了要被革职杀头，干脆直接造反以求一线生机。这下子秦帝国的基层组织彻底崩坏。

而这个时候赵高弄权，丞相李斯被赵高设计杀死，秦朝上层统治无比黑暗，胡亥更是残暴无比，动不动就把大臣以各种理由杀死。殷通已经明白秦朝是肯定靠不住了，又听说自己的女儿死了，据说是被赵高折磨死的，因此内心也对赵高这个太监彻底失望，于是想着自己手头还有些军队，不如也造反吧。

于是殷通先把项梁跟项羽叫过来商议，旁敲侧击后便把意图跟项梁项羽说了，同时也把担心跟他俩说了。殷通害怕下面的人不听从自己的号令，毕竟谋反是诛九族的罪，何况他们是正规军，一般干的都是剿灭反贼的事，这一下子要干造反的活，怕是有些人不会同意。

这时候项羽便说自己有些师兄弟武艺高超，为了逃避徭役而在山上落草为寇，可以把一些不听话的军官换成他们，保证能够服从殷通的命令。

殷通这下彻底解决了后顾之忧，于是便让项羽快去把他的师兄弟找来。项羽回到鬼谷子所在的山中，自从那天战败后，师兄弟四散而逃，果然他们最终还是回到了这儿。恒楚也在这儿，项羽直接说明了来意，师兄弟一听是去做官，立马便跟着去了。

于是又过了些天，殷通借口有些军官办事不力，有些军官年老体弱，便将自己军中跟自己意见相左的人全部换成了项羽的师兄弟。至此，殷通认为时机已经成熟。

根据占卜显示，这一天是个吉利的日子，于是殷通就在这个黄道吉日召集手下开会了。所有的军官都聚集在一起，大家隐约猜到今天要做什么。

殷通先是自己吹嘘一番，然后开始念檄文。要说知识分子造反就是不一样，流程也复杂，殷通檄文怒斥秦朝残暴，从把自己女儿逼死，再到自己的亲戚兄弟因为徭役苦不堪言，再到自己治下的百姓受苦受难，他为了天下黎明苍生，决定放弃官位，起兵造反。

然而正所谓话多肯定要死，没等殷通把那给自己脸上贴金的檄文念完，项梁使了个眼色，项羽直接便是上前一步，用早已藏好的刀捅进了殷通胸口。殷通没料到会有这么一出，眼神瞪得通圆，断断续续说道："你怎敢……"便倒地而亡。

项羽说道："这狗官假仁假义，众兄弟不如把那些狗官全杀了，我们自立为王。"

于是场面陷入混乱，一些忠于殷通的军官还想为殷通报仇，却是被项羽的师兄弟给收拾了。项梁见场面已经控制住，于是坐上殷通的位置，说道："诸位，实不相瞒，我乃楚国大将军项燕之子。这么多年来，我与我侄儿项羽一直心怀国仇家恨，今天下大乱，秦朝灭亡指日可待，现在终于到了起兵复国的时候。接下来整顿军务，凡是不听我号令者，斩立决！"

就这样，项梁掌握了会稽郡守之权，又将周边的县攻克收服，总共募得八千精兵，算是勉强站稳了脚跟。

第八章 苟富贵，勿相忘

而此时陈胜吴广起义军却发生内乱，原因是陈胜吴广的格局太小。陈胜原先是一个被人雇佣耕田的农民，父母双亡，从小吃尽苦头，一直想着有朝一日能够逆天改命。他跟一起种田的人说道："苟富贵，勿相忘。"意思就是如果哪天兄弟中有谁发达了，可千万不要装作不认识啊，周围的人都觉得他在吹牛。

但是陈胜这人还是不错的，作为雇工，他干完自己的活后还会去帮别人干，因此有了一定的威望，没准也能跟刘邦一样混个亭长。但是秦朝大量征兵去戍守渔阳，陈胜正值壮年，也被征召了，因为享有威望被任命为屯长。

出发后陈胜遇到大洪水了，道路不通，根本没办法走。按照大秦律法，到了期限还没赶到渔阳就要被处死。也就是说即使到了渔阳，也是死路一条。陈胜于是就跟自己的好哥们吴广袒露心迹，吴广也明白这样下去肯定是死路一条，只好造反。于是两人就开始策划活动蛊惑人心。没办法，那时候的人就信这个。

先是半夜装狐狸叫，宣扬"大楚兴，陈胜王"。那些睡觉睡得正香的人被惊醒，自然永生难忘，而且这"大楚兴，陈胜王"跟顺口溜一样好记。到了第二天午饭吃鱼的时候，没想到鱼肚子里面又竟然有红布条，上面就写着"陈胜王"。这下子谣言四起，人人都觉得陈胜了不得。

这个时候舆论氛围基本上营造好了，只差一个时机。于是吴广故意激怒那些押送他的军官，那些军官晚上酒喝多了，听说下面的人要造反，立马便要拿剑砍人。这时候陈胜吴广趁机发难，煽动大伙起来反抗。大伙平素就被军官欺负，这下子见这军官居然酒喝多了就要杀人，立马火了起来，联手杀了军官，立陈胜为王。

起义之初，陈胜吴广等还是蛮顺利的，一路上所向无敌，然而陈胜毕竟是个农民，思维局限性很快便暴露出来了。那时还没有推翻秦朝，陈胜就在陈县设都，同时自封为王，盖起了宫殿，只顾着个人享受，一副小人得志的模样。

这时候，曾经跟陈胜一块种田的人听说他发达了，自然想起陈胜曾经立过的誓言——苟富贵，勿相忘，你陈胜现在富贵了，可不能忘记你曾经说过的话，也该带着兄弟一块享受荣华富贵。

于是这帮人就来找陈胜。但是陈胜现在发达了，是陈胜王了，门卫自然不让这些阿猫阿狗进陈胜的宫殿，于是这帮人就在门口守着，等车队经过就高喊"苟富贵，勿相忘"。

陈胜听见了很高兴，心想老子发达了，这帮人还记得老子当年说过的话，于是就让他们也做了小官。没想到，这帮人很不懂事，居然逢人便说陈胜没发达前的事，诸如我跟陈胜一块偷看过邻家寡妇洗澡啦，一块偷奸要滑骗雇主家钱啦。

事情传到陈胜耳朵里，陈胜自然就不高兴了，他现在是王，身份尊贵，这些旧事会削弱他的威信，以后他还怎么服众？还怎么让下面的人相信自己是真命天子？

于是一场大清洗开始了，这些知道陈胜过去的人，都被秘密处决。另外吴广被部下将领田臧给杀死了，于是陈胜对之前一起造反的老部下也不信任了，正所谓自己造反了也担心下面人造自己的反。陈胜开始清洗那些老部下，同时变得疑神疑鬼，处处讲排场好面子，光顾着自己吃香喝辣。下面的人自然不满了，原先一同揭竿而起的人见陈胜吴广的招牌不好用了，纷纷倒戈，自立为王。

这个时候秦朝廷已经反应过来，派兵围剿起义军，起义军攻城夺地不像开始时那么轻松了。陈胜派将领召平进攻离会稽不远的广陵，但是因为广陵防守严密，迟迟打不下来。召平想着这个会稽项梁也打着楚国的旗号，没准可以请项梁帮帮忙，于是就去找项梁。

但是请别人出兵帮忙打仗，可是比向别人借钱更难的事。谁都知道，在这个天下大乱的时候，唯有兵权才是靠得住的，你的兵越多，获胜的概率也越大。你要让别人出兵帮你打仗，损失都是别人的，好处都是你的，哪有这等好事？

因此召平见了项梁就是一通忽悠，先说陈胜起兵打的是楚国的旗号，也就是说是自己人，不见外，再说项梁先父是楚国大将军，掌管楚国兵权，因此陈胜也决定让他继续当楚国大将军，楚国兵权都归他管。口说无凭，召平直接就掏出一块官印，这官印那叫一个威武气派。这下子可把项梁乐开花了，他当即便归顺了陈胜。

好处给了，该谈正事了。召平肯定不会说自己攻不下广陵而来求援，而说广陵是战略要地，楚王希望项梁能攻打下来，以此服众，之后在楚国都城正式亲自任命项梁为大将军，并且把楚国兵权交给项梁。

召平对项梁又是戴高帽又是许以高官厚禄，再加上项梁一直就想着继承家业当个大将军，于是立马便许诺召集人马进攻广陵。好在项梁还没冲昏头脑直接带兵杀过去，还是先集结部下商讨。

不过召平再会忽悠，也想不到，计划始终赶不上变化，项梁打算进攻广陵，而别人却打算进攻他的地盘，并且敌军马上就到了。

秦朝自打陈胜起义后，节节败退，不过百足之虫死而不僵，这秦帝国也不是那么容易就倒下的。正规军已经腐朽，打不过这帮亡命之徒，那就以你之矛攻你之盾，赵高把原先被罚到骊山给秦始皇修陵墓的将军章邯起用了。章邯本以为此生就要在修坟中度过，没想到人生竟然发生了大逆转，正所谓在绝望中有了希望。他自然不想再回去修坟，因此，他一当上将军，立刻便把那些修坟的罪犯整顿起来，穿上军装摇身一变成了正规军。这些罪犯原本也以为自己这辈子也就修坟了，没想到居然还能上阵杀敌立功，不光能重获自由，还能建功立业，这下子也是战斗力爆棚。经过一系列战斗，章邯很快就把那帮农民起义军打得四散而逃，局面居然也开始扭转。尤其是首先造反的陈胜，更是被重点针对，他的地盘不断被秦军收复，再加上有些地方依然是见风使舵的秦朝官员在掌控，一见秦朝又起来了，立马转向，大肆剿杀起义军。

第九章 没开打，反骨崽先蹦出来

会稽南部有个东阳县，这个县的县令徐琰也早就知道项梁造反了，然而一开始是举棋不定的，毕竟局面未明，现在一见朝廷大军又起来了，横扫六方，那帮造反的农民军节节败退，于是他也想着收复失地。这个徐琰是个很有野心和心计的人，他也知道乱世已经开启，不管怎么说手里得有一块大地盘，老是窝在东阳县这个小地方肯定是捞不到啥好处的。

徐琰当即便召集手下开会，当然先是说了一通朝廷下命令了，让我们剿灭叛贼，先前叛贼势大，因此我先避其锋芒，如今朝廷发兵征讨叛贼主力并且取得了节节胜利，时不我待，我们也应该进攻会稽，剿灭以项梁为首的叛贼。

这个时候徐琰手下的令使也就是谋士陈婴却有不同意见，他劝徐琰别去送死。这个陈婴自然头脑没有发热，他说道："当今天下老百姓造反是因为秦朝的徭役和赋税太重，这个根本问题不解决，就算陈胜叛军被扑灭了，别的叛军还会继续出现。现在朝廷不减轻徭役和赋税，光想着以战止战，这根本不是个好办法，反而会起到反作用。而且我们东阳百姓也不想打仗。还是跟先前一样再观察一段时间再说。"

这县令徐琰没想到，还没打仗，自己的团队中就已经出了反骨崽。要是听了你的，我这个县令的威信哪去了？于是徐琰立马斥责道："剿灭叛贼是朝廷的旨意，你竟然想要抗旨，真是胆大包天！我看你莫非是跟叛贼有来往，不然你何出此言？"

这下陈婴无从辩驳，于是只好称病退下。当然是装病，从此陈婴一直以自己生病为由，不再参与军务。

徐琰把陈婴这个反骨崽清理掉，接着便派部下去征兵。徐琰恨不得立马拉起一支万人大军，然后去剿灭会稽项梁，可是奈何总共手头只有千余兵马，根本就是以卵击石。

徐琰自然知道往常朝廷抓不到壮丁的原因，这些人一听抓壮丁的来了，全都躲到山上。往常徐琰也不热衷抓壮丁，毕竟抓来的壮丁也不是给他用的，可现在不一样了，抓来的壮丁都是他的兵，能多一个也是好的，因此他自然就想出办法来了。

正所谓跑得了和尚跑不了庙，这帮人就算临时躲到山上，但是他们的村庄还在，于是徐琰就命令抓壮丁的统领直接放火烧村庄。这下子那帮躲在山上的人坐不住了，赶忙下山救火。这下好了，徐琰守在村口，来一个抓一个，来一双抓一对。

徐琰也是没想到，此计一出，效果非常好，居然一下子把军队扩充到近万人。这下子徐琰野心膨胀了，甚至也想造反了，而他手底下那些狗腿子自然早就看出徐琰的意思，个个都劝徐琰称王。还好徐琰没狂妄到那个地步，当然他也借机试探，把一些跟他意见相左的人撤换掉。眼见准备得差不多了，徐琰决定一鼓作气，剿灭项梁。

而另外一边，项梁正跟召平吹牛说自己多厉害，没想到底下一个边缘县城的县令也敢来攻打自己。项梁顿时非常恼怒，我不灭了你也就罢了，你居然敢来惹我，我这正吹牛，你就打上门来，不好好教训你一下，怕是以后周边县都以为我好欺负。

两军在离会稽不远的茅山第一次正面交锋，项梁这边带领军队的是恒楚。这恒楚第一次打仗就失败，后来仗着跟项羽的关系好，再加上投奔得早，也当上了统领，但是他一直想证明自己不是个败军之将，因此也是信心万丈要出战。

徐琰这边则是让部下莫飞出战。这莫飞也是徐琰的狗腿子之一，原先是个虐待犯人的暴躁军官，平时就喜欢拿鞭子抽打犯人取乐，也是因为坚定不移地支持徐琰而受到重用。

双方开始正面厮杀。恒楚使棍，相当英勇，一棍扫下去便将一排对手撂倒。他擅长攻击对手下盘，再加上身形灵活，可以说开始时他是占尽上风，敌人稍不注意便会挨他一闷棍。而莫飞的钢鞭也不是吃素的，他见己方兵士阻挡不住恒楚的进攻，立马便冲过去，跟恒楚对决。

双方主将对决，各自拿出看家本领。恒楚其实更擅长打辅助，也就是给人一闷棍，因为他身材矮，不及莫飞高大，莫飞用鞭可以抽中恒楚脑门，而恒楚却要跳起来才能打到莫飞。再加上恒楚一开始进攻太猛，体力有点不支，很快便被莫飞一个快鞭抽中双手。恒楚双手剧痛，兵器也丢了，仗着身形敏捷退了出去。

项梁一直在观战，没想到恒楚居然又打了败仗，眼见士气受损，赶忙大喝命令道："侄儿，你快顶上去，干死他们。"

项羽早就准备好了。他是天生的将军，据说他睡觉也要把兵器放在床边，随时准备跟人战斗。原本他在边上看两军厮杀正手痒，一听命令，立马拿起方天画戟冲杀上阵。

莫飞还想用刚才那招，派人包围住项羽，等把项羽的体力耗尽再杀过去，但是没想到项羽力大无穷，包围圈根本起不了作用。项羽直接便是用那方天画戟横扫千军，他不停地挥舞兵器，整个人仿佛变成了绞肉机一般，速度极快，那些兵士根本无法近身。凡是在方天画戟扫射范围内的，通通直接被斩断，项羽周边的尸体密密麻麻。包围圈没能包围住项羽，反倒方便了项羽收割人头，项羽浑身染血，硬是在包围圈中杀出一条血路。

莫飞见包围圈起不了作用，而且兵士也被项羽杀怕了，于是改用偷袭，趁项羽没注意，从背后恶狠狠地抽出一鞭，想要跟刚才对付恒楚一样，让项羽的手受伤难以握住兵器。

第十章 这倒是一门好亲事

不过项羽皮糙肉厚根本就不怕鞭子抽，反倒抓住机会，反手抓住了鞭子，再一用力，居然把握着鞭子另一头的莫飞连人带鞭抓了进来。莫飞也是没想到这鞭子根本对项羽造成不了伤害，慌乱中犯了个错误，他本该立刻松手，然而却没有，反而想把鞭子拉回来好跟项羽正面搏杀。这下好了，他跟项羽拔河这不是作死啊，直接就被项羽拉了过来，项羽另一只手持方天画戟猛刺过去，直接便刺穿了莫飞的身体。项羽抽回方天画戟，莫飞胸口血流如注，莫飞的惨状惊呆了周边士兵。

徐琰又派了另一名将领瞿七前去救援，然而还是抵挡不住，关键是项羽的神威已经把徐琰的兵士吓破了胆。两军对垒，士气很重要，士气一散，兵士们看不到胜利的希望就光顾着逃跑保命了。瞿七被己方逃跑的兵勇阻挡，几次三番都进入不了战场的中心，只好跟徐琰说："对方有一人太神勇了，我方士气已散，还是快逃回东阳吧。"

徐琰见大局已失，只好仓皇逃命，还好附近山多，他仗着地形曲折才摆脱追兵，可以说好不狼狈。

另外一边，项羽这次在战场上大发神威，众将士无比钦佩，称他为少年英雄。项梁经此一战，彻底在江东这块地方站稳脚跟。那个大忽悠召平也是没想到自己竟然忽悠了一根大腿来了，更是无比吹捧，甚至建议项梁干脆渡江打到咸阳，一举推翻秦朝统治。还好项梁没头脑发热，知道贸然进攻秦朝国都咸阳就是送死，因此便提出大战过后，先休整一番。

此时项梁的儿子项庄也长大了，项梁便让项羽带着项庄操练武艺。王晴心疼儿子，便让自己的侍女灵儿前去陪同服侍。这灵儿也是久仰项羽少年英雄之名，因此服侍得那叫一个贴心，不光是帮着擦汗递水果，还自己钻研厨艺。特别是那道蒸乳猪，做好之后，项羽跟项庄远远闻到香味，连武也不练了，直接便是冲到厨房抓起来就吃，直吃得满嘴流油肚儿圆滚滚才罢休。一来二去，灵儿跟项羽那是眉目传情，就差那一步了。

这机会很快就来了。这天天气晴朗烈日炎炎，项羽袒露上身，那一块一块的肌肉充满了线条美，整个人在太阳的照耀下显得英俊极了。而灵儿是长发飘飘，穿着一身白素衣，本是江南女子的她眼睛中仿佛带着一汪春水，恰好桃花盛开，站在树旁，真是人面桃花相映红。

正好那个电灯泡项庄小屁孩因为吃得太多拉肚子去了，于是就只剩下项羽跟灵儿在这片空旷的练武场上。此时一个是含羞待放的春花，一个是热烈如火的太阳，两人就这么看着，直到灵儿问项羽："你渴了吗？我这里有葡萄。"说完便是向着项羽慢慢走来。

项羽望着那柔弱似水的身材，忍不住感叹造物主的奇妙，这世间竟有如此之美的女子。他刚刚成年，对于女人也是只有朦胧的印象，但他就是觉得灵儿好美，想要抚摸她，想要把她拉到怀里欣赏，他也许不清楚，这便是爱。

灵儿拿着葡萄走过来，项羽却是啥也不说，一把便抱住灵儿，灵儿顿时满脸羞红。项羽的胸膛炽热如火，灵儿抚摸着项羽的肌肉，关切地询问着项羽："练武累不累？"项羽说道："有你在旁边，我一点儿也不累，感觉自己有用不完的劲儿。"

项羽说完，为了显示自己的力气，居然把灵儿抱了起来。灵儿身子轻盈，项羽像是抓住了一只美丽的花蝴蝶，怎么也不愿放手。灵儿有些害怕，然而项羽却是我见犹怜，忍不住抚摸她，说道："灵儿，我想亲你。"

灵儿却是俏皮地回答："你的胡子会扎坏我的。"

项羽一下子也被逗笑了。项羽跟灵儿说起了自己的国仇家恨，还说起了自己的身世。他谈起了自己因为眼生双瞳，别人都认为他是异人，就连自己叔叔项梁一开始都怀疑自己不是他大哥亲生的，毕竟项家从来没生出过双瞳。他还说自己毛发比一般人浓密，老是要修剪自己身上的毛，他从小就不受家里人待见，家里人觉得他浑身长毛像个黑球一样，是怪物。

这时候灵儿却想起一个传说，据说楚国灭亡之前，有个贵妃怀孕生下了一个怪胎，那个怪胎便是浑身长毛，眼生双眸。当时楚王认为婴儿是不吉利的象征，当即让人将婴儿处死，而处理这件事的据说就是项羽的父亲项燕。当时灵儿的母亲在宫内当侍女，因此灵儿知道这些秘闻，想到项羽身世如此凄惨，一出生就被遗弃，再加上被项羽抱着有些情动了，便想亲项羽一口。

正当两人郎情妾意之时，那个电灯泡项庄拉完肚子回来了，一见自己的大哥跟自己母亲的侍女抱在一块，立马说道："你们跟父亲母亲一样了，你们也要生小孩了。"没错，项庄想起自己的父亲跟母亲平时就告诉他，男人跟女人抱在一起就会生小孩，他也是父亲跟母亲抱在一起之后出生的，因此他还以为自己的项羽哥哥跟灵儿姐姐也要生小孩，立马睁大眼睛，好奇地看着。

项羽跟灵儿被项庄这样看着，自然不好意思再抱着了，再加上项庄在一旁无知地问着，怎么没有小孩出来，项羽自然不会回答，灵儿更是满脸通红跑回家去。

王晴在家里面缝补衣服，发现灵儿满脸通红地回来了，然后就躲在自己房间里面不出来。王晴正纳闷，结果儿子项庄回来说道："母亲，羽哥哥跟灵儿姐姐抱在一起，他们要生小孩了，我要有弟弟了。"

王晴一听这话就明白了，于是让项庄一边玩去，心里却在琢磨，这项羽也老大不小了，灵儿是自己最贴心的侍女，平时自己也是把她当闺女看的，灵儿的父亲何辉是项梁手下一员大将，这倒是一门好亲事。

30

第十一章 形势不对立马卖了你

当天晚上项梁回来，便跟王晴说道："今天我见江边的船都已经造好了，我是挺想乘船进攻广陵的，据说广陵防守空虚好打，可是就怕这东阳到时候从背后偷袭我。而且我看那个东阳县令徐琰是个老狐狸，怕是不好对付，上次赢得太轻巧，我之所以没追过去，就是怕有伏兵。"

王晴一边给项梁宽衣，一边回应道："我个妇道人家不懂这些，但是我觉得你侄儿如此英勇，倒是可以带兵。你去对付东阳，你侄儿项羽去攻打广陵。"

项梁劳累了一天，脱下衣服躺在床上说道："我侄儿还没成熟，他太鲁莽蛮横，冲锋可以，带兵打仗还是要多用计谋，光是战场杀人只是屠夫，不战而屈人之兵才是上策。"

王晴知道项梁累了，于是给项梁按摩。王晴的按摩手艺是跟楚王宫里的老郎中学的，楚王日理万机还能精力充沛晚上宠幸妃子，据说就是这个老郎中的按摩起的作用。

因此王晴学会后，每晚都能把项梁按得舒经活络。项梁按摩完再吃一盘蒸熊掌，那就立马生龙活虎了，把王晴折腾得欲仙欲死。

王晴一边按摩，一边继续跟项梁扯家常："等你侄儿结了婚没准就成熟了，你看你这侄儿也老大不小了，是该娶媳妇了。"

项梁却是叹了口气，说："我这侄儿就是太傲气了，以为自己是大英雄，一般的姑娘他还真看不上，我给他提过几个，他都瞧不上。"

王晴这时候却是笑道："他呀，是自己心里明白着呢。你侄儿可有能耐了，今天灵儿满脸通红地跑回来了，你说他们是不是做那事了。"

项梁一听就明白了，却是说道："灵儿太柔弱了，先让他俩相处着试试吧。灵儿她父亲何辉倒是个忠厚的人，可别让项羽欺负了灵儿。也不知道最近项庄练武练得怎样了，回头我抽空去看看。"

见项梁也没反对，王晴也就放心了，两人又闲扯了些别的。

灵儿跟项羽捅破了那层窗户纸，立马便是郎情妾意，好不快活。这可苦了项庄，灵儿跟项羽在树荫下甜甜蜜蜜吃着水果，他倒是被罚在太阳底下扎马步。项梁过来，见项庄累得满头大汗，项羽却不见人影，便问项羽在哪儿。项庄说项羽在小树林里跟灵儿幽会，项梁听了顿时心生不快，心想，这项羽真是分不清轻重。

于是项梁找到项羽训话说："大丈夫不要沉溺于女色，你忘记了你的国仇家恨了吗？你父亲当年被亲兵乱刀砍死，你这样整天不务正业，对得起你九泉之下的父亲吗？"

项羽一听这话就来气，也许是被爱情冲昏了头脑，也许是打了胜仗被尊为少年英雄有些飘飘然了，以为项梁反对他跟灵儿在一块，居然张口顶撞项梁道："整天就知道国仇家恨，我都不知道听你说多少遍了，早就听烂了。你倒好，天天晚上有婶婶陪着快活，那声音老大了。我偏要跟灵儿在一块，国仇家恨你自己报去。"

项梁一向被人尊敬惯了，没想到自己的侄儿居然敢跟自己顶嘴，真是反了天了，亏我把你抚养这么大，真是翅膀硬了，今天为个女人就敢跟我唱反调，我倒要看看我现在还治不治得了你这个白眼狼！

项梁转身就走，赌气道："好，我倒要看看你有几分能耐！"

回到军中，项梁立马让人把灵儿的父亲何辉叫来，命令何辉把灵儿藏起来，不让灵儿跟项羽约会。何辉作为下属自然得服从，于是遵从命令回家就把灵儿藏了起来，并且把门锁上，不让灵儿出来。灵儿无奈只好听父亲的，却是一个人在房间里直流泪。

第二天项羽怎么找也找不到灵儿，顿时大怒，整个人如同丢了魂一样。他来到跟灵儿约会的练武场，直接就把那些训练器材到处乱扔乱砸，整个练武场被砸了个稀巴烂。他见到灵儿常待的那棵桃树，更是睹物思人，冲过去把桃树连根拔起，然后抛向房屋。项羽力气之大，居然直接把墙给砸倒了，这声响惊动了王晴，王晴赶忙过去看个究竟。

王晴一看也吓了一跳，练武场如同遭受了地震一般，到处是碎砖碎石，项羽蓬头散发，身上沾满了土灰，样子好不狼狈。

王晴赶忙关切地问道："小英雄怎么这么生气，这是出啥事了？"

项羽见是王晴，没好气地说："我叔叔就想着自己快活，反倒不让我跟灵儿一块，我要让他知道我的厉害！"

王晴一听就明白了，赶忙去找项梁。项梁也没想到项羽的性格这么烈，更是决定要磨一磨，于是就把项羽找过来，说道："你看看你，年轻气盛，我稍微一激你就这样，要是日后打仗，敌人也用美女来诱惑你，你岂不是很快就沦陷了？我看这样吧，过江的船已经造好了，我接到消息说广陵城防守空虚，我本想自己去，无奈担心东阳县从背后偷袭，所以我想让你带兵去攻打广陵城，若能打下来，我亲自给你跟灵儿主持婚礼。大丈夫男子汉，这点气魄还是有的吧？"

项羽是个不服输的人，而且独自带兵攻城也是他的愿望，于是爽快答应道："好，叔父你等着，我一定大破广陵！"

当晚项梁便摆酒设宴为项羽出征践行，灵儿也来了，很不舍项羽，然而项羽也是个有气魄的人，立下了军令状，自然是一定要执行的，因此两人互相厮守缠绵了一夜。

另一边，东阳县令徐琰初战大败，灰溜溜地逃回东阳，但是依然担惊受怕，毕竟经此一战，项梁一定会引起重视，搞不好会举重兵来袭。徐琰算是想明白了，自己手底下的这些残兵败将肯定是抵挡不住，而且从战场上的情况看，自己的手下一见形势不妙怕是都只顾自己逃命了，要是项梁大军一来，那些见风使舵的狗腿子怕是会立马卖了自己。

第十二章 我早料到你会来找我

这时候,徐琰倒是想起陈婴来了,但是又不肯抛下面子去求陈婴,于是假仁假义地装作郎中去给陈婴看病。

陈婴虽然称病在家,实际上却没闲着。陈婴常年在东阳城中做官,为人豁达,善交朋友,同时处事公道,让人信服,还是个有名的大孝子,因此享有很高威望,很快就有人把徐琰打了败仗的事情告诉了他。陈婴正在家中给老母亲奉药,忽然听见有人敲门,却是不慌不忙,拿着拐杖跟药碗前去开门。

一开门,果然是徐琰。徐琰假心假意地询问陈婴病情,陈婴忍不住讥讽道:"我的病轻,大人的心病怕是难治,今天恐怕该我给大人您瞧病吧。"

徐琰一听陈婴这样说,便明白陈婴已知道自己兵败了,于是也就开诚布公地说道:"我后悔没听你的建议啊,如今东阳城尽剩下些残兵败将,我怕项梁报复,到时候满城的百姓怕是要遭殃,因此想请你为我出个方子救救我这病。"

陈婴心中早有办法,却是不急着说,先开口问道:"徐大人,你可知你为何会败?"

徐琰谈起那次战争就一肚子火,说:"还不是那帮狗奴才贪生怕死,一见对方得势立马掉头就跑,毫无军纪可言,都不听我命令。本来都快打赢了,结果对方出了个厉害的将领,那帮狗奴立马就退缩了,我方还有兵力没上,只是前锋受挫,结果整个军队都乱了。"

陈婴听了这话心中暗骂,如此不体恤下属的官,谁愿意为你卖命?!而且第一次就挑最难打的郡城,都没想过先挑个周边县城练练兵。到了战场上你自己不上阵,却躲在大后方。陈婴可是知道,项梁见形势不妙,把自己最亲的侄儿项羽都派作前锋了,而你却是见势不妙也跑了，都没想着边跑边整编失散的军队，这两相一对比，谁还愿意跟着你混饭啊！

陈婴骨子里是不愿为徐琰效力的，正所谓道不同不相为谋，但是为了全城的百姓，他还是说出了自己的计策："大人啊，你有没有想过，那些兵士其实本就不愿打仗，他们都是被你硬抓过来的，平时有人约束还好，到了战场上各安天命的时候，自然一有机会就逃跑了。大人要想重整旗鼓保住东阳，最好是不拘一格降人才。如今之计，应当告诉老百姓情况危急，大人你可以举办一次比武，军中职务均按照比武名次来决定，所有人无论贫富贵贱，谁能打遍军中无敌手，大人你就任命谁为将军，带领军队守卫东阳。那些平民百姓贩夫走卒哪个不想当将军？到时一定能找到一位众望所归的将军。"

徐琰一听，便道："此计甚妙。我经此败仗，威望不足，不如请先生你负责主持比武。"

陈婴再三推辞不掉，加上心念百姓，便只好出山主持了，不过已经在想着找机会废了徐琰。陈婴办事极有效率，很快便在大街小巷张贴布告。东阳百姓一见有外敌入侵，自然想要保住自己的家园，同时那些出身贫寒的子弟，哪个不想当将军？因此报名极为踊跃。但是瞿七看了布告却相当不高兴，他原本以为自己陪着徐琰出生入死，那个莫飞又战死了，自己起码能当个将军，结果徐琰居然把陈婴请出来了，而且自己武艺又不行，去比武肯定比不过手下，这下子将军肯定没自己事儿了。一想到搞不好还得被自己的手下领导，瞿七那是一肚子火气，对徐琰心生芥蒂。

此时徐琰还不知道部下已经同自己离心离德，他只看见自己的军队重新又强大起来了。那些比武失败但是身手不错的，也被留下来当了小官，因此现在徐琰的军队已经从之前的败仗中恢复过来，并且留下来的都是想要打仗求胜的。但是徐琰没想到的是，陈婴趁此机会在军中安插人手，那些比武失败的人是否能留在军中或者当个小官，全在陈婴的决断，因此陈婴趁此拉拢人心和势力。而且陈婴素来有威望，有时候出现两人比武难舍难分的情况，也是由他来决定。陈婴处事公道，往往能让双方心服口服，因此那些因为比武被招进军队的兵士，都很认可陈婴。此时的军队隐隐约约已经被陈婴控制。

另外一边，项梁也获知消息，没想到徐琰竟然搞这一出，当即心生一计，派出自己单挑最厉害的手下季布前往东阳县城参加比武。

季布擅长暗杀偷袭，也是鬼谷子的徒弟，正想大展身手。此时比武一对一单挑，东阳县城那帮没受过专业训练的自然全不是季布的对手，季布竟然一连赢了一个上午，身手快到对方连他的脸都没来得及看清就被打倒在地。由此可见，普通人跟运动员比赛，怎么可能赢？

瞿七也上去挑战，即使有从军经验，也只跟季布交手了几个回合就被季布从擂台上打了下来，摔了个嘴啃泥。瞿七很不服气，转念一想，在东阳县城这小地方，从来没听说过这号人啊，而且有这本事的，怕是在乱世中早就占山为王了，怎么会跑来比武当一个小县城的将军？这就像是奥运会举重冠军来参加你们村的耕地比赛了，怎么都觉得有问题。

于是瞿七立马回头跟徐琰汇报这件事。徐琰近日也听到一些传言，心中担心这季布是陈婴找来的，但是布告已经贴出去，也盖了自己的大印，要是反悔岂不是自己打自己的脸？不过这乱世之中，还是兵权最重要，这将军之位还是要交给对自己忠心的瞿七。等到最后一天，所有人都以为季布要当将军了，纷纷祝贺季布。陈婴也是聪明人，早就看出季布有问题，但是不戳穿，而是暗地里跟季布交好，同时透露出对徐琰不满。季布也欣赏陈婴的为人，想要拉拢他跟自己一块为项梁效力。

第十三章 说话不算数那是小狗

然而，所有人都没想到，徐琰居然出尔反尔了。在众多将士聚集的大会上，徐琰宣读任命，以季布没有战功难以服众为由，仅仅让季布担任督军，而让瞿七暂代将军。虽然徐琰也说着什么等季布有了战功，立马让瞿七退位让贤，但是谁相信这个扯淡的理由？季布更是平生最恨言而无信的小人，任命一宣布，立即掏出随身携带的短刀，一跃而上冲过去，一刀捅进徐琰心窝。徐琰没想到季布胆子这么大，敢当着这么多人的面杀自己，但是刀子已经捅了进去，季布抽刀，徐琰立马咽气，临死前表露出深深的不甘。

瞿七也没想到季布胆子如此之大，到手的将军没准就飞了，立马便拿过武器说道："反了你，敢杀主公，我这就为主公报仇！"

没想到的是，瞿七武艺太差，打不过季布，再次被打倒在地。季布又一连打倒几个上来的将士，说道："我杀徐琰是因为他言而无信，况且他是个只会打败仗的废物，我们何必听从他的指令？诸位弟兄出生入死都是为了保卫家园，跟着如此言而无信之人是不会有好结果的，他给的封赏没准哪天还会拿回去。而且我也不是想取而代之，我听说陈婴享有很高威望，我建议大家立陈婴为王，听他的号令行事，大家看如何？"

此言一出，底下那帮早就对徐琰瞎指挥打败仗不满的将领自然借坡下驴。这时候下面那些受陈婴提携的将领更是纷纷认同季布说的话，大声叫嚷推举陈婴为王。陈婴本不愿在这乱世做个草头王，但情势所迫只得暂时接管，同时任命季布为将军。

晚上宴席上，季布陈婴把酒言欢，季布假装酒醉，试探陈婴对于项梁的态度，没想到陈婴却是直接说道："如今天下大乱，个个都想称王，而在上古时期，王乃是大富贵之人才能当的，我自觉没那个福气，坐了这王位怕是要遭天谴。我看当今天下堪称真英雄的，出身尊贵可担大任的唯有项梁将军。"

季布于是摆明来意，告诉陈婴自己便是项梁派来的，项梁已经集结大军准备攻城，但是因为久仰陈婴贤明，因此不想与陈婴为敌，也不想贸然开战火殃及东阳老百姓。

陈婴其实早就猜到季布可能是项梁派来的，此刻季布既然开诚布公了，那么一定是项梁的军队在不远处了。陈婴也明白做个草头王没意思，因此很快便商讨投奔项梁。

项梁不费一兵一卒就拿下东阳，同时还得到陈婴这个贤才相助，自然十分乐意，于是便跟陈婴的军队聚合，同时听闻项羽攻城不顺，打算过江去帮助项羽。

然而人的判断都是有局限性的，纵使是陈婴这样的聪明人。陈婴之流以为项梁乃是楚国大将项燕之子，名门正统又有军事才能，还武艺高强，论正统性和合法性，以及目前的势力，自然是项梁最有可能夺得天下，所以当时好多善于审时度势的人都来投奔项梁。其实如果不是项梁死了，楚军变成了由项羽领导，若是楚军一直由足智多谋的项梁领导，也许就没刘邦什么事了。

而此时，后来楚汉争霸的刘邦却是十分落魄。刘邦三十多岁了还是个混混，最有名的事迹也就是看见秦始皇车队，也来了一句"嗟乎！大丈夫当如此也"。也就是"哎呀，生而为人就应当像秦始皇一样啊"。同样是人，为啥秦始皇这么潇洒，而我刘邦三十好几了还是个一事无成的单身？然而估计此时刘邦身边没人，或者说别人根本不拿他当一回事。

刘邦讨厌种地，最喜欢干的事就是跟一群狐朋狗友厮混，但是他毕竟没钱，因此到处蹭吃蹭喝。毫无疑问，刘邦的这段经历锻炼了他的厚脸皮。

刘邦这种人怎么当上亭长的，好像还是个官。其实亭长不是官，只是吏，吏是政府的临时工。但是为啥偏偏刘邦当上了？

38

还是因为秦末，各地造反的人都出来了，各路山大王自然也不甘落后，原本干的是打家劫舍的勾当，一见造反这个名头比直接打劫好，自然也造反了。各种鸡鸣狗盗的事情层出不穷，政府人手不够难以处理，搞得县令很头疼。这时候那个谋士萧何就给县令出主意，干脆以毒攻毒，让混混来对付山大王。而恰好刘邦是个混混，作为一个县有名的混混，他自然是打架挑衅各种事情特别顺手。刘邦一听能从混混变成政府官员，自然很乐意。而亭长其实就相当于朝廷不在编的保安队长，刘邦心想正好，我可以正大光明地蹭吃蹭喝收保护费了。哦，我从良了，不叫保护费，得改叫治安费了。

刘邦这人还是有能力的，在他这个混混头子，不对，是治安队长的保护下，沛县在这乱世得以偏安一隅，周边强盗也不敢来沛县。刘邦能吃饱饭了，自然想女人。本来他相貌还挺不错，之前是个混混，但是现在是治安队长了，但是他的私生活很不检点，跟一个寡妇有了私生子，因此沛县老百姓都不想把女儿嫁给他。

而刘邦也是个有大气魄的人，一心想娶个白富美，一般的女人他还瞧不上。之前跟那个寡妇有私生子，也是当时年轻太冲动，现在刘邦都三十多了，跟他一辈的怕是儿子都快成年了。我们今天讲三十而立，而古人成年早，相比之下，项羽可以说是少年成名。

恰好沛县第一富豪吕公家有个如花似玉的大女儿，年纪也不小了，该结婚了，于是吕公就设宴。那如何才能成为吕公的座上宾？要么你是县里的大人物，比如说县令曹德；要么你就捐钱，捐得越多越靠近吕公，也就越有机会获得吕公的赏识。

第十四章 刘邦来了

　　话说这天刘邦一个人在街上溜达，跑到卖狗肉的樊哙那里蹭点狗肉吃，没想到往常人满为患的樊哙狗肉店居然门可罗雀，一问才知道，人人都幻想着能够迎娶白富美，都纷纷捐点钱，然后挤进吕家大门去了。刘邦一听，心想，哼哼，这吕家大小姐一定是我的。立马连狗肉都不吃了，就去了吕公家。此时萧何是管记账的，就照例说道："你打算捐多少钱？一千以上坐屋里，一千以下坐屋外，钱捐得越多离吕公越近。"

　　刘邦袖子一挥，步子一跨，钱袋子一扔，直接高喊："老子捐一万，位子不用加了，直接跟吕公坐一桌。"

　　而萧何记录完打开袋子一看，啥也没有，正准备赶走刘邦，没想到吕公听见了，就出来看看。萧何自然就解释说，刘邦吹牛，根本没有一万，硬说自己有一万，我正打算赶他走。然而吕公确非常人，他一看刘邦这洒脱不羁异于常人的混混样，再细观望刘邦面相，天庭饱满，气色红润，乃贵不可言之相，于是当即就把刘邦请进来。由此可见古代人也注重相貌。

　　刘邦一上桌，县令曹德就很不高兴，他儿子曹郭也喜欢吕公的大女儿吕雉，他本次前来正是为了儿子的婚事。而且刘邦这人他也知道，在他看来，等到朝廷平定了那帮反贼，刘邦没有价值了，这类混混迟早也是要被处死的。

　　所以县令曹德直接便说道："吕公，这个刘邦我知道，是个出了名的混混，老大不小了，还有个跟寡妇的私生子，这等人有何德何能坐上席？"

　　刘邦没想到县令曹德居然当面揭他的短，要换了一般人早就羞愧极了，但是刘邦是何等人，脸皮比城墙还厚，哪在乎这些，居然哈哈大笑道："曹县令，这只能说明我老当益壮能耐大，哪像你家曹公子，听说年纪虽小，对女人已经力不从心了。我看吕姑娘嫁给我，总好过嫁给你家公子守活寡强！"

这下曹县令气得怒火中烧道："你这个造谣生事、满口诳言的粗鄙之人，本县令懒得与你计较！吕公，我公务繁忙，先行告辞了。"这些当官的自然是嘴上一套心里一套，说是懒得计较然后拂袖而去表现得很豁达，其实心里早就盘算着怎么坑死刘邦，临走前更是瞪了刘邦一眼，企图用官威吓吓刘邦。然而刘邦那可是被人吓大的，他一点儿也不在乎自己惹了曹县令，在他看来，要不是自己压着底下那些混混，这曹县令的沛县怕是早就鸡飞狗跳了。

吕公也没想到刘邦不光衣着形象洒脱，更不畏强权，连曹县令都不放在眼里。在别人看来刘邦死定了，但是在吕公看来这却是成大事必须具备的，若老是畏手畏脚，怕这怕那，将来怎可成事？再观察，这刘邦有吃有喝，很快便把刚刚的事抛诸脑后，一边跟旁人敬酒，一边吹嘘自己功夫了得。这是什么心理素质？泰山崩于前而色不变，这心理素质起码是十级以上水准。

吕公对刘邦是越看越欣赏，觉得这等人我吕公活了这么大年纪还是第一次见到，行了，小伙子我看好你哦，就是你了。

刘邦其实哪是泰山崩于前而色不变，而是他一向如此。他是个混混，过去经常就是吃了上顿没下顿，今朝有酒今朝醉那是他的日常生活状态。但刘邦跟那些偷鸡摸狗的又不一样，刘邦有文化，也有底线和手段，他可以骗吃骗喝，到处赊账不还，但是没有直接去抢去偷，他在混混当中品行节操算是不错的了，而且他对朋友非常慷慨。刘邦的特点其实可以概括为：懂得取舍，随心所欲而不逾矩。

酒过三巡，吕公直接便跟刘邦说道："我的大女儿吕雉会洗衣做饭，你若不嫌弃，我把女儿嫁给你怎样？"

刘邦一听，心想，这回赚大发了，原本就想着蹭一顿吃的，没想到居然中了彩票！我莫非真的头顶有祥云，白富美都倒贴我？

不过刘邦毕竟是老江湖,沉得住气,他假装推辞道:"我家境贫穷,吕公你女儿嫁给我怕是要吃苦,还请吕公再三考虑一番。"

　　吕公没想到刘邦居然还会推辞,一般人遇到这等好事怕是立马答应,生怕自己后悔,这刘邦倒好,居然还劝我再考虑考虑,这下子更是坚定了吕公把女儿嫁给刘邦的决心。吕公直截了当地说道:"我女儿吕雉虽然生在富贵之家,但我一直没有把她娇生惯养,从小就让她操持家务。有了我女儿帮你操持家务,你一定能放开手去成就一番事业。"

　　刘邦一听自然明白自己装也装够了,于是少不了吹牛道:"多谢吕公赏识,他日我若能成事,必立她为后!"这个时候刘邦也没想到,他随口一说,后面居然成了真。当然刘邦也兑现了诺言,自己被封为汉王之后,让吕雉成为了王后,再后来自己成了皇帝,更是封吕雉为皇后。由此可见我们做事情要敢想敢说,你连牛都不敢吹,还有啥胆量去做成这件事。

　　不久之后,刘邦便在众多兄弟羡慕的目光中,迎娶了吕雉这个白富美,一下子那是走路都飘了。见刘邦那嘚瑟样子,曹德县令恨得直咬牙,从此更是跟吕公不相往来。曹德的儿子曹郭却是对吕雉念念不忘,都快害了相思病。于是曹郭手底下的一个小人就献策,朝廷需要人手去给皇帝修建陵墓,正好这一批是押送一些囚犯去,这些囚犯大都犯了死罪,逮到机会一定会逃跑,搞不好还会造反杀了押送他们的官员。如果让刘邦负责押送,到时候就算一路上没事,到了皇陵那儿没有个一年半载也走不了,在此期间,大人你乘虚而入,讲清利害,不就得了。

第十五章 有良心的钦差

曹郭一听这主意好，立马就跟他父亲商议，他父亲立马行动起来，把监狱中最穷凶极恶的那些犯人找出来交给刘邦押送。刘邦出发当天，曹郭高兴得晚上都睡不着觉了。

可是曹郭没想到的是，刘邦早就看破了他的意图。刘邦出发不久，不仅没有虐待死囚，而且跟那些死囚称兄道弟。又走了一段路，刘邦干脆把枷锁全解开，跟那些死囚说道："这次去修陵墓，兄弟们都知道是死路一条，我知道你们心里早就琢磨着逃走了，我干脆把你们都放了吧，这大秦乱世将起，尔等日后定能成就一番事业！"

刘邦说完，便把官府文书烧了。结果那帮死囚一下子被刘邦这个猛人收服了。更何况，这荒郊野岭的，就算逃走，搞不好也不认识路，于是死囚们商议了一下，却是不走，喊道："刘亭长，我们都佩服你的豁达跟为人，我们本来就是死囚，我们的命是刘亭长你给的，我们愿意跟着你造反！"

刘邦当即说道："弟兄们既然看好我刘邦，我一定跟弟兄们同甘共苦，推翻暴秦，共享荣华富贵！我们这就去最近的丰邑干上一票，喝酒吃肉！"

众囚犯立马兴奋起来。接下来，刘邦便展现他作为管理者的天赋，跟这些囚犯拉近关系，了解清楚各人的能力，安排犯了抢劫杀人罪的当主力军，安排偷鸡摸狗的当先锋，安排坑蒙拐骗的当探子，众人皆服刘邦智谋。

当天晚上，那帮平素坑蒙拐骗的便去油嘴滑舌地打探消息，把丰邑城各个地方的虚实打探清楚。刘邦当即布置任务，偷鸡摸狗的从防守薄弱的地方翻墙而入，从里面打开门；那帮抢劫杀人犯冲进县衙门，喊叫着杀狗官，把那帮官员杀了个一干二净，随后便是洗劫一空，人去楼空。他们犯罪手段之高明，速度之快，震惊了周边县城。

随后，刘邦便到一座荒山落草为寇。他明白，目前自己的人手还不够，况且枪打出头鸟，之前陈胜吴广就是个例子，因此他决定先保存实力。

另外一边，刘邦走后没几天，便有人来调戏吕雉。吕雉直接干脆地掏出刘邦让她随身携带的杀猪刀，那杀猪刀磨得寒光闪闪，那些骚扰吕雉的人一见就吓破了胆。吕雉更是拿起刀吼叫着说要阉了他们，这下子吕雉的凶蛮震惊了沛县。

但是吕雉还是没想到，白天没人骚扰了，到了晚上，在回家路上，却有人偷袭她。吕雉没来得及掏出刀，便被扑倒在地，而且这个歹人力气很大，压得吕雉不能动弹。吕雉以为这次要失贞了，没想到，英雄救美的桥段上演了，曹县令家的公子恰巧路过，他早不出现晚不出现，偏偏在歹人正要无礼时出现，真是时间掐得刚刚好。那歹人更是如同看到了信号一般，撒腿就跑。

曹郭上去立马便把早就背熟的台词讲给吕雉听，无非三点：一是刘邦不是个好东西，平素吃饭不给钱，走到哪坑蒙拐骗到哪，先前是骗了你父亲才娶到你，现在恶人有恶报，他已经死在路上了；二是我曹郭是个好人，最爱干这种英雄救美、怜香惜玉的事，可以说是品学兼优；三是你跟着我一定能吃香的喝辣的，我父亲是县令，我是官二代，前途一片光明，按照正常剧情，我本就应该娶你，如今算是回归到主线剧情上来了。

这三点确实相当正确，有理有据，晓之以利弊，动之以情理。曹郭见吕雉像是相信了，立马便抱住吕雉，亲了上去，见吕雉没有拒绝，当即准备无礼。吕雉一见他这么心急，顿时明白了，他跟前面那人没啥区别，前面那个是狼，这个是披着人皮的狼，于是立马用力踢了他一脚。

曹郭顿时疼得那叫一个凄惨。吕雉趁机抽身，同时抽出那把杀猪刀，对曹郭说道："你休想花言巧语骗了老娘，官字上下两个口，胡说八道数你天下第一。刚刚那人一定是你叫来的，你别再过来，信不信老娘我阉了你！"

曹郭没想到吕雉如此刚烈，立刻捂着下面落荒而逃，同时恨恨地说道："有朝一日我定弄死你这悍妇！"

刘邦的作案实在太精彩，立马便传到了朝廷，朝廷此时已经自顾不暇，一切以平叛为中心，因此对刘邦只是让地方自行处理。

县令曹德听到消息后高兴得一塌糊涂，当即就把刘邦定为反贼，把吕雉抓进大牢。接着曹德还想去抓吕公，但是没想到吕公早有准备，把大女儿嫁给刘邦后，把二女儿嫁给了卖狗肉的樊哙。樊哙长得跟凶神恶煞似的，同时身材强壮，在刘邦走后接替刘邦坐上混混大哥的位置。他一听说吕雉被抓了，立马便来到岳父家。

曹郭带着兵马来到吕公家，没想到被早就等在那儿的樊哙埋伏了。樊哙最恨这帮贪官污吏，直接拦在门前，曹郭想冲进去，没想到反而被樊哙两下就打趴下。樊哙恶狠狠地踹了曹郭几脚，曹郭那叫一个痛不欲生，只好打道回府。

吕公见形势不妙，便让樊哙先躲起来，然后散尽家财打点官员衙役，之后便自己投案自首了。由于先前使了好处，那些得了金银财宝的官员自然没有为难吕公，尤其是管监狱的曹参，更是认为吕公仁义大方，想方设法营救吕公。

另外一边，章邯任大将以来，全国造反势力得到遏制，朝廷决定进一步发挥地方平叛的作用，于是派钦差下来督查指导平叛工作。县令曹德由于上报了刘邦造反，因此也有钦差来了。可是曹德这帮人只会窝里横，虽假模假样地派了些兵去抓刘邦，这些兵大都是瞎转悠一圈就回来了，自然没什么结果。这下子钦差要来，曹德唯恐自己因为办事不力被撤职，因此把吕公等人交给钦差。钦差见吕公白发苍苍还戴着枷锁，很不爽地斥责道："这帮人都敢造反，可见早就不在乎家室了，你为难一个老人有何用？"

第十六章 狡猾的刘邦

曹德赶忙解释道："刘邦狡猾，据说是躲在山里，我这小县城本就兵少，哪有余力去镇压刘邦，所以下官就想着抓了他家人作为人质。"

这钦差最烦这些县令推三阻四了，于是干脆道："少废话，没人手可以抓壮丁，朝廷催得紧，立刻给我出兵，否则我上报朝廷说你剿匪不力。"

这下曹德慌了，底下的都尉雍齿却是跳出来请战道："大人莫愁，我这就带两百兵马去抓刘邦回来。"

曹德怀疑道："我听说刘邦都有千余人了，你这点人够吗？"

"大人请放心，刘邦再厉害，也是没有受过训练的匪徒，我们的兵天天训练，一定能把他抓回来！"雍齿说完便拿了武器准备出发。

雍齿敢打包票，自然是因为有了线索，知道了刘邦藏身的山脉，于是便打算直捣黄龙。可是雍齿这人也是盲目自大了，他根本不了解平原作战跟山地作战是不一样的，尤其是在古代，他以为凭着装备精良就行了，然而打仗还是要讲究计谋的。

这些天，刘邦已把整个山头经营得如铁桶一般，雍齿等人刚进山就被喽啰们发现并通报刘邦了。刘邦设下埋伏，雍齿一进埋伏圈，高处的石头纷纷落下，打得这帮官兵措手不及。随后，趁官兵混乱，许横、史劲这两名猛将杀了进来，疯狂砍杀。这群官兵哪见过这么横的，纷纷抱头鼠窜，因为对地形不熟悉，再加上山路崎岖，有的被绊倒，有的掉下悬崖，最终死伤大半。雍齿虽然英勇，然而终究是不敌，被绑着押去见刘邦。雍齿见到刘邦后便是破口大骂："刘邦，你这个卑鄙小人，还不快束手就擒，否则你的一家老小通通都要被县令处死！"

刘邦不屑一顾地说道："我都造反了，连自己性命都不要了，哪还在乎这些？倒是你，此时该求我才是，信不信我立马砍死你！"

这雍齿立马怂了。雍齿是那种为人做事极其摇摆不定的类型，见风使舵是他的专长，过了几天见刘邦在山上混得不错，又没人来救他们，立马便投降了刘邦。

又过了几天，樊哙也来了。樊哙赶忙告诉刘邦，县令那边听说你抓了雍齿，打死官兵，已经跟御史商量要处死你一家老小，你现在回去，有萧何跟曹参做内应，一定能取胜。

刘邦也不想落草为寇，此刻见樊哙这么说，再加上沛县是自己老家，占领沛县一定能进一步扩大势力，因此当即决定出发。对于雍齿，刘邦很不放心，怕消息走漏，就把他派去镇守新攻下的丰邑。

这天夜里，刘邦到了沛县，重回故里，感慨万千，他看着城楼上镇守的萧何和曹参，就明白这次攻城不会有任何难度。果然，半夜三更，城门便被打开，刘邦率队鱼贯而入，径直杀向县府。一路上厮杀声震天，曹德在家中听见动静，吓得翻墙而走。县令已逃走，余下的官吏反抗的也被杀了个干净，一晚上时间，沛县已落入刘邦之手。从此刘邦自封为沛公，也算有了自己的根据地。

刘邦算是发家了，而他的对手项羽此刻却为广陵城而发愁。广陵城久攻不下，是块难啃的硬骨头，然而项羽已经跟灵儿许下诺言，必须打下广陵城不可。

广陵城难攻也是有原因的，郡守俞禧乃是从军队出来的，懂军事，而且还有黥布、蒲奢这两位猛人作将领。这两位原先也是杀人抢劫无恶不作的穷凶极恶之徒，但是被俞禧用计谋收服，自此归顺了广陵，他们两人镇守城墙，兵士不敢松懈。

俞禧守城奉行的就是死守，管你项羽多会叫唤，坚决闭门不出，绝对不主动出击。但是你要是过来进攻，那对不起，城墙又高又厚，同时还有护城河，守城的居高临下，攻城的稍微一靠近，就有各种石头箭镞扑面而来。

项羽很郁闷，他所理解的打仗是两军对杀，俞禧乌龟般守城，他一身武艺也施展不出来。项羽急得跳脚，他本以为能一举拿下广陵，谁知道拖了这么久。

项羽无奈，每天便是围着广陵城转，企图找到一条小路或者有缺口的城墙好进去，可是这破绽没找到，却发现了一个老人天天在河边钓鱼，优哉游哉，好像压根就没把项羽的攻城当回事。项羽心里那个气啊，这几天正不爽，你居然撞枪口了，那我自然要修理你了！

于是项羽就来到老人身边，吼道："你知不知道我就要攻城，这里即将变成一堆废墟？"

老人慢悠悠地说道："年轻人，你太放肆了，攻城又如何，我钓我的鱼罢了。"

项羽更是大怒，喊道："给我把这老头扔河里去！"

没想到，这老人早有准备，直接扔下鱼竿跨马而走。项羽问部下为何不快点动手，部下说道："将军，这个老人是范增，是周围村民尊敬的长者，我们抓了他会引起百姓不满！"

项羽满腔怒火得不到发泄，居然动手教训这些部下。

范增回去稍一打听，便知道了今天遇到的人是楚郡少将军项羽，他暗自想着要教训教训这个不知道尊老的狂妄青年。

项羽的那帮手下后来找到范增诉苦，告诉范增那天为了不对他动手，结果遭到了项羽的鞭打，让范增给出个主意。于是范增就问道，少将军是否婚配，手下人等就把项羽不破广陵不娶灵儿的事情告诉了范增。范增便嘿嘿一笑道："这少将军是思念女人了，你们偷偷把灵儿接来不就得了。"

众人立马便派出一个探子，偷偷出营。恰好此时项梁跟陈婴一起出兵支援项羽也在路上，因此没几天，探子便把灵儿接了过来。

第十七章 立下军令状

这一日，项羽回到家中，没想到，他昼思夜想的灵儿就在家中等着他。两人立马便是旧情复燃，你侬我侬，项羽自然顾不上打骂将士。将士们日子自然好过了些，纷纷感激范增出的主意。

不过好景不长，等到项梁来了，发现这么久项羽居然还没有攻下城池，每天跟灵儿一块快活，立马大怒。项梁当即把项羽叫过来，让项羽在他父亲的灵位前跪下。项梁说道，如果项羽攻不下这广陵城，也不要认他这个亲叔叔了，同时向全军将士宣告，项羽十天内再攻不下广陵城，就算是他的亲侄子，照样军法处置，就地杖责一百并撤去将军一职。

这下项羽慌了，他心气颇高，若是让他免去将军一职，去做一个小兵，那还不如杀了他算了。他没想到叔叔如此绝情，当即决定不惜一切代价攻城。

当天早上，项羽集结将士宣布，今日攻城，谁再敢退缩，斩立决。并且为表决心，项羽亲自带头扛起最重的圆木。盾牌兵在前面开道，项羽扛着硕大的圆木不断地轰击城门。这城门乃是广陵郡守俞禧改造过的，把木门撞裂开后，楚军才发现里面被堆满了石头，堵住了去路。众兵士正要泄气，没想到项羽直接便徒手搬动巨石，硬是靠蛮力把堵门石块弄出来，众人惊叹极了。俞禧本来以为有了巨石封堵，城门万无一失，没想到项羽力气如此之大，活生生把巨石挪了出来，这下子立马派黥布、蒲奢埋伏，只等项羽军进入城洞中。

众部将见项羽强行弄出个缺口来，纷纷进入，没想到进去就有各种长枪飞箭射来，一时间伤亡惨重。项羽却是不惧，身穿铁甲，手持方天画戟，直接便是冲杀上前，速度相当快，片刻间怒吼着杀到黥布、蒲奢面前，一路上更是挥舞方天画戟，杀死一片敌人。本来按照俞禧设计，黥布、蒲奢埋伏在洞口，出来多少敌人杀多少敌人，必然大胜。

可是万没想到项羽这个超级战争机器，在包围圈中反而越战越勇。黥布、蒲奢只好亲自上阵跟项羽交手。没想到的是，项羽跟他们交手只是为了拖延时间，项羽边战边掩护兵士撤退。眼见又退到洞口，黥布、蒲奢使出浑身解数都无法留下项羽，反倒是蒲奢被项羽打翻在地。项羽拿方天画戟指着蒲奢道："谁敢上前，我就杀了他！"黥布跟蒲奢共过患难，是铁哥们，立马便让兵士停下，让项羽离去。

项羽此战全靠着自己的英勇方挽回一点损失，这一战是项羽最费劲的一战，几乎差点被干掉。实际上，前期项羽用力过猛，导致后面交手时已经没剩多少力气了，他明白自己太过鲁莽，因而中了埋伏，但是心高气傲的他不愿承认，只同将士们说道："明日再战！"项羽灰心丧气地回到营帐中，见到灵儿更是满腔怒火，都是这个女人害得我如此狼狈，于是对着灵儿说道："我看见你就烦，我今天吃了败仗都怪你！"

灵儿没想到平日对她温柔的项羽居然说出这等话来，原来平素都是假的，立刻便生气了，把给项羽打的洗脚水直接泼在地上。项羽没想到灵儿这么倔，居然敢对着他泼洗脚水，便认为灵儿冒犯了他，一边说着"你个臭娘们，我非教训你不可"，一边抓住想跑的灵儿，直接便是几拳上去。灵儿身轻体弱，顿时被打得鼻青脸肿，鼻血直流。灵儿的惨叫声惊动了四周，王晴得到将士禀报后过来了，见项羽居然对女人撒气动手，立马说道："没出息的东西，就知道拿女人撒气！灵儿，我们走。"

项羽知道等下估计又要挨项梁一顿训，立马也走了。项羽真想自杀，他从没遇到如此挫折，他是万人敬仰的少将军，如今却如此落魄，想到可能真要被撤职，灵儿说不定会嫁给那个攻破广陵城的人，他就很难受。

没想到的是，项羽出城居然又见到了那个老头范增。项羽想着这次非教训这老头一顿不可，于是急忙冲过去，可是万没想到，居然被什么东西绊了一下，随后脚底一滑摔进了坑里。项羽摔了个嘴啃泥，那叫一个惨，趴在坑中，叹气道："今日如此大败，又遭此大辱，真是丢尽了我项家的脸面。连个广陵都打不下来，谈何恢复楚国！"

说完，项羽便把宝剑丢出坑外，对范增说道："老人家，此宝剑赠予你，你杀了我吧！"

范增自然不会杀了项羽，他起初只是想教训一下项羽，没想到这青年想寻死。

于是范增说道："男子汉大丈夫，一次失败算不了什么，我这么大年纪了，不知道经历多少挫折，你还年轻，不知道生命的珍贵！"

项羽回应道："我乃楚国大将项燕之孙，从出生便肩负国仇家恨。自打起兵以来，我英勇作战，没有丝毫畏缩，奈何这广陵城久攻不下，随我一同起兵的将士死伤无数，我的马也战死了。作为一个将军，不能打胜仗，活着有何用？"

这时候，项羽已经从坑里爬了出来，他见范增不拿宝剑，于是自己拿起宝剑就要自杀。没想到，这时候一匹野马冲了过来，撞了一下项羽，项羽的宝剑被撞掉了。项羽望着眼前之马，此马通体如黑缎子一般，油光锃亮，唯有四个马蹄子部位白得赛雪。项羽大喜，翻身跃上马背。

此马名唤乌骓，是难得一见的神驹，传说可以日行千里。民间还有传言，此马非英雄人物不可骑。此刻范增见项羽居然轻轻松松就骑上马背，不禁大惊，立马决定要助项羽一臂之力。恰好此时项梁来寻项羽，范增将项羽将要自杀而此神驹救了项羽的事告诉了项梁，并且跟项梁探讨了军事。项梁被范增的军事智慧折服，立刻决定将范增召为军师，同时安慰了项羽一番。项羽得了宝马，认为是天不要他亡，一扫之前战败的沮丧，再次立下军令状。

第十八章 我为你杀尽贪官

这些日子广陵城中守兵突然发现，攻城的兵士渐渐撤走，所有人都松了一口。广陵郡守俞禧见叛贼退兵了，立马便把黥布、蒲奢两人抓来问罪。在俞禧看来，上次本是个好机会，能够杀死或活捉项羽，却没想到这两人如此不堪重用，居然眼睁睁放走了项羽，真是痛失良机！

黥布、蒲奢也没想到俞禧如此势利，先前他们日夜守城，可以说是累得不轻，这叛军刚走，俞禧就要做这等卸磨杀驴的事情。好在俞禧还知道反贼未灭，没有将两人打入大牢，只是从主将降为副将，美其名曰戴罪立功，同时借此削弱了黥布、蒲奢的兵权。黥布、蒲奢内心虽有不满，表面上却依旧顺从，暗中开始培养自己的势力，同时也谋划着防备俞禧对他们痛下杀手的对策。

另外一边，范增开始施展计谋。此时已经到了夏季，广陵城因为地理位置原因，晚上容易起雾。这天范增夜观天象，料定是个大雾天，于是让项羽带着一队骑兵秘密回到广陵城外。此时的项梁大军假装在攻打另外一个地方，因此得到消息的俞禧很放心地跟下属官员在一起喝酒吃肉，庆祝这次打退了叛贼。

唯独黥布、蒲奢被派去守城门。黥布、蒲奢很是不悦，回想起来，他们两人自从降了俞禧后，表面上是在军中受了些重用，实际上那些官员没一个瞧得上他们两人，都用打量罪犯的眼神看他们。自古以来，官就是官，匪就是匪，哪怕匪被招安成了官，也不会被整个官僚集体所接受。

项羽却是不急，一直等到夜深人静的时候，才悄悄来到城门下。由于大雾天，城楼上的守将没有发现敌军已经兵临城下，项羽等人将早就准备好的十来桶油浇在新修的木质城门上，然后围着城墙倒油。这就是范增出的妙计，趁着大雾天火烧广陵城。

一切准备就绪，项羽一声令下，顿时火光四起，火势蔓延到城墙上。守城士兵发现火情，便想要去取水救火，然而没想到，刚下去准备打水，却遭到了项羽的袭击。项羽这次没从城门进来，而是从一处烧塌的城墙豁口，骑着神驹一跃而入。项羽没有遇到一点像样的抵抗，那些士兵忙着救火，连武器都没拿，就被项羽用方天画戟刺死。

项羽明白骑兵的优势在于移动速度快，他所带人马并不多，想要拿下广陵城必须直接杀去郡守府，而且今天据说众多广陵郡官员都在郡守府庆功，正是一举歼灭的好时机。

此时项羽正愁无人带路，不料黥布、蒲奢却是拦住去路道："我黥布、蒲奢原本便是贼寇，受俞禧胁迫而来对付将军，现明白大义，愿归顺项梁将军，共同灭秦！"

项羽跟这两人交过手，很佩服两人的武艺，于是当即下马，说道："二位壮士请起，我等一同拿下这广陵郡！"于是黥布、蒲奢的人马同项羽的人马会同，一起杀向郡守府。

这一切发生得太快，郡守府此时宴席正酣，俞禧喝得醉醺醺的，想着等平定叛贼，他有了守城之功，少不得要官升一级，至于黥布、蒲奢等，到平叛结束，找个理由杀了，交上去，就说是斩杀的叛军将领的头颅。

项羽一路上见平民百姓都吃不饱饭，沿街乞讨者无数，而那郡守府却是灯火辉煌，非常气派，内心就非常愤恨，直接便杀了守门的侍卫，一脚踹开郡守府大门。见到满桌丰盛的饭菜，真是朱门酒肉臭，路有冻死骨，项羽当即大开杀戒。俞禧想要逃跑，却是被项羽追上刺死。

激战一夜，等到天亮，广陵城陷落，郡守府横尸遍地。项羽将那些贪官污吏的人头挂在郡守府大门前，同时开仓放粮，把官府的军粮拿出来分给平民。很快，平素受尽官僚欺压的百姓，纷纷投靠项梁。

项梁等也来到广陵，见到广陵城果然如范增计划的那样被拿下，便认定范增是个不可多得的人才，让项羽认范增为义父。项羽对于范增的天机神算也是心服口服，当即便尊敬地行三拜九叩大礼。众人十分欢喜，尤其是项梁又获得了黥布、蒲奢两员大将，觉得离复国大业又更近了一步。这时候王晴见项梁心情不错，便趁热打铁说道："项羽答应的事也做到了，也该给项羽这孩子办婚礼了！"

项梁当即答应，决定来个双喜临门，于是就让项羽去把灵儿叫来。项羽刚打了胜仗，在军中威望大增，又因杀了广陵郡的狗官，受到广陵老百姓的尊崇，他以为自己这次一定能把灵儿娶回家来。

项羽来到灵儿住处，却发现门紧关着，他吼叫着让灵儿开门，灵儿却是伤心地说道："我不想再见到你。"

项羽说道："我把广陵城打下来了，我来娶你了！"灵儿却是不屑地说道："我不想嫁给你了，嫁给你迟早得被你打死！"

项羽没想到灵儿对他这个大英雄居然如此不屑，也是慌了，但是他生性要强，于是硬是敲门。项羽的力气对付一扇门自然不在话下，几下门便被砸开了。灵儿没想到项羽如此粗暴，吓得赶紧要跑，但是再快也没有项羽快。项羽一把抱住灵儿，灵儿哇哇直叫唤"放开我"，项羽说道："你今天不同意，我就一直抱着不放手！"

灵儿头一次见项羽这样，有些心软，但依旧决绝地说道："你想都别想！"

项羽没想到灵儿如此决绝，他松开手，却是把剑横在自己的脖子上，然后冲着灵儿说道："我为了你杀尽了广陵城的狗官，所有的百姓都认为我是大英雄，今天我得不到你，我就让我的鲜血洒到你身上！"

第十九章 别这样，我答应你

灵儿眼见项羽把剑越逼越紧，只好说道："别这样，我答应你还不行吗？"

项羽一听灵儿答应了，高兴地把宝剑丢在地上，抱住灵儿，把灵儿举起来又放下来，不停地亲吻灵儿，高兴地说道："我娶媳妇了，我娶媳妇了！"一个少年经过千辛万苦战胜了无数困难，终于获得了他想要的礼物。

然而灵儿真的同意了吗？其实并没有，灵儿在项羽打她的那一刻，已经对这个男人死心了。

这一天，郡守府张灯结彩，好不热闹，全城的老百姓都知道，替他们斩杀了贪官污吏的大英雄项羽要结婚了。项梁此时已经成了一方势力，对于这桩婚事，他也是很满意的，灵儿温柔贤淑，对事对物颇有主见，项羽跟灵儿成亲那真是珠联璧合，一个粗犷，一个细腻，堪称天造地设的一对。

项羽开怀畅饮，今天是他的好日子，他直接拿着酒罐上去跟人喝酒，众人都被项羽的豪饮惊呆了。项羽醉醺醺来到洞房，没想到洞房里面居然空无一人。项羽气急败坏，挥舞着剑，把家具什么的通通都砸烂了。

等到早上醒来，项羽听说所有人都知道了灵儿逃婚的事情，觉得丢了面子，当即决定北上，去找他叔叔项梁之前派出去的陈婴。

此时，天下局势随着陈胜的死再一次发生了重大变化。正所谓枪打出头鸟，章邯出山后的第一件事就是去剿灭陈胜。章邯攻破了陈胜的国都陈县，陈胜亲自上阵仍然不敌，最后被车夫出卖，拿他的人头向章邯投降，换来荣华富贵。

陈胜一死，之前打着响应陈胜旗号起兵的阿猫阿狗瞬间没有了忽悠的标杆，占领了彭城的草头军秦嘉就是如此。秦嘉开始时举着陈胜的旗号起兵，那时候响应的人很多，但是没想到陈胜居然被秦兵扑灭了，他一下子发现这个旗号不管用了，忽悠不到人来给他卖命了。秦嘉琢磨了半天，他自己是草莽出身，之前的旗号是楚，正所谓楚虽三户，亡秦必楚，现在楚这个旗号肯定不能放弃，于是他就拥立传说是楚王后裔的景驹为楚王，以标榜自己是正统。然而实际上，他的名声已经臭了，秦嘉作为名义上陈胜的臣子，不服陈胜号令，自立为大司马，假传陈胜命令杀死了陈胜派来监督他的人，并且在陈胜死后不想着报仇却另立山头，这就表明他是个无所谓秦楚，只要自己能称王就行的投机分子。秦嘉眼见秦朝廷的军队越来越凶猛，就想着联合各路兵马共同抵抗暴秦，于是派人四处联络。

项梁本来也想着跟西边的陈胜会合，但没想到秦嘉派的人却先到了。秦嘉的人套路跟召平差不多，无非是先夸赞项梁一番，同时画大饼，承诺项梁若是能前往共谋大业，大将军是起码的。项梁自然看破不说破，满口答应，实则内心恨不得早日灭了这个左右摇摆的卑鄙小人秦嘉。

使者回来，秦嘉听闻项梁愿意归顺，自然很高兴，在他看来，项梁是贵族正统，如今这正统都归顺，不就代表他的伪楚再一次有了公信力。而且这所谓的大将军不过是个名号，秦嘉是只要有人肯来，起码都封个大将军，反正又不用发俸禄，随便封赏些空头衔就行了。

项梁夜里跟范增商量一番，定下计策，日夜兼程向着秦嘉的驻地进发。此时各路的造反头目也都接到了秦嘉的邀请，纷纷向秦嘉驻地进发。

项梁赶到的时候，大概有七八万人马，号称十万楚军，浩浩荡荡。秦嘉也没想到，项梁的动作如此迅速，而且项梁的人马太多了，自己手上的军队也没这么多，因此心生警惕，让自己的军队守在渭水东岸，同时命令项梁军队停在渭水西岸，传楚王号令，让项梁带着少许人马来见楚王。

项梁自然对秦嘉的心思心知肚明，但是却不点破，带着人马前去，同时安排好，若是他天黑之前不回来，即刻发动进攻。

秦嘉没想到项梁真的敢来，其实他号召天下造反派前来时，是打听到有秦军要来进攻，想着只要秦军来了，就派那些造反派出去抵抗秦军，岂不是一石二鸟。

伪楚王景驹假模假样地搞了一套仪式迎接项梁。在项梁看来，这都是些假把式，打仗讲究简单高效，搞这些繁文缛节还煞有其事，可见秦嘉带兵能力不行，沐猴而冠的本事倒不小。

项梁也不说破，迎合着盛大的欢迎仪式，望着伪楚王景驹在那煞有其事地称孤道寡，心想，就这么点军队还真当自己是楚王了。

终于，该册封项梁为大将军了。这下子，秦嘉露出自己的本来面目，以丞相的口吻质问项梁道："项梁将军，你是愿意领兵在外为楚王攻城拔寨，还是愿意交出兵权在楚王身边守卫？"

项梁想想就觉得好笑，我难道非得交出兵权才能在楚王身边守卫？何况我在楚王身边，若是没有兵权，敌人来了难不成凭我一个人去抵抗？没有兵权那叫什么大将军，叫御前侍卫还差不多，忽悠我交兵权也不找个好点的理由。

但是项梁却是依旧淡定地回答道："我倒是愿意留在楚王身边，兵权也可交给楚王！"

楚王听项梁说愿意把兵权交给他，顿时恨不得马上答应，有了这十万楚兵，他就不用受秦嘉制约了，到时候第一步就是要想办法削弱秦嘉。秦嘉在外人面前对楚王很尊重，实际上背地里压根不把楚王当回事，楚王稍有违逆，他便拿刀威胁，楚王早就受够了这种傀儡生活。因此楚王说道："项将军大义为楚，本王深感欣慰。那就这样吧，以后你就贴身跟着本王！"

第二十章 白拿钱随时跳槽

一旁的秦嘉立马意识到楚王景驹想要摆脱他的掌控，然而他名义上是丞相，于是他急忙进言道："楚王万万不可，项梁将军如此神勇，如今暴秦未灭，怎能让他留在身边屈才，应当让项梁将军为国效力，征讨暴秦才对！"

楚王景驹刚想违逆，不料却看见秦嘉使了个眼色。按往常惯例，景驹若是不从，他周边的侍卫便要动手拔刀。于是景驹只好无奈地说道："那就不急，从长计议吧。"

秦嘉这时候打圆场送客道："今日受封仪式已经完成，项梁将军请回，暂且在河对岸等候，待楚王与我商议后再行决断！"

楚王景驹只得服软道："刚刚寡人所言的确欠考虑，军国大事自然是要听丞相的啊！"

项梁听后暗自感叹，这楚王说话没有一点分量，怕是完全被秦嘉架空了，估计是秦嘉从哪个山沟里找来的，不然这君王的话随便就能收回，哪还有威严存在。

项梁回去跟范增说了今天的事，范增思考后说道："这秦嘉还死死捏住了楚王，怕是决不肯让楚王掌权，这楚王一定心生怨恨，我们可从中斡旋得利！"

当天晚上再次定下计谋，项梁传信给项羽。此时项羽正和陈婴等人攻打附近的一座小城，接到信后，立刻停止了攻击。

秦嘉没有料到项梁还有另一支军队，在他看来，河对岸的那支军队应该就是项梁的全部家当了，他原本想忽悠来几只小鱼小虾，没想到忽悠到了一只巨鲨。同时他也明白了，这个楚王也是不甘心作为傀儡的，他在楚王身边的监视又加强了，甚至想着过了这阵子，把这个楚王杀了，换一个更听话的。

几天过后，一支秦军突然出现。这支秦军中有位将领特别勇猛，拿着方天画戟以横扫千军之势把秦嘉的军队打得惨不忍睹。秦嘉没有办法，为了减少损失只得请项梁来帮助。万没想到，项梁的军队刚渡过河，立刻便是反戈一击。原来之前的秦军是项羽等假扮的，为的便是逼迫秦嘉请项梁出兵，好让项梁的军队过江。这下好了，前后夹击，秦嘉这才醒悟，但是为时已晚，只好带着伪楚王勉强逃了出去。

项羽又一次取得了胜利，而刘邦却有些不顺。刘邦好不容易当上了沛公，然而很快就遭到了第一次背叛。雍齿见刘邦这等人居然成了沛公骑在自己头上，立马造反了，刘邦前去平叛都失败了，于是也想着找救兵。这时候秦嘉的使者到了，说辞还是那套说辞，还是拿将军当许诺，刘邦带兵前来一看，什么将军啊，到处都是战场。此时刘邦恰好赶上秦嘉跟项梁交战，刘邦震惊了，这种大战显然不是此时的他能参与的，于是立马掉头回去。

而这时候又来了一支队伍，这支队伍便是由张良所率领的，毫无疑问，也是被秦嘉忽悠来的。此时距离刺杀秦始皇已经过去十来年了，这十来年，张良是东躲西藏，总算是活了下来。这十年，可以说是秦朝变化最大的十年，从一个大一统王朝，秦始皇浩浩荡荡巡游震惊多少英雄豪杰，到如今战乱四起，朝政黑暗，到处都是揭竿而起的人。

张良远远看到刘邦等人，看他们那狼狈样，像是吃了败仗，估计十有八九是秦兵。张良想着，要去拜会楚王，总得有见面礼，看到周边有一片桃园，于是立马心生妙计，打算抓了刘邦这伙人。

刘邦等人慌忙从战场上逃了出来，战场无情，慢一步估计就没命了。还好刘邦最擅长逃跑，但是日夜兼程，他也累得够呛，快把老腿都给走断了。

这时候烈日当空，刘邦等人口渴难耐，突然见到前方有一片桃林，桃树上的桃子又大又圆，恨不得立马冲过去。众人丢下武器爬树摘桃，等到下来时，才发现被人包围了，而他们手里拿着桃子，面对的士兵拿着武器，只好乖乖束手就擒。

刘邦一伙被绑了起来，张良训斥刘邦道："你们这些吃了败仗的秦兵，还有脸吃百姓的桃子？我今天不杀你们，暂且抓了你们送给楚王！"

刘邦一听就明白了，原来把我们当成吃了败仗的秦兵了，于是赶忙解释道："这位壮士，在下是沛县起兵反秦的头领刘邦，也是受到了楚王邀请而来。我刚从那边过来，不知怎的，楚王跟项梁打起来了，我等人少不敢参与，只得原路回家。"

张良这才明白，原来也是一路的，绑错人了，于是赶紧松绑。张良向刘邦介绍道："在下张良，也聚拢了些人马，想着去楚王那里受封当个将军，一同反抗暴秦。"刘邦这才明白了，敢情这楚王来者不拒，通通封为将军，这忽悠人的本事我刘邦也会，于是立马夸奖张良道："先生足智多谋，方才略施小计，我的人马就全被先生俘虏了，我看先生谋略堪称天下第一！我刘邦也有志于推翻暴秦，我在沛县已经扎根，我看先生投靠楚王不成，不如投靠我刘邦，我这儿正缺一个大军师，先生你器宇轩昂，乃当世人杰，你我联手正合适。"

张良听完犹豫了一下，刘邦立刻知道有戏，便同样许以高官厚禄，同时承诺："我刘邦待人宽和，先生可先去我那过上些时日，若觉得我不值得追随，随时可以走，我刘邦绝不拦着，并且先生的人马依旧跟着先生，先生你看这样如何？"

张良没想到刘邦如此豁达，立刻被刘邦的胸襟所折服，况且他也没别的地方去，那就先跟着刘邦混吧，反正混得不好还可以跳槽。刘邦这样就等于承诺张良白拿钱，还能随时跳槽。

第二十一章 最后的名将

于是张良就跟部下商量，这时候跟着张良一块走的项伯，听说项梁势力做大了，便想着去投靠项梁，同时一些愿意跟着项伯的也去了，于是就这样分道扬镳了。

而项梁此时大胜秦嘉，却不急着收复秦嘉占领的城池，而是听从范增的建议，一定要将秦嘉建立的伪楚消灭干净，这样才能建立正统的楚国。因此项梁是一直追杀秦嘉，同时也打出了消灭秦嘉，为陈胜报仇的旗号。很多人都误以为是秦嘉杀了陈胜，因此各路兵马都很支持项梁。就这样，项梁的军队所向披靡，将秦嘉围困在一座山上。

秦嘉不肯下山，打算占山为王，仗着地形优势，一次次击退项梁。最后依然是范增使出计谋，不再劝降，而是放火烧山。可怜秦嘉也算一代英雄，却落得被活活烧死的下场，整个秦嘉军全军覆没。

项梁灭了秦嘉后，被公认为是陈胜之后最强的起义军，同时项梁因为具有正统性，于是命人四处找寻楚王后裔。后来终于找到了躲藏在民间的熊心，项梁宣布楚国复国。由于项梁没有自立为王，而是让楚王后裔称王，因此原先楚地的人都认为项梁高风亮节，一时间，来投者无数。同时项梁听取范增的建议，让楚王封自己为武信君，说白了这招便是后世曹操干的挟天子以令诸侯。

项梁宣布楚国复国后，各路英雄纷纷来投，刘邦也在获知消息后前来。加冕仪式上，大伙发现楚王是个小孩，登基还要人搀扶，纷纷感叹这楚王是真是假不知道，但肯定还是个傀儡。

另外，各路起义军见复国这个旗号很好用，便动了心思：除了楚国，还有五个国家也是被秦国消灭的，楚国复国有那么多楚人来投奔，这别的国家复国不也一样吗？于是，各个国家纷纷复国，先是陈胜曾经的手下魏咎自封为魏王，另一边起义军武臣自立为赵王，再是韩广占领了原燕国故地后自称燕王，原本跟齐国王室有点远亲的田儋三兄弟也自封为齐王，只剩原属韩国的地区因为被秦朝控制得比较紧，才没有鼓弄出一个王来。

另外，秦朝廷的内斗再次开始了。李斯跟赵高联手把胡亥扶上皇帝宝座后，李斯自认为全部功劳在他，并且李斯并不是很瞧得起赵高，同时赵高的野心和权力欲望进一步膨胀，一山不容二虎，两人很快便打了起来。

赵高每次都趁胡亥玩得正高兴的时候，让李斯等人进来禀报政务，结果胡亥就很不高兴。好比你正玩游戏眼看就要赢了，你妈却给你把电源拔了，胡亥就是这种感受。但是李斯没办法，反秦力量越来越强大，胡亥又是个只想听好消息的主子，于是李斯想劝胡亥不要修阿房宫了，以减少支出。这下胡亥更不爽了，之前不让他继续修秦始皇的坟墓，他想着不关自己的事儿，咬咬牙也就算了，可是这阿房宫可是他找乐子的地方，要是停了，他不就没地玩了吗？胡亥于是便对李斯起了杀心，赵高更是进谗言说李斯贪赃枉法，他不许皇帝你修阿房宫，自己家倒建起了豪宅，八成军饷都被李斯贪污了。

于是胡亥将李斯打下牢房。李斯自然是不认罪的，但是赵高很狡猾，他派人假装胡亥的御史来审讯李斯。李斯一见御史，立马死不认罪，结果这御史便把李斯一顿严刑拷打，并且暗示李斯，皇帝已经认定了他就是贪赃枉法。开始时李斯还怀疑御史是赵高派来的，但是三番五次后，每次来不同的御史都这样，最后李斯只好屈服了。李斯一屈服，那帮御史立马安排好酒好菜招待，于是等到真的御史来了，李斯也以为只要认罪，就能有好酒好菜。结果这次不一样了，他一认罪，立刻就被拖出去问斩。李斯死后，秦国再无一人能制约赵高，赵高更是代替胡亥处理政务。胡亥整天玩乐，秦朝廷中正直的官员对于政权极度失望。

不过好在秦朝最后的大将章邯撑起了帝国最后的尊严，他率领一群囚徒，以一军之力扫荡关东，差一步就能挽救帝国危亡。

那个时候，正是章邯的高光时刻，他将魏王魏咎打得落花流水，魏国大多数土地被章邯收复。事实证明，农民起义领袖一旦封王后，极其容易自我膨胀，尤其是封王之后再大肆分封底下的兄弟，更是快速丧失战斗力的歧途，论功行赏不公也是迅速挑起内斗的祸端。魏咎也没想到自己的王位这么不稳，之前一块豁出去打天下的兄弟见形势不妙，投降的投降，逃跑的逃跑。农民起义军的首领好不容易拎着脑袋赚来点荣华富贵，立马想着的不再是斗争，而是保住自己的位子。

魏国的军队被章邯打得大败，魏王魏咎四处求救。齐国响应最快，因为齐国离魏国最近，自然明白隔壁的猪杀完了就该轮到自己了。另外一边，楚国的项梁也派出了一名将军项他率领兵士前来。这样一来，齐楚魏三国的军队数量已经可以跟章邯比肩了，然而坏就坏在动静太大，大到章邯都知道了。

章邯打仗很少跟对手正面交锋，讲究的是变通。得知消息后，章邯立马兵分两路，自己亲自带一路人马去攻打楚国的栗县，攻下后大肆宣扬秦军在栗县，同时把兵马拆散，埋伏在村庄里面。项梁得知后，立刻派朱鸡石、徐樊君这两个原秦朝官员、现造反派前去，想着官军对官军应该更熟悉。

这个时候的项羽带领军队去攻打襄城了。项羽此时正是意气风发，对于项梁让他去攻打襄城这个小地方颇有些不屑，毕竟他想要的是去跟秦军决一死战。但是他还是听从项梁的安排，也明白项梁把容易取胜的地方交给他去打，是为了让他积累战功。

第二十二章 魏国灭亡

　　项羽的这种想法很快就让他吃个大亏，他不会想到，这一战他将会近乎全军覆没。此刻的秦朝朝政黑暗至极，但是在个别地区，还是存在爱民如子的好官，比如襄城的县官解锦。在解锦的治理下，襄城算是乱世中的世外桃源，老百姓根本不想造反，想的是守住自己的家园，因此，项羽遭到了顽强抵抗。一座几万人口的小城，硬是靠着团结一致对外，全民皆兵，把武艺高强的项羽难住了。

　　项羽于是那个恨啊，想起了之前在广陵的时候，那一招火烧城墙，于是想着故技重施。然而一切不考虑周边环境的生搬硬套都是死路一条。项羽只想着放火，但是他没考虑到，襄城这个地方多雨。结果他刚准备放火，雨来了，而且是夏天的雷阵雨。暴雨倾盆而下，项羽准备的柴火全部湿透了，同时襄城的百姓却是不怕下雨，他们早就习惯了。这下子好了，项羽的部队因为下雨而战斗力暴跌，战局立马扭转，襄城全军出动，在暴雨中暴打项羽军，项羽被雨淋得睁不开眼，落荒而逃。项羽望着惨败的部队，恨透了这个叫襄城的地方。

　　另外一方面，朱鸡石、徐樊君原本以为章邯会死守栗县，仗着城池跟他们耗，但是没想到，很容易便打下了栗县，朱鸡石、徐樊君便以为章邯只是徒有虚名罢了。此时朱鸡石、徐樊君还没有麻痹大意，而是小心翼翼跟村民打探消息。得知章邯将很多兵力隐藏在村庄，这下朱鸡石、徐樊君以为看透了章邯的底牌，认为章邯打算埋伏楚军。但是朱鸡石、徐樊君看透后决定采取迂回包抄的战术，不从大路进入村庄，而走小路从后面突袭进攻，打得秦军大败而逃。朱鸡石、徐樊君此时以为大胜，准备返回栗县，但是他们没想到的是，前面都是章邯的障眼法，为的就是让他们麻痹大意，实际上章邯此时已经重新占领了栗县。等到朱鸡石、徐樊君班师凯旋后，从栗城中出来迎接他们的是章邯的虎狼之师。朱鸡石、徐樊君猝不及防，慌忙迎战，刚一交战便发现这支秦军太强了，自己完全不是对手，而且他们先前两次大胜俘虏的秦兵也纷纷倒戈，拿起同伴递过来的武器就开始厮杀，场面十分惨烈。

这一战，楚军彻底输了。朱鸡石、徐樊君开始时还积极抵抗，后来发现秦军人马越来越多，这才意识到，秦军隐藏了太多兵力。楚军再厉害，也敌不过秦军的四面围剿，最终徐樊君战死沙场，朱鸡石死里逃生。

这个时候项羽也打了败仗，但是项羽却是不服输，跟项梁说道："再给我五千兵马，我一定把整个襄城给灭得干干净净。"项梁于是给了项羽五千兵马。项羽这么说是有原因的，因为他发现，由于暴雨，襄城的大堤决堤了，没有了堤坝阻拦，乘船可以直接进入襄城。而此时的襄城正沉浸在战胜楚军的欢乐气氛中，项羽乘船飞渡，率先发起进攻。项羽几乎是沿着河口一路杀上去，他太需要泄愤了，五千精兵，全军覆没，这是他带兵以来的奇耻大辱，他内心的血性被激发出来。那一夜，项羽如同死神一般，将整个襄城变成了人间地狱，他把解锦大卸八块，更不许襄城的兵士投降，放下武器的也通通杀掉。这时候的项羽已经暴露出了内心的仇恨观，这也为他之后的不断杀降埋下了伏笔，项羽开始将打胜仗转化为杀戮。

朱鸡石开始还害怕回去之后会被惩罚，但是当他得知项羽也打了败仗，回来借兵后打赢了，于是他也向项梁请求再给他一些人马，以将功折罪。然而项梁直接翻脸了，认定了是朱鸡石跟章邯合谋才导致楚军大败的，要不然为啥徐樊君战死沙场，唯独朱鸡石跑回来了，当场就把朱鸡石拖出去斩了。项梁从此对于投降过来的秦兵将士越加不信任。

章邯率领的主力打败楚军后，立刻便跟之前的另一半军队会合。章邯的打法其实很简单，就是放弃一城一地的得失，而把主要精力用在吸引联军主力上。之前另一半军队便是不断地骚扰联军，但是一旦联军发动大规模进攻，他们便立刻弃城逃跑。此时两军合并为一军，战斗力大大加强，而且联军中楚军已经被收拾了。

兵贵神速，仅仅几天后，章邯便又一次发起进攻。联军之前被骚扰惯了，以为这次也跟以前一样，没想到的是，这一次秦军却是死守城池不跑了。联军发起进攻，将主要精力都放在攻城上，却没料到，章邯从后面突袭。联军被打蒙了，原本一直向前冲锋攻城，这个时候忽然接到命令向后迎击敌人突袭，而前方城池的秦兵见联军打算后撤先解决后方进攻，顿时城也不守了，出城迎战。这下子秦军便形成了两面夹击，中间的联军前后方都疲于应付，很快便陷入溃败之势。章邯见大局已定，依然毫不放松，亲率秦兵发起斩首行动，向着联军统帅田儋、周市杀过去。田儋、周市本来还打算逃跑，结果被章邯直接围住，放箭射死。联军群龙无首立马一盘散沙，其余几个将领也纷纷逃跑。

联军彻底失败了。章邯聪明就聪明在，他没有跟联军的残余死磕，在斩首行动成功后，战局已定的情况下迅速放弃这个战场，而是集结军队进攻魏国首都。此时的魏王也没想到战争结束得那么快，原先以为联军跟秦军交战起码得三四天，结果章邯半天不到就结束战斗。魏王为减轻联军守城压力，把有生兵力都派去联军所在地的周边城池了，结果导致都城空虚。章邯也是相当聪明，他打败联军后，并没有收复周边城池，而是直捣黄龙，导致魏王大惊失色。魏王本来以为只是偷袭，还准备抵抗一下等联军到来，但是当章邯拿出了联军将领的头颅，魏王明白魏国已经只剩下都城了，再防守也没有意义了。魏王魏咎认为自己有愧于魏国百姓，于是命令手下打开城门投降，然而他自己自杀殉国了。至此，魏国破灭。

第二十三章 老大哥的能耐

此战结束后，章邯威名响彻天下，权臣赵高担心章邯拥兵自立，因此想了个法子，限制拨给章邯的军粮。章邯打仗特别讲究机动，由此带来的就是对军粮的供应要求很高，这下子朝廷不给军粮了，章邯只好自己找军粮，于是放弃了继续进攻的打算。

这个时候齐国以为魏国完了，接下来肯定轮到自己了，于是赶紧派将军田荣带着一万余人去找项梁联合。项梁也知道肯定躲不开跟章邯的一场恶战，于是跟田荣一同询问范增计谋，最终三人连夜商讨出了一个对策。

此时已经到了秋收时节，章邯大军所在的东阿城是一处产粮重地，章邯没有想到的是，他近来广泛抢劫粮食的行为早就被齐国百姓所周知，加上魏国灭亡后，那些逃亡的百姓给齐国百姓带来的重大冲击，因此齐国百姓宁可不等稻谷成熟，便收割了粮食藏了起来。章邯的收粮队到农村去大吃一惊，怎么田地全部都光秃秃的？章邯此时为了战争取胜也是不惜一切代价了，不交粮是吧，那就把命留下。

章邯的残暴彻底惹怒了齐国百姓，他们宁可烧掉粮食也不给秦军。这下章邯慌了，被逼得没办法，只好把大批军队源源不断地派出去找粮食。章邯彻底明白了啥叫民怨沸腾了，他是占领了东阿城，但是城中百姓根本不愿配合，尤其是抢粮杀人发生后，齐国老百姓更是对秦军恨之入骨。终于，章邯亲自带兵出去找粮，刚出城不久，就有城内百姓逃出城去通风报信，齐楚大军以粮食作诱饵设下埋伏圈。章邯被饿晕了失去了判断力，看见前方堆满了新打出来的粮食便冲过去，结果掉进了埋伏圈，被齐楚大军团团围住。秦军已经饿了有些日子，又急行军了好一会儿，体力都不支，被齐楚军一通灭杀，章邯拼了命才逃了出来。

当天晚上，东阿城中，齐楚联军共同庆贺打了胜仗，项羽自然也在其中，不过此时的刘邦却是闷闷不乐。刘邦已经在楚营混了几个月，啥事也没干成，眼瞅着快过年了，回去没脸见老婆孩子，难不成说自己一直躺赢？项梁对于前来投奔的各路英雄豪杰，表面上是客客气气好酒好菜伺候着，实际上很少派他们上阵带兵打仗。项梁表面上尊崇楚王，实际上大肆提拔项氏族人，好打的仗就让自己的亲信族人去打，难打的仗就让那些投降的秦朝将领带着他们的兵去打，所以刘邦等人几乎无仗可打，也就立不下战功，同时也没法子借兵攻打雍齿。

这个时候萧何就出主意说："今天是个大喜的日子，我们不如去找少将军项羽喝酒拉拉关系，听说项羽是个有情有义的汉子，不像项梁那么油盐不进。"

刘邦之前也想跟项梁套近乎，然而项梁是个铁公鸡，每天想找他的人多的是，刘邦等人的心思他自然知道，所以他都是说些客气话把人哄走。

项羽今天也特别高兴，酒喝了一杯又一杯，此时刘邦过来了。刘邦这个人啊，有个特点，就是特别不要脸，他明明比项羽年龄要大，但是老而不要脸，直接上来就拍项羽马屁，什么话都敢说，把一顶大帽子给项羽戴上，称赞项羽是天下第一英雄。

项羽一下子就晕了，没想到这个中年大叔这么看好自己，相比范增开始时折腾他折腾得半死不活的，简直是天壤之别。项羽立马大喜，一口喝干一碗酒。刘邦继续拍马屁，历数项羽的伟大战绩。当然失败的肯定不能提，必须提那些成功的。项羽也没想到这个中年大叔对自己如此了解并且如此欣赏，要知道他从小在项梁管束下，很少受到这么直接的吹捧，项梁更是只重视结果，以此保证赏罚分明。

可见刘邦这个人极有心机，他掐准了年轻人好面子喜欢被人吹捧，同时做好了功课，因此拍得一手好马屁，捧得项羽那是一杯接一杯。项羽很少能获得像刘邦这样年纪大的人的认可，所以他心花怒放。

这个时候，樊哙又把狗肉端上了。这樊哙的狗肉，那是一绝，项羽一吃便赞不绝口。当然刘邦也是自吹，说是特意为项羽烹饪的，以后项羽想吃，随时来找他刘邦。项羽这种糙汉子那是相当喜欢大口吃肉大碗喝酒，这狗肉吃得他简直快活极了。

项羽见刘邦如此对脾气，居然主动提出要跟刘邦结拜。萧何也是大吃一惊，这刘邦真是拍马屁的神仙，居然拍着拍着就要结拜。项羽拉着刘邦，直截了当喝过结拜酒，醉醺醺地大言不惭道："老大哥以后有用得着小弟的地方，尽管开口。今天咱哥俩特别对路，来，走一个吧。"

项羽跟刘邦相谈甚欢并且结为兄弟的消息很快就被项梁得知，项梁没想到项羽这个一向不爱交流的人，居然能跟刘邦这个老大叔好上。刘邦他也接触过，就一乡下大叔，这样的人他见得不要太多，但是既然项羽结拜了刘邦这个大哥，那就拨点兵马给他吧。

于是两个日后争天下的人此时却是共同带兵打天下。此刻两人还在蜜月期，项羽每天必吃狗肉，两人一同进攻城阳。刘邦感觉自己迎来了事业第二春，同时深刻明白了抱大腿的重要性。为了体现自己这个老大哥的分量，刘邦打算亲自带兵作战，让项羽静等他的捷报。项羽也想看看这个老大叔，不对，老大哥的能耐。

第二十四章 左右不是人的李由

城阳是进入齐地的必经之地，因此这里的秦兵也是作战经验丰富的，之前楚国试探了几次，都被击退了。现在刘邦等人出马，那些秦兵却是都笑了，因为相比于制服统一、装备齐全的秦兵来讲，刘邦等人根本不算正规军。刘邦和他的兄弟们这种混混，大都不在意着装，因此常常是衣冠不整，邋里邋遢的，出门在外更是因为没有老婆洗衣服，每个人都是蓬头垢面，因此秦军就很瞧不起刘邦这帮人。

守将徐宁也是身经百战，守城这么多年还是第一次碰到这么随便的攻城将领，而且看刘邦那长相，一个乡下老大叔，一把年纪了不种田跑出来打仗。于是徐宁主动请求出战，想着给这帮不知天高地厚的乡下农夫一点厉害瞧瞧。

守将徐宁、张累、赵楼三人领着军队就出战了，三人相当迅速，想着直取刘邦首级。刘邦打仗，自带兄弟天团，狗肉兄弟樊哙拿着杀狗刀就上来了，直接就砍死几个秦兵。徐宁上去交手，一交手才发现樊哙这打法实在太凶残了，直接就是一通乱砍，一下子居然把徐宁唬住了，这到底是哪路武功？这个时候，张累、赵楼也杀上来了。刘邦的兄弟天团中灌婴、夏侯婴也来帮忙了，而刘邦那时正混在战场上杀小兵，很快他就发现，自己的军队跟正规训练的秦兵差距还是太大。刘邦一见形势不妙，立马开跑。刘邦逃跑那是一独门绝技，没有谁能抓到他。徐宁、张累、赵楼想乘胜追击，但是很快就被县令刘固叫回来。刘固也是个老狐狸，在他看来，这帮乌合之众根本就不是楚军，而是楚军的诱饵，如果追过去，怕是会被埋伏，于是这一天就这样鸣金收兵了。

第二天，刘邦又来了，没有一丝打了败仗的样子，这次更是嚣张地直接怼上了。城楼上的兵士也是服了这位中年大叔，如此厚颜无耻之人还是第一次见，于是立马出城门进攻。这次刘邦依然是形势不妙就跑，徐宁赶紧追上去，但是眼看要抓着刘邦，就被刘固叫回来了。

第三天，刘邦还是玩的这一套，徐宁照旧出城迎敌，但是依然抓不到刘邦。

这样反复搞了好多次后，徐宁再也忍不住了，跟县令说一定要灭了刘邦这家伙。于是县令只好用了个折中的办法，派主力人马出城，仗着人多彻底围住刘邦，每次都差一点就能让刘邦人头落地了，徐宁可以说恨刘邦恨得一塌糊涂。

但是不管怎样，徐宁还是追了上去，没想到的是，这次不是刘邦了，是项羽。此时天色已黑，徐宁没看清楚，以为这次总算追到刘邦了，但没想到，交手不到几个回合，自己就被项羽打倒在地上，靠着侍卫掩护才勉强脱身。

这个时候县令刘固看形势不妙就想撤退了，但是哪有这等好事，项羽等这个时刻已经等很久了。这也是张良的计谋，先给点甜头，每次都让敌人差一点就取得胜利，等到敌人大部队出城进攻时，改由项羽替代刘邦出战，同时主力也换成身经百战的楚军。这下子战局彻底扭转了，之前是秦兵压着楚军打，现在变成了楚军压着秦兵打。

战争结果显而易见，城阳沦陷。没想到的是，城阳的老百姓很不配合，原因自然是因为城阳这个地方的百姓世代都是秦人，而楚军跟秦人的矛盾是从战国一直延续到现在。再加上楚国的官兵仇恨秦人，于是项羽听说攻进了城还遭到猛烈反抗后，毫不犹豫下令屠城。楚人称秦人为"秦狗"，"杀秦狗，报国仇"的口号一直便是楚军的战场号令。至于为何楚国对秦国仇恨最大，自然是因为秦国消灭的六个国家中，只有楚国的国君是被秦国骗过去软禁而死的。

这下子，城阳城变成了人间地狱，一些提前得知消息的秦人立马逃走，没能提前逃走的秦人只得一个个成为楚军刀下的亡魂。刘邦是不同意屠城的，认为屠城不利于后续进攻和收复失地，然而萧何劝他审时度势不要忤逆项羽，刘邦迫于跟项羽合作的必要，只好看着城阳城中的百姓惨遭杀戮。

果不其然，楚军屠城的消息传开了，曾经的守将徐宁逃到了淮阳，本以为这下完了，结果没想到有大量城阳城的百姓跟着投奔过来，还有一些曾经的手下不愿投降楚军，也投奔过来。徐宁整顿军队，发现还有两万余人，足以守住淮阳城，于是立马上书朝廷，并且将楚军屠城的消息散布出去。城阳城周边县城的县令因为害怕惨遭屠城，纷纷上书，请求朝廷派援兵过来。这下朝廷架不住了，立刻下命令给章邯。章邯此时依旧在跟齐楚联军苦战，无法脱身，只好派副将李由率领军队前去整合项羽所在地区的兵力。

李由整顿当地部队，由于周边县城对屠城的恐惧，很快便集结了一批秦军，他决定在雍丘这个地势险要的丘陵地建立防守。

消息很快就被刘邦和项羽得知，商讨之后，当即决定不能等秦军集合，直接打过去。

李由其实也知道把所有军队集中到一处容易遭到敌人突袭，但是他别无选择。李由的父亲是李斯，他知道自己的父亲被赵高害死，他之所以没有被治罪，靠的便是手握兵权。此时将他从大军中抽调出来，其实就是为了削弱他对主要部队的影响。让他执掌这一帮子整合来的军队，他根本无法知人善用，而且这些军队都是些守城军，不是长期在外作战的军队，不擅长或者说根本没有阵地战的经验，因此他只好采取建立驻防点的方式来发挥军队的守城优势。李由此时也明白，剿反贼不管是打赢还是打输，赵高都不会放过自己，而他作为李斯的儿子，在民间也是臭名昭著，何况他本身便是秦国贵族，他没法子举旗子反抗秦朝，而且这边的军队都是对楚军恨之入骨的秦人，他想反秦，根本不会有人听从。

第二十五章 美色让人纠结

李由彻底灰心丧气，于是干脆纵酒狂欢，每天晚上带领将领喝酒吃肉，但就是不谈如何打仗。士兵们也没想到李由这个将领如此大方，居然将那些往日特供给将领的酒肉也分给了他们，基本上每人都能吃上肉喝上酒。这样的神仙日子很快便到头了，刘邦项羽军队在黑夜中偷袭李由的军队，而此时李由的军队大都吃饱喝足了，正准备睡上一觉，对楚军的突袭没有一点防备。好在这些秦军还是有些血性，自发组织起来抵抗。李由也明白，最后一战终于到来，他左手拿长矛，右手拿酒壶，杀一个人喝一口酒，最终坚持不住了，在半醉半醒中被人用箭射死。临死前，李由依然抓着酒壶和长矛不放，巍然屹立在众多楚军尸体上。

项羽望着李由的死状，十分佩服。他知道李由的父亲李斯已经被秦朝斩首，李由已经是一枚弃子，然而李由最后时刻依然战斗到底，不失为英雄好汉。项羽命人将李由的尸体送回家去厚葬。

周边县城定陶很快听说李由率领的军队全军覆没，城里人心慌慌，害怕被楚军屠城。定陶有个地主富商叫范鼎，他的祖上就是鼎鼎大名的陶朱公范蠡。范家之所以能绵延数代而不衰，靠的便是从小蓄养女孩，教她们琴棋书画，然后把女孩嫁给达官显贵以获得庇护。

范鼎有两个最喜爱的养女，其中一个养女虞姬据说神似西施，男子看一眼便难以忘掉，而且虞姬身上还有一股异香，闻着就让男人神魂颠倒。

范鼎靠金银打通各种关节，带着两个美女和大量金银财宝前来求见。项羽本来不吃这套，可是听禀报的人说，有个女子很像灵儿，于是就让范鼎进来了。项羽假装推辞，但是眼睛却盯着那个女子。范增自然看出了项羽的心思，于是开口，要求范鼎在楚军进攻定陶的时候联合百姓把城门打开，这两个女子作为人质压在这儿，范鼎当即答应。

接着范鼎就开始介绍起了这两个女子，一个叫虞姬，一个叫戚姬，长得清纯似仙的是虞姬，长得成熟妖媚的是戚姬，并提议让这两个女子分别嫁给项羽和刘邦。项羽和刘邦自然要再次推辞，两人都不好意思接受，最后只好先给范增，结果范增说道："我老爷子哪经得起这等美女折腾，二位不要把我这把老骨头都折腾坏了。"

眼看场面僵持，如果只是把两个女子作为人质的话，那没有什么意义，范鼎清楚，在这乱世，唯有结成亲家，才能形成利益共同体。范鼎却是不慌，他见多识广，再加上作为商人行走江湖数年，他自然明白，这些达官贵人表面上冠冕堂皇不近女色，实际上欺男霸女，狼狈为奸的事还少吗？好在范鼎还有个能说会道的老鸨三仙姑，这三仙姑以前是个神婆，后来范鼎见她能说会道，察言观色本领高强，于是就花重金请她来负责公关。

眼见气氛陷入尴尬，这时候三仙姑开口道："素闻项将军英勇盖世，气势盖人，战场上无人能敌，今天却有一小女子仰慕将军武艺，想要与将军切磋比试，不知将军是否有兴趣，向大家展示一番？"

三仙姑话音刚落，虞姬便走了出来。虞姬像一只高贵的天鹅，走到了项羽面前，用无比动听的声音说道："小女子虞姬，想跟项将军讨教一番。"

项羽本来没啥兴趣，结果一看是那个长得像灵儿的虞姬，立马便说道："好，我佩服你的勇气，请尽管来跟我比试比试，我一定怜香惜玉！"

虞姬此时一身白素纱衣，长发飘飘。这身衣服原本是用来跳舞的，虞姬的肌肤白里透红，那身白纱衣更是将她的玲珑身材衬托得飘然若仙。

果然，项羽愣了好一会儿，像，太像灵儿了！尤其是比武的时候，项羽回忆起了跟灵儿在比武场上的邂逅，那个时候的灵儿也是一身素衣，挥舞着剑，然而那不是舞剑，那是舞蹈。

虞姬也觉得奇怪了，这项羽站在那儿咋一动不动，莫非是看透我了？其实虞姬不会武艺，她只是学舞蹈的时候学过舞剑，她相信只要是男人看了她的舞蹈都会心动，即使比武也会点到即止，但是这个项羽就是不动，算什么？

这下子虞姬只好自己动手了，不然变成了个人舞剑秀了。虞姬莲步轻移，两袖轻舞，将剑锋藏在袖中，在项羽沉浸时直接一剑刺出。项羽跟大多数男人一样，光顾着看脸了，没想到虞姬是带刺的玫瑰，直接一剑杀出。但是项羽久经沙场，早就形成了本能反应，就在虞姬以为一击得手时，项羽却是不躲避，直接用粗壮的手闪电出击，像老鹰抓小鸡一样，捉住了虞姬纤细的手。"哐当"一声，虞姬手一酸麻，剑掉在地上，项羽一把抓过虞姬的手，就是不松开。

这一瞬间，两人双目相对，项羽浓眉大眼，虞姬皓齿明眸。在众人的注视下，项羽直接便将虞姬拉过来，反手抱住虞姬。其实如果是真正的比武，虞姬现在已经输了，按照往常，项羽反手抱过后，便是一个过肩摔，将对手摔个四脚朝天。但是对虞姬，项羽却没有摔下去，他将虞姬抱住后，将虞姬举了起来，像在观察一件遗失已久的物件。他回忆起了他跟灵儿的点点滴滴，他甚至想到了现在在后方的灵儿，她一定也很想念自己。可是战争尚未结束，他怎么能贪恋美色？家仇国恨未报，他怎能就这样对一个女人动心？想到往昔岁月，项羽居然流下眼泪。铁骨铮铮的他从小就极少流泪，他杀人如麻，多少人咒骂他是个没有人心的魔王。可是实际上，他曾经也是个热血少年，只是在这乱世久了看遍了悲欢离合，他以为自己麻木了，现在看到虞姬，他才知道他的心底还温热着。

第二十六章 三仙姑巧舌如簧

项羽很快便冷静下来，他意识到，现在家国未定，战事未平，真正的灵儿还等着他灭了暴秦后来迎娶她，此刻的虞姬不过是敌人用来诱惑他的一颗棋子,他是项羽,是战神,决不能被敌人利用和诱惑!所以项羽放下虞姬,对周边的侍从们命令道:"把他们通通押下去,关起来!"

周围的众人被这一波三折给折腾得够呛。一开始众人还以为项羽要让着虞姬,所以才没有直接动手,看到虞姬舞剑居然也能舞出些花招,以为虞姬也是练家子。接着看到虞姬一剑刺出,而且是朝着项羽胸口,众人顿时一惊,以为虞姬是范鼎训练的杀手,但是想到就算刺杀项羽也不敢这么明目张胆,何况项将军武艺高超,一般刺客根本近不了他的身旁。又接着便看到项羽抓住了虞姬的手,虞姬的剑落在地上。再接着项羽抱起虞姬,而且是举起来,举到头顶了,眼看就要亲上了,众人急忙背转过去。结果呢,两人并没有亲热,项将军背过身去,很决绝地下令把虞姬一行押下去,然后便走进自己的营帐,交代今天不再见客。众人也不知道项羽的想法,只好把虞姬一行安置在最好的营帐里面,好生伺候着,生怕得罪了未来的将军夫人。

项羽回去后,在营帐中舞剑,一直舞到油尽灯枯。另外一边,刘邦却是在思考项羽今天的所作所为。有一点是可以肯定的,项羽喜欢虞姬,不过这也正合了刘邦的意,刘邦觉得戚姬有女人味,而虞姬太有个性了,一上来就敢跟项羽比试,他刘邦可不像项羽那么孔武有力,要是熄了灯还打不过一个女的,那岂不是太丢脸了?

范鼎也没想到居然会弄成这样,而且他也没听说虞姬会武功,本来想着送她们当人质,自己回去的,没想到现在自己反而被搭进去了。范鼎也摸不透项羽,在场的人都看得出喜欢虞姬,可是为什么他不干脆收下虞姬,反而关起来了?说是关,但是好吃好喝供着又是闹哪样?范鼎转来转去不知如何是好,只好跟虞姬抱怨道:"虞姬,你要是真武艺高超也就罢了,可是为啥硬要比武,还真想偷袭项羽不成?我估计项羽这会儿肯定在琢磨你是不是刺客。"

见范鼎有些慌张,神婆三仙姑开口道:"家主别担心,对付那项羽我已经想到招儿了。他其实心里想要虞姬，但是不好意思当众开这个口，我们得让虞姬主动些，肯定能把项羽吃得透透的。"

果不其然，第二天三仙姑领着虞姬求见项羽，项羽同意了。

项羽威严地坐在椅子上，用看待敌人的眼光看着三仙姑和虞姬。三仙姑率先开口道："将军你莫急，听我把话讲，你我终究有缘分。话说昨日半夜时分，老姑我掐指一算，窥见了将军的前世与来头。将军前世是天熊星，所以你力大又无穷，但也因此你吃不得熊肉。前世你爱上那兔儿仙，因此被玉帝贬下凡，爱而不得成了你的宿命。因你生性暴烈，因此曾伤害过一个女人，你爱她，她却不爱你。其实将军你别忧，缘分到了自然有，将军你的命我说给你听。将军你天生王命，但是因为杀人太多需要有个女人来化解你身上的怨气，而这个虞姬前世也跟你有一段情，她能化解你身上的怨气，让你雄姿英发百战百胜，将军我说的没错吧？这些日子将军晚上是不是时常做噩梦，晚上经常看到些鬼影，因此将军你睡觉从来剑放枕头下？"

项羽没想到这个三仙姑说得如此之神，简直把他的家底都快说干净了，但是又有些怀疑是那个叫范鼎的用钱收买得到的信息，所以他装作发怒，呵斥道："本将军从不信这些，我看八成是你家范大人花钱买来的消息，或者干脆就是你在胡说八道，妖言惑众，扰我军心！来人，把她拉下去，我要好好审讯虞姬，看看你们有什么阴谋。"

三仙姑明白该说的已经说了，接下来自己就多事了，底下就看虞姬的了，于是假装害怕，立马跪下来求饶，大喊冤枉。项羽挥一挥手，侍卫便把三仙姑拉走了。

人都走了，眼下只剩下虞姬跟项羽了，这下子项羽可以展露出男人的本性来了。昨天晚上项羽一夜没睡，发现自己还是忘不了灵儿，再加上接连的苦战，急需一个女人安慰。灵儿身子弱，姊姊那边又要她照顾，因此肯定难以随军出征。而这个虞姬会舞剑，身体棒，身材好，样子又像灵儿，可以跟随他一块南征北战。而且远水解不了近渴，项羽也是个正常男人，其实早就想要了，但是碍于身份地位，因此只好如此，现在形象也做足了，理由也有了，以后这个虞姬就当人质交由本将军好好审讯吧！

虞姬跪在下面，像是一只受惊的小兔子，两只眼睛水汪汪地望着高大威猛的项羽。项羽拿着剑走到她面前，这下虞姬害怕了，但她依然咬着牙闭上了眼睛。项羽抽出龙泉宝剑，这宝剑寒光闪闪，剑气逼人，是传说中的玄铁打造而成的。此剑从未杀过人，项羽得到此宝物后，一直把它带在身边，晚上睡觉也不离身。项羽没想到虞姬都到这个时候，居然还没有吓得求饶，她紧闭双眼，咬着牙面对即将到来的一切。项羽心想，她就不怕我一剑杀了她吗？好胆气，果然不是一般女子可比，我就需要这样的女人陪我上战场。

第二十七章 温柔似水

项羽说道："虞姬啊虞姬，你竟然敢跟我比武，谁给你的胆子？信不信你现在就变成我的剑下亡魂？"

没想到虞姬还是不说话，项羽暗想，这女人跟灵儿一样性子硬。项羽直接便是一剑下去，"刺啦"的一声传来，虞姬的衣服分开成两半，像是两只美丽的白蝴蝶，飞舞着落下，又像是花朵的叶子掉了下来，只剩下虞姬如花一般美丽的娇躯。

虞姬也倒在了地上，饶是虞姬见惯了大风大浪，也被项羽吓晕了。她以为项羽真的要拿剑杀她，想着她生得如此美丽，可惜了红颜薄命，还未嫁人便要命丧于此，也想到了自己从小就被父母遗弃，是范大人见她玲珑剔透，有一股仙灵气儿，这才收留她。在范家，范大人待她如亲生女儿一般，还请了老师教她琴棋书画，就是盼着有一天她能嫁个好人家。可是这世道乱了，曾经范大人许诺要将她嫁给王子侯孙，现在为了全城的安危只好嫁给项羽。其实虞姬心里是有些看不上这些将军，认为他们个个是大老粗，而且刀剑无情，指不定哪天就没命了，因此她才想要跟项羽比试，免得被这些大老粗瞧不上。她是没想到，项羽这个大老粗这么草菅人命，直接就要拿宝剑杀她。虞姬绝望了，她明白求饶是没有用的，因此她宁愿闭上双眼，勇敢面对死亡。罢了，也许是天妒红颜吧。

望着虞姬晕倒在地上，项羽走过去，抱起虞姬放到自己的床上，望着虞姬那酷似灵儿的脸，勾起了无数的回忆。那些过往都在眼前浮现，他想要将对灵儿的思念都倾注到虞姬身上。此时夜有些深了，昏暗中，他甚至觉得虞姬那张娇俏的脸就是照着灵儿的模子刻出来的，他把虞姬当成了灵儿。

这一晚项羽跟虞姬可谓是郎情妾意，情意绵绵。第二天早上虞姬发现自己有些爱上项羽了，心里有些害怕戚姬来争宠，于是就趁项羽开心时，撒娇道："项哥哥，小虞跟你好了，可是小虞看你那个大哥刘邦也喜欢小虞，这可咋办？"

项羽喜欢虞姬，就认为天下所有人都喜欢虞姬，相信了虞姬的话，于是对虞姬说道："我那个大哥一向仗义，我既然要了你，他肯定不会跟我抢，回头我把你戚姐姐给他就行了，他就明白我的意思了。他表面上是大哥，但是在军中还是我说了算，虞妹妹你放心好了。我以后走到哪儿就把你带到哪儿，我以后还要打进咸阳宫去，到时候你就住在宫殿里面。跟着我项羽，天塌下来有我顶着！"

项羽的诺言让虞姬心中平添几分敬意，两人又折腾了一下，项羽这才起来。昨晚那一觉睡得舒坦极了，项羽召集众将士开会，对众人宣布，经过他一夜审讯，发现这个虞姬身上有不少秘密，要留下来继续严加审讯，同时对刘邦这个大哥客气地劝道："那个戚姬身上一定也有不少秘密，就交由刘邦大哥审讯了，一定要好好审讯，必须把这两个女子的秘密问出来。"

刘邦本来不想审讯戚姬，直到萧何过来点拨了几句，这才在项羽大义凛然的说辞中，勉为其难地收下了戚姬，并且保证严加审讯，不辜负贤弟的信任。

刘邦也是吕雉久不在身边，寂寞难耐，找个借口要对戚姬严加审讯。于是这天晚上，他让人把戚姬绑了进来，然后便学着项羽说道要严加审讯，便让侍卫退出去了。

戚姬其实心里老大不愿意，项羽好歹是个青年，刘邦是老大叔了，而且刘邦那浑身上下的气味让她很不舒服。等人走了，刘邦亲自给戚姬松绑，戚姬望着刘邦那张老脸就想吐。可是没想到刘邦还挺体贴的，又跟戚姬问长问短，又把原先打算给吕雉的那些胭脂还有珠宝送给戚姬。戚姬一见这些东西眼睛就放光，再加上刘邦很关心她，很快她就不觉得刘邦讨厌了。刘邦还让下人伺候戚姬洗了个澡，又陪着戚姬吃了顿丰盛的晚餐，直到把戚姬感动坏了。

第二十八章 猛虎出笼

当然，戚姬后来也知道了是虞姬害了她，因此格外怨恨虞姬，也讨厌项羽。尤其是当她发现虞姬比她过得好，伺候虞姬的下人比伺候她的多，而且项羽还喜欢虞姬之后，更是妒火中烧。一想到虞姬天天跟着项羽这个英雄将军，自己却跟了个混混油腻大叔，戚姬就格外不爽，于是经常给刘邦吹枕边风，说项羽的各种不好。刘邦听多了，自然也开始对项羽有些不满，但是碍于要跟项羽一道抗击秦军，因此表面上还维持着和谐。

刘邦项羽这边打败了李由，获得了胜利，另外一边的项梁也找到了对付章邯的办法。在项梁田荣攻下东阿后，章邯不甘心失败，不断整合败军和逃难的秦人，但是他很快就发现一个问题，自己所擅长的突击猛攻，由于粮草供应不上，根本无法施展。而项梁也看穿了章邯的弱点，专门趁他收集粮草时搞偷袭。这下子秦兵吃不饱饭，战斗力大幅下降，最终章邯只得撤出了魏楚齐三国。此时项梁听到了刘邦项羽打败李由的战报，认为秦朝灭亡指日可待，因此想要毕其功于一役，联合所有的起义军，一路横扫过去，将秦朝的国都咸阳攻陷。

　　然而理想很丰满，现实却很骨感，秦军这个外敌一撤去，起义军的内讧又开始了。齐国的田儋不是正统的齐王后代，由于手头有兵才当上齐王，因此他死后，原先那些齐国贵族立马就拥立了正统齐王后代田假。这个田假原先是个放牛的，根本没有兵，也不懂打仗。田儋的堂弟田荣在兵败后投靠了项梁，跟着项梁一起在东阿打败了章邯，可以说作战经验十分丰富，因此他带着人马回到齐国的时候，遭到了田假的进攻。然而田假很快就明白了不懂打仗的部队跟会打仗的部队的区别，田荣以压倒性的优势全灭了田假的军队，田假无奈之下逃到楚国去了。田荣没想到这些齐国贵族竟然敢私立国君，因此他废了田假的王位，改立田儋的儿子田市为齐王，同时大肆追杀叛徒。齐国贵族中，原先齐国丞相的弟弟田间逃到了赵国，因为精通政事而被重用。

　　这下子便给联军造成了障碍。此时齐国掌权的田荣一心想要清除叛党，要求赵国跟楚国必须把那些逃到他们国家的齐国人统统抓起来送回齐国。而赵国跟楚国为了保证有充足的兵源，一向都不拒绝各路英雄豪杰的投奔，反正打仗自然是兵越多越好，哪管你是别国的叛徒还是怎么着，只要来了训练几天就拉上战场，生死有命富贵在天了。

　　这下子田荣愤怒了，拒绝参与任何抗秦势力，开始大力整顿齐国，把齐国上下有造反企图的通通定罪杀死，一时间齐国人人自危。田荣实际上掌控了齐国大权。

此时项梁已经被大好局势冲昏了头脑，认为机不可失，要是让章邯找到机会补足粮草，这仗打起来就没那么轻松了，因此坚决要举兵伐秦。有个叫宋义的手下规劝项梁不要急着，还是先跟各路联军谈一谈再出兵为妙。结果惹恼了项梁，项梁此时就像一个连赢了好几把的赌徒，浑身热血沸腾，想要把全部赌注都押上，直接赌一把大的，恨不得明天就杀进咸阳城。谁也拦不住项梁，因为嫌宋义啰唆，项梁派宋义去齐国说服齐王出兵。这显然不是件容易的事，齐国此时忙着整顿内乱，宋义明白项梁只是想把他支开，于是只好无奈上路。路上宋义遇上了齐国的使者高陵君显，宋义于是跟高陵君显说道："老兄，你别急着去找项梁啊，走慢点。项梁将军现在狂妄至极，准备以楚国一国之力灭了秦朝，我看他肯定要吃败仗，你走慢点才能免于在战败中被砍死！"

此时章邯退到了定陶附近，项梁带着大军追了过来，项羽和刘邦与项梁会合。章邯打算在定陶城休整一番，但是范鼎回去后告知了县令楚军的条件，再加上县令担心章邯搜刮完粮食后就弃城而走，因此决定打开城门，让楚军进城。这下子章邯大怒，但力战后仍然不敌楚军，于是只得逃走。

项梁这下子彻底认为楚军无敌了，为了加快速度，就让刘邦跟项羽去攻打陈留，自己则休整一下继续进攻，力图半年内打垮秦军。

章邯因为定陶县令打开城门而大败，非常愤怒，发誓一定要把定陶夺回来。此时秦朝廷也意识到了，再不下大力气阻止楚军，怕楚军不会像别的起义军一样称王后就满足了，而且楚军极其残忍，屠城这一举动已经触怒了秦朝统治者。

项梁还不知道危险已经逼近，大量秦军正浩浩荡荡地开过来。项梁致命的错误就是分兵，如果不分兵，还能够抵抗一阵。因为之前项梁一直打胜仗，因此不断地有人来投奔，人马往往越打越多。

而且项梁希望两面夹攻咸阳，但是定陶所在的这片区域，因为被项羽刘邦搞屠城搞怕了，因此对楚军没有好感，周边也没有来投奔的，反而楚国人在秦国的地盘上动武，这已经不是在复国，而是在侵略了。

定陶之战史书上没有太多记载，可想而知是一场以多胜少的毫无悬念的战争。项梁被当作侵略者，在大量秦兵的进攻下战死沙场，楚军几乎全军覆没。项梁没有想过要逃，他从一开始就低估了秦朝的综合实力，实际上，秦朝此时对于秦国故地的控制力还是很强的。秦国故地是秦朝最后的防线，这里的兵士全部都是秦朝的精锐，这里的百姓也一样，都是为了自己的土地和家园而战。可以说项梁完成了楚国的复国大业，为项羽的崛起打下了基础，但是同时也埋下了祸端，再也没有能制约项羽的人了。

第二十九章 一定帮你干成

刘邦和项羽两个主帅沉浸在温柔乡中，自然顾不上攻打陈留了，而且他们也想让士兵休整一下，因此每天只是派人骚扰陈留。直到项梁战死的消息传来，项羽大怒，拿着武器就要去跟秦军拼命，谁也劝不住，当天就在营帐中发号令要全军出击。

范增和刘邦均认为不妥，便让军队先别动，两人来到项羽营帐中。项羽见这二人来了，直截了当地说道："大哥，亚父，你们来得正好，快给我出出主意，我要把这帮秦军全部杀光，祭奠我叔的亡魂！"

范增赶忙劝道："少将军万万不可，项梁将军刚刚大败战死，此时秦兵士气正旺，怕是早就猜到了你要去复仇，正设下埋伏等着将军你啊！"

"就算有埋伏我也不怕，他是我叔，哪怕是刀山火海我也要去！"

"贤弟，心急吃不了热豆腐，何况按照项梁将军的命令，我们应该先打下陈留，你这样违背项梁将军的命令，怎么对得起项梁将军的在天之灵啊？！"

刘邦其实也明白，此时项梁死了，楚国内部为了争夺兵权将有动乱发生，再加上他也担心秦军会设下埋伏，他可舍不得戚夫人。刘邦是个无赖，他跟项羽结拜就是因为项羽的大靠山是项梁，现在项梁已经死了，项羽这个二愣子又想去送死，他自然不想再跟项羽一道了，何况如今他手上也有了兵权，能够自立门户了。

项羽此时还沉浸在叔叔战死的悲痛当中，内心愤怒至极，直接便是一拳头砸在桌子上，把桌子砸了个大洞。项羽怒吼道："此等大仇不报，我就不配姓项！我叔叔待尔等不薄，想不到如今我叔叔刚死，你们便如此这般行事，真是太让我失望了。这件事不用再说了，滚吧你们！"

项梁死后，楚王熊心表面上十分悲痛，内心却是充满了算计。他受够了当傀儡王的日子，明白此时是最好的时机，只要他能趁机收回兵权，那他就能彻底摆脱这种受人操控的处境。于是熊心听从宋义的建议，立即带领大队扈从、臣子从盱眙赶到彭城，并派遣使者召唤各路人马齐聚彭城商议大事。

项羽这个愣头青此时只想着跟章邯决一死战，为项梁报仇雪恨，因此一意孤行下令去定陶杀章邯。项羽不怕死，但他手底下的将士经刘邦、吕臣二人挑拨，纷纷消极怠工，毕竟他们也怕死，而且有另外两位将军暗中授意。因此楚军一直在绕远路，到定陶的时候，章邯早就没影了。

项羽内心的怒火无从发泄，恨不得当场杀光定陶的百姓，还好有虞姬好声劝慰，范鼎又散尽家财招待他，他这才没有屠城，但是依然把定陶残留的秦军官兵通通掏心挖肺。项羽还是咽不下这口气，打算继续追击秦军，然而这时候，楚王的使者到了。本来项羽有些怀疑，但是听到楚王使者说项梁的尸体现在就在楚王那里，楚王打算厚葬项梁，于是项羽决定前去。经过范增提醒，担心有诈，所以项羽决定暗中分兵。

到了离彭城不远的砀山，刘邦在此与项羽等人告别，约定一旦彭城有变，立刻前去支援。当然刘邦这个无赖说话从来就没准过，他内心的打算是不跟项羽这个一根筋混了，此时他也有自己的军队了，该自立门户了。

楚怀王听到所有人都到齐后，尤其是项羽来后，立刻开始操办隆重的葬礼。楚怀王带头披麻戴孝，整个彭城都笼罩着悲伤痛苦的气氛。见项羽来祭拜项梁，楚怀王更是当场掉下眼泪，连连称赞项梁是楚国忠烈，项梁虽然战死了，但是他的精神永远存在每一个楚人心中。

项梁的葬礼轰轰烈烈办了七天，所有的项氏族人都得到了赏赐。见气氛差不多了，人心收买得也差不多了，楚怀王这才拿出所谓的项梁遗书，然后对所有将领宣布道："这遗书是在项梁将军贴身衣物中找到的，染血的遗书上写道：我一旦离世，为避免有人趁机作乱，所有将领通通整顿军队归国，听从楚怀王号令，有不从者，视为叛楚，杀无赦！"

同时楚怀王老泪纵横地表演道："武信君啊，你这一死何人可为楚国大将军？还请诸位将领交上兵符，寡人考虑过后再选出一位贤良担任大将军！"

这个时候，众人正在犹豫，毕竟大家都不傻，这乱世中手里有兵才是爷。楚怀王的狗腿子吕青立马配合楚怀王，对着他儿子吕臣喊道："还不快快交上兵符，难道还想拥兵自重不成？"

吕臣立马上交兵符，而项羽因为被楚怀王的高超演技所蒙蔽，再加上楚怀王无数次暗示他，以后就由他担任楚国大将军，于是也立马响应，将兵符交上去。见众人还在犹豫，项羽拿着武器对他们喊道："怎么，我叔叔项梁刚死，你们就想造反？再敢慢一步，我当场宰了他！"

众人害怕项羽发飙，这家伙可是浑身杀气，于是纷纷上交兵符。楚怀王没想到项羽真被自己忽悠住了，于是当场感动地说道："项羽将军真不愧是我楚国栋梁，看来以后我楚国用兵还得靠项羽将军啊！"

当然，楚怀王是不可能当场下令的，而是宣布继续大丧，等到大丧后，视诸位将军对楚国的忠心分配兵权。于是底下那帮将领不管是真哭还是假哭，为了表现自己的忠心，以便分到更多兵权，纷纷哭倒了一片。

而楚怀王却是按捺不住了，原来他早就看上了灵儿，之前因为听说灵儿跟项羽有婚约，而且当时项梁还在，担心强娶灵儿会惹怒项梁，如今项梁战死，自己又有了兵权，自然是要把灵儿占为己有。楚怀王便把自己的谋士宋义叫过来商讨。宋义自然明白，当下保证道："怀王放心，我一定替您办成这桩姻缘！"

第三十章　章邯攻打邯郸

楚军这边，楚怀王忙着娶媳妇。估计这个楚王这么多年还是个单身，因为从史料记载来看，到项梁死，楚王都没有王妃。要知道对于那些手上有兵的统领来说，娶妻根本就不是个问题。然而身为楚国的君主，却一直没有王妃，可见项梁其实也害怕楚王有了王妃后，会依靠外戚而势力壮大。而且项梁一死，楚王就急着娶妻，说明这楚王真是寂寞太久了。

而秦军这边，项梁一死，反秦的一面大旗似乎倒了，同时也让章邯自信满满，觉得楚军也不过如此，传说中的项梁不也照样人头落地。章邯本想上书一封，好好宣扬自己的英明神武，顺便拍拍秦二世的马屁，可是没等他准备好，朝廷的使者就到了。这使者不是来论功行赏，反而是来论罪的。

没错，赵高早料到章邯灭了项梁一定会翘尾巴，所以立马便让使者前去，同时也是为了防止章邯拥兵自重。

使者到来绝口不提项梁死的事情，而是给章邯安了个剿匪不力的罪名。章邯自然大喊冤枉，但是使者也做好了功课，便告诉章邯他早已经准备好的说辞，把目前的情况告诉章邯：如今天下是楚王熊心、赵王赵歇、齐王田市、韩王韩广四王并起，势力扩张得非常之快，而且还有大量摇摆不定、观望形势的官僚，项梁陈胜虽死，秦朝廷表面上看好像是大胜了，但秦王朝的地盘是失去得越来越多。

章邯这下算是明白了，朝廷这帮人是不看你剿灭了多少有生力量，他们只看你又丢了多少城池，至于项梁陈胜，陈胜姑且还算半个王，项梁连个王都算不上，算不得啥功劳。

于是章邯只好放弃打机动战，改打攻城战，同时抓紧忽悠底下的兵士胜利在望。秦军刚刚大胜一场，自然信心满满，认为楚军也没啥可怕的，于是直接进攻楚军的地盘。楚军在项梁死后一直处于防守状态，没想到章邯的速度会如此之快，直接就把军队开到黄河以北，接着便进攻赵国曾经的国都邯郸。秦军对于这个赵国曾经的国都可以说是相当仇恨，章邯先是派大军团团围住，然后再派人诱降。此时赵王赵歇、丞相张耳等都不在邯郸，留守邯郸的将军以为可以像从前那样，先诈降，等到时机成熟再造反，毕竟秦军不会跟楚军一样搞屠城。眼看着邯郸守不住了，只好开城门投降。

但是，凡事都有例外，此时的章邯已经变了。秦军经历过楚军的屠城后，对起义军可谓是恨之入骨。因此，章邯控制邯郸后，也展开了一场大屠杀。而且章邯更狠，项梁虽然也屠城，但是项梁不会毁城，章邯屠杀赵兵还不够，最后将赵国曾经的国都邯郸全部摧毁，整个城郭夷为平地。至此，章邯彻底走上了以暴制暴、你狠我比你更狠的战争狂人道路。

赵王赵歇、丞相张耳等一帮君臣，此时居住在信都城内，赵国大将军陈余此时却是在外，一时难以赶回。赵王听说邯郸失守，守城的将士投降，起初还不在意，认为只要邯郸城在，作为赵国曾经的国都，那里的赵国百姓绝不会屈服于秦人的统治。可是没想到章邯是个狠人，他把邯郸城毁了，现在那里变成了一片废墟，这下赵王慌了，连夜从信都逃到了更远的巨鹿城。巨鹿城城高易守，同时赵王命令大将军陈余立马回来救驾。

章邯疯狂进攻，打听到赵王逃往了巨鹿，立马调集大军包围巨鹿。为了防止赵国大将陈余偷袭后方粮道，章邯让主将王离专门负责粮道，然后抓紧求援。

赵王这边急得冒烟，而楚王却沉迷于酒色。巨鹿城战事越来越急，好在巨鹿城地形险要，易守难攻，据说城池依山，就跟鹿角一般，秦军稍有异动，鹿角角头的哨兵马上就能发现。陈余此时听说项梁战死后，楚王收了兵权，顿时生起了戒心，生怕自己战死后，也被赵王收了兵权，到时候自己的妻儿老小怎么办？这乱世中，唯有兵权才是最可靠的。这时候陈余的生死之交张耳看不下去了，主动向赵王请缨去说服陈余。

张耳是个暴脾气，曾经救过陈余的性命，因此他很快就被陈余请到军中大营，好酒好肉伺候着。结果张耳根本不吃这套，见陈余过来，直接就把桌子掀了，怒吼道："陈余，我跟你是生死弟兄，巨鹿城中更是有不少人曾经跟你出生入死，如今赵王有难，作为臣子你居然按兵不动，这是人臣所为吗？我跟你兄弟一场，你还跟我玩这套，如今正是决战生死的时刻，我怎么好意思在这里吃喝玩乐！"

陈余也没想到张耳脾气这么刚烈，于是赶忙为自己辩解："张兄，你别气愤，我其实也是从大局出发。你看吧，秦军如今调集的兵力越来越多，我这点兵力根本无济于事，我是想给赵国保留实力，等待楚国的援军一来，立刻合兵决一死战！"

张耳把酒杯摔在地上，吼道："你睁眼说瞎话，少拿这些事糊弄我。楚国的项梁大将军已经战死，楚王怎么可能在这个时候派兵来？现在不是听你胡说的时候，你要么出兵，要么我就跟你同归于尽！"

张耳说完便拔刀架在陈余脖子上。陈余这个时候脑子还是清楚的，刀一架到脖子上，立马投降了，点头同意。陈余当即下令，派出一万先锋，这一万先锋由张耳统帅，接着他带领后面的部队接应。

第三十一章 一笔勾销

张耳当机立断，便带领自己的部下去统领这一万先锋军。张耳刚率军出征没多久，便中了秦军的埋伏，可以算是不会打仗却硬是要去送死的典型案例。还好陈余聪明，没有冲上去被一窝端，而是接应整顿那些逃出来的兵士，最终结果是这一万先锋如同进了绞肉机，几乎是全军覆灭了。

不过此举也让秦军意识到，赵军随时可能偷袭，他们强行攻城可能导致后方不稳，因此采用围而不攻战略。秦军明白，这巨鹿城中有赵王在，已成战争的中心点，只要围住了巨鹿城，赵军迟早要来，另外几个国家也一定会派军队来支援，到时候可以一网打尽，跟这些反贼决一死战。

章邯这次是一定要把赵国给灭了，因为他知道再跟以前一样哪里造反打哪里，怕是反贼越打越多，还不如直截了当，把这些伪国君通通杀了，擒贼先擒王。

燕国跟齐国接到赵国求救的消息后，纷纷出兵。至于楚国，楚王此时正忙着娶妻，出什么兵？

而王晴此时在干啥？王晴自打项梁死后，本来打算带着灵儿回老家，结果接到了赵王的命令，因此就在彭城等待葬礼结束，同时也想看看项羽对灵儿还有没有意思。结果没想到，项羽此时恨不得在脑门上刻下"报仇雪恨"四个大字，对灵儿是一点兴趣没有，反而怒斥灵儿在项梁葬礼期间不检点。这下灵儿彻底死了心。正当王晴和灵儿两人，一个准备当寡妇，一个准备回老家随便找个干活麻利的人嫁了的时候，媒婆宋义来了。

宋义出手那叫一个阔绰，直接带来了楚王的聘礼，什么黄金首饰、夜明珠宝石，各种奇珍异宝把灵儿的眼睛都亮瞎了，那礼品单长得王晴下巴都要惊掉了。

王晴看礼物看得眼睛都直了，宋义见王晴这般模样，知道这事准成。这宋义其实也是个明白人，灵儿虽然不敢想了，但是王晴却是徐娘半老，风姿绰约，又刚死了男人，他正好下手。

宋义当然还另有一重打算，那就是楚王娶了灵儿，他娶了王晴，他就成了楚王的老丈人，想想就激动，简直是要走上人生巅峰了。

当然，光宋义想还不成，王晴对宋义印象也是不错。宋义据说是个美男子，那个胡须特别性感，脸也很白——小白脸其实一开始是个褒义词，古代很多美男子都是小白脸。再加上王晴也想重新找棵大树，毕竟在古代，妻凭夫贵，王晴之前是享受过项梁夫人待遇的。此时王晴见宋义仪表堂堂，而且又是被楚王派来说亲的，可见是楚王信赖之人，于是心中也有了些许期盼。

可王晴却是不着急答应，而是说要跟灵儿商量。这时宋义可是急了，居然趁着夜色去王晴的房间。王晴没想到宋义这么好色，大晚上不睡觉跑到她屋里，于是她把灵儿支开，先是假装拒绝，随后也就半推半就答应了。

王晴与宋义确立关系后，立马便不考虑灵儿跟项羽的感情，一个劲地忽悠灵儿："嫁给楚王后要啥有啥，连丞相都得敬你三分。

你不是一直嫌弃项羽不温柔，是个大老粗吗？那个楚王可是个翩翩少年。而且你要是不嫁给楚王，咱们就得回江东老家过苦日子了。"

灵儿是过惯了好日子的，正所谓由苦到甜享尽人间极乐，如今想到回去江东老家穷地方，自然不愿意，而且听说自己以后就是王的女人了，不再是个侍女，就算是个傻妞也知道怎么选了。于是灵儿对王晴羞涩地说道："小女子不懂事，婚娶大事但凭长辈做主。"

王晴自然明白了，于是就代替灵儿答应了。宋义跟王晴待了几天，没想到楚王也等急了，于是又派来一个使者。宋义明白必须得回去了，于是当即带着灵儿和王晴返回，亲自带着灵儿进宫去。

楚王一听宋义回来了，大晚上的也不睡觉了，连夜召见宋义。楚王垂涎灵儿美色已经不是一天两天了，只恨不能立马就结合。

楚王见了宋义，根本不听宋义说啥，那两眼就没离开过灵儿，看得灵儿脸都红了。宋义很识趣地退下了，那楚王便色眯眯道："美人儿，让本王好好看看你！"

灵儿不说话，只望着楚王，然而眼前又不断浮现出项羽的影子。楚王抱住灵儿，那只手正准备好好探索一番，这时候，突然传来急报，一个太监呼哧呼哧跑上来对楚王说道："大王，大事不好了！燕赵齐三国国君联合修书请求您立刻出兵，否则他们可能抵挡不了章邯的秦军。到时候，赵国被灭，下面怕是就轮到楚国了！"

楚王内心恨不得立马把这个太监给砍了，可是还是忍住了，于是传令道："明天召开军事大会。"

楚王一晚上都在想着，到底应该派谁去。首先，楚王不傻，他自己不会打仗，他才不会放弃到手的美人去战场上送死，但是如何才能不使兵权旁落？他可不想再当傀儡了。楚王想来想去，最后选定宋义，这家伙脑子活，跟他是一条心，而且就算宋义战死了，他跟宋义合谋干的那些见不得光的事儿也正好一笔勾销。

第三十二章 告慰项梁在天之灵

到了第二天军事大会，楚王那是一个狡猾，他打算借机试探这些将领对他的忠诚。于是他先不开口，让底下那帮将领推荐担任大将军的人选。结果好多将领推荐项羽，楚王心里那是酸溜溜的：你们这帮武夫咋就猜不透寡人的心思，寡人从会议开始到现在，一直都在用眼睛看宋义！项羽是肯定不可能，让项羽带兵，寡人难不成又要变成傀儡王？楚王见众人推举项羽，也不否认，只好假惺惺地说道："项羽将军年少有为，寡人甚为欣赏，又是项氏一门忠烈，区区一个大将军不足以封赏，寡人打算封其为鲁公。不过此战意义重大，不容有失，寡人还是想选一位年长有经验者来带兵。寡人看宋义将军正合适。宋将军跟随寡人多年，也是战功赫赫，项梁将军在世时曾经多次在寡人面前夸奖过宋义，任命宋义当任大将军，也是项梁将军生前提起过的！"

楚王说完，全场鸦雀无声，只有宋义这狗腿子掩盖不住内心的欣喜，急忙跑出来，跪谢楚王。楚王也不管这些统领同意不同意，直接就下令，任命宋义为大将军，然后散会，赶忙回后宫跟灵儿私会去了。

楚王能挥挥袖子走人，宋义可不能，他为了安抚众将情绪，也为了安项羽的心，当即任命项羽为救赵的副将，在军中权力仅次于他，范增为军师，英布为当阳君，蒲将军为棘蒲侯，可以说把项梁核心圈的人都给安抚了一番。楚王是个甩手掌柜，宋义也是一丘之貉，宋义想的是，仗你们打，功劳是我的。

当然这里也有一个伏笔，刘邦听说要把他好不容易弄来的兵权给上交了，立马整出无赖的手法来了：这些兵都是我老刘家一手带出来的，不是楚兵，要我刘邦交兵权是绝不可能的，你一定要我交，我就就地解散回老家重组。

　　楚王自然拿刘邦没办法，再加上大部分兵权已经到手，于是为了假装和谐，封刘邦为武安侯，命令刘邦守好自己地盘就好了。

　　此时的楚王也是得到了情报，那就是秦朝的国都咸阳正好空虚，如果能够偷袭拿下咸阳，那秦朝就真的无回天之力了。于是，为了忽悠刘邦出兵，楚王就跟没交兵权的刘邦约定，谁先攻入咸阳，就封谁为关中王。

　　宋义可狡猾了，他打仗绝不是为了打胜仗，而是为了消灭内部敌人。宋义临走前楚王百般交代，最好把项梁的旧势力全给铲除了，当然，其中项羽肯定是要弄死的。这楚王上台，表面上尊重项氏族人，实际上内心只恨不能把他们全给灭了，好让自己的王位更加稳固，而宋义自然是很听楚王话的狗腿子。

　　宋义带领大军来到巨鹿城外，却是安营扎寨，不动如山，每天就是派项羽带少量兵力去试探秦军。就几百来人，跟十万秦军试探？纵使项羽武力值爆表，也是无能为力。于是项羽天天吃败仗，他要求多带兵，但是宋义总是以试探过了，此时不宜进攻为由拒绝，等项羽试探成功了，一定把大军交给项羽。

　　于是项羽就陷入了死循环，天天带着楚兵去试探，天天打败仗，因为打了败仗，所以没法增加兵力，因为没法增加兵力，所以继续打败仗。所以说，宋义还是挺有智慧的，尤其在整死自己人方面，简直是个天才。

　　而楚王等项羽一走，立马就跟灵儿结婚了。宋义觉得打仗太寂寞，居然偷偷摸摸让人把王晴接来了，他是白天训项羽又吃了败仗，晚上便跟王晴厮混。宋义恍然间觉得自己走上了人生巅峰，估计半夜都要笑醒。

　　纸是包不住火的，项羽很快就得知灵儿嫁给了楚王，宋义跟王晴有了一腿，他顿时内心的怒火压不住了。宋义失败就失败在没有直接下黑手，比如下毒干掉项羽，而是天天折磨项羽，时间一长，项羽再傻也明白了。

另外，宋义太贪恋女色，导致手下的兵士将领都知道他是个什么人。这帮人之前都是跟着项梁从生死场中拼出来的，如今这个宋义天天就知道守着王晴，打仗却从来不上，惹得士卒们怨声载道。

当然宋义是不在乎的，他是夜夜做新郎，那个赵国使者都来好几次了，要宋义出兵，然而每次宋义都是做做样子让项羽去。再这样下去，所有人都明白，赵国一定会被秦国消灭。

项羽和他手下那帮人很快就聚集起来密谋了。于是在一个月黑风高的夜晚，项羽带着一伙人把宋义的营帐围起来，接着便是突袭。本以为宋义应该睡了，没想到宋义没睡，他看见项羽进来了，居然还厉声呵斥道："大胆项羽，你是不想活了吗？竟敢擅闯本将营帐。来人，把项羽拖出去砍了！"

然而接下来就是死一般的寂静，没人听令，宋义这才意识到他成了光杆司令了，于是跪下来哀求项羽饶他一命，并且立马把楚王给卖了，说一切坏事都是楚王背地里指使的，跟他宋义无关，他也只是服从命令罢了。于是乎，项羽听都不听，直接就杀死了宋义。项羽见过没种的，没见过这么没种的，这种人不杀不足以告慰项梁的在天之灵。

第三十三章　宋义叛国

项羽提着宋义的人头走出营帐，宣布宋义叛国，接下来就是清除宋义党羽，把宋义的亲信都给杀了。这些亲信无一例外临死前都把宋义卖了，由此可见"物以类聚，人以群分"是很有道理的。于是项羽很快就知道，宋义果然留有后手，他儿子宋襄居然到齐国当丞相了，于是乎，原先项羽瞎编的宋义叛国就有了事实支撑。

项羽被众人推举为大将军，所有人都同意，并且热烈拥护以项羽为核心的新一届领导班子，至于反对不同意的，已经全都死光光了。项羽当上大将军的第一件事，就是宣布道："谁人愿替本大将军去杀了宋义的孽种宋襄？"

勇敢站出来的必然不是寻常之辈，毕竟刺杀齐国丞相也不是一般人能干的活。这个人当然不是一般人，他是超人，他就是曾经刺杀过秦始皇的韩信。

韩信刺杀秦始皇失败后，就在项梁手下干活，主要是混日子，没有战死沙场，也没立过功，这么多年依然是个小统领。他要再不站出来，估计楚汉争霸就没他啥事了。此事告诉我们一个道理，小人物就是要抓住一切机会，搏一搏。然而项羽却是认出他来了，这就是那个受过胯下之辱的韩信。

韩信此时还不知道为啥项羽看着他不说话，他很尴尬，毕竟他也没想过，好事不出门，坏事传千里，项羽咋就知道了他的破事。

项羽思考后决定先试试这个软蛋的胆量，于是故意问道："你小子，连胯下之辱都受过，你可知道，刺杀齐国丞相可不是从裤裆下钻过那么简单。你要是失败了，我不会承认你是我派去的，而且你必须是刺杀，不要让别人知道，以免引起楚齐两国矛盾。"

韩信知道此时不能怂，一怂这辈子抬不起头来，于是干脆说道："我，韩信，连秦始皇都敢刺杀，受胯下之辱不过是不得已而为之，我一定把宋襄脑袋带来，带不来他的，就把我自己的脑袋割下来！"

这下子众人都佩服韩信，项羽也就同意了，韩信总算是洗脱了胯下之辱带来的丑闻。由此可见，牛还是要吹的，如果连牛都不敢吹，那做起事来必然是畏手畏脚难以成事。

于是韩信出发了。当天晚上密谋的还有另一件事，因为项羽把宋义杀了，楚王现在还不知道这件事，得找个人去报告楚王，毕竟现在明面上掌权的还是楚王。那些山大王之所以跟着项梁闹革命，也是看中项梁这一脉可信度最高。

报告给楚王当然不能说宋义被项羽杀了，得说宋义因为叛国，东窗事发，觉醒的革命群众把他给杀了，这不是造反，而是为了团结稳定，为了更加和谐。想来想去，考虑到去报告的人必须有威望，而且最好长得吓人。

最后决定让英布去，理由之一便是英布长得吓人。英布原名鲸布，原是一乡间恶霸，在大街上欺男霸女被算命的瞎子遇到。你以为瞎子会劝英布苦海无涯回头是岸，坏事做多了下地狱，然后英布从此改过自新，重新做人，带领人民群众走上了反抗暴秦的道路？才没有，算命瞎子告诉他，你如果坐牢的话就能封王！这简直就是在教唆犯罪。

然而恶霸英布相信了，更加作恶多端，终日横行乡里。终于有一天他被抓了进去，而且罪过还不轻，脸上得刻字那种。英布被关了些日子，最后被送到咸阳给秦始皇干苦力。

英布一看，自己牢也坐了，一定要封王了，于是高高兴兴地走在去咸阳的路上。结果半路上大水阻隔了道路，无法按期到达，按律法是要被杀头的，于是英布立马就跟陈胜吴广一样造反了，不过很快就被广陵郡守打败收服了。

英布不光人长得凶神恶煞，脸上还有被刻字留下的刀疤，一看就是坏人中的坏人，于是就由他带着兵前去禀告楚王。

英布带着一队骑兵火速赶回去，楚王正跟灵儿夜夜笙歌，好不快活。楚王看着英布那凶神恶煞的模样，不耐烦道："有事速速禀告，寡人还有别的事要处理！"

英布立马大怒道："大王，宋义在前线叛国，他的儿子更是前往齐国当了丞相，如今宋义已经被我等就地正法。现在我们要拥立项羽为新的大将军，还请大王下令，以此安定军心。"

楚王一听吓出一身冷汗，缓了一口气才喃喃自语道："什么？

你们竟敢把宋义杀了，你们这是要反吗？"

英布一见楚王那个怂样就瞧不起，不过还是解释道："我等依然忠于大楚，但是两军交战之际，宋义沉溺女色，又与暴秦有来往，我等为了保住大楚的军队，这才替大王您铲除奸臣，还请大王封项羽为大将军！"

楚王想着拖延，于是说道："大将军一职关系甚大，项羽年纪尚轻，寡人考虑后再决定何人可担此要职。"

说完，楚王就要走，没想到的是，英布好大胆量，直接上前拦住楚王道："大王，前方战事紧急，还请大王速速下令。在下英布斗胆提醒大王一句，项梁将军当初拥立楚王之时便说过，楚王后裔众多，应择一贤明之人担当，若此人倒行逆施，可换一人取而代之！"

第三十四章 项羽获封大将军

楚王一听，走不了，只得在英布威逼下，心不甘情不愿地写下了任命项羽为楚国大将军的委任状，盖上了大印。楚王为了保住自己的位子，只好假惺惺地说道："项羽，寡人一向是很欣赏他的。寡人一向觉得项羽有大将之风，只是考虑其年纪尚轻，想着让宋义带带他，没想到宋义这个蠢货，居然干出这等忤逆之事。你等做得好，既然如今大家都认为项羽能担此大任，那我就听从尔等的建议，做个贤明君王！"

英布见事情办妥了，也不再拦着楚王，跪谢楚王后，拿着楚王的委任状走了。楚王心里那叫一个气啊，他这个国王当得实在太憋屈了，还好有灵儿，至于项羽，就让他跟秦军拼个你死我活，我只管自己逍遥快活，哪管前线他们争权夺利。

回到后宫，楚王把憋在肚子里的气全撒出来，大骂道："这个项羽要反了，寡人日后非杀了他不可！"

灵儿一听赶忙询问究竟，楚王便将今日之事告诉灵儿，灵儿安慰楚王道："项羽性子是粗暴了些，不过现在暴秦未灭，还是不要起内讧好！"

楚王冷哼一声："项羽他想当大将军，我就让他当，回头还要让他带头跟秦军拼个你死我活。我就不信了，秦军杀得了项梁，杀不了他项羽！"

英布带回了楚王的委任状，项羽当即给自己搞了个隆重的仪式，正式成为楚国大将军。当天晚上，楚军军营举行宴会，项羽对众多将士皆有封赏，众人喝酒吃肉好不痛快。

这件事情让项羽很是得意，回到营帐跟虞姬吹嘘："这楚王有什么用，也就一摆设罢了，什么年龄资历，只要拳头够硬，全是废话。我把楚王任命的宋义给杀了，他还不是得乖乖任命我。这世上，别说他楚王了，就是秦始皇在我面前，我也能让他老实听话，不听话老子砍了他，只要兵权在手，不听话的通通杀了了事！"

虞姬见项羽今天兴致很高，便笑着说道："将军今天高兴，要不虞姬给你表演一段舞蹈助兴？"

项羽听了，哈哈大笑道："好，我就一边喝酒，一边欣赏你的舞姿！"

虞姬莲步轻移，这舞蹈是她早就想好的。这些日子项羽天天打败仗，每天回来就知道抱怨一通，然后倒头就睡，虞姬那叫一个寂寞难耐。现在好了，项羽大权在握，终于可以肆无忌惮地展示英雄本色了，虞姬自然要跳上一段助兴。

虞姬的舞蹈名为玉兔舞。虞姬身子轻盈曼妙，穿着素纱长袖裙，舞动起来好似月宫中的仙女下凡人间。项羽望着虞姬，虞姬时而近，时而远，那身上的香气不断飘散，项羽闭着眼睛如痴如醉。项羽陶醉地打着节拍，往事一幕幕涌上心头：项梁死了，但是反抗暴秦的大业还未完成，如今再也没有人可以管束他了，是到了他项羽一统天下的时候了。他想起了年少时远观秦始皇车队，再想想如今，忍不住志得意满，诗兴大发，即兴诵诗一首道："斩大人兮获封侯，揽美人兮卧床头，驱众人兮如群羊，灭秦人兮报怨仇！"虞姬没想到项羽这个五大三粗的家伙也能吟诵诗歌，当即配合着舞动起来。

翌日醒来，项羽顿感神清气爽，立马就想着要打仗，同时接到了各路人马的来信，无一例外都是请他出兵。此时战争陷入了僵局，秦军那边长时间没有动静，一个很重要的原因是粮草不足，赵高把持朝政，粮草从来不准时，导致章邯也不敢采取行动。再加上外围又有众多军队包围，章邯害怕攻城的时候遭到两面夹击，因此只是封锁巨鹿城，想着只要时间拖得久，等巨鹿城粮草耗尽，就可以破局了。

因此，章邯是天天喝酒钓鱼，就是只字不提攻城的事。

不过项羽也不是傻子，他要求联军一起出动。秦军跟叛军相持这么久了，加上粮草供应不及时，斥候每天光顾着乘凉，所以英布跟蒲奢两位接到项羽命令后，联合各路人马神速前进，居然很轻松就渡过了黄河。秦军驻扎在黄河边上的部队几乎是被碾压，连消息都没来得及传到巨鹿城，就被联军打到了巨鹿城下。

原本楚军对秦军有些畏惧，英布还组织了一批勇士作为敢死队冲锋在前，没想到秦军这些日子也疲惫了，居然让英布这么轻松就打到巨鹿城下。章邯也是没想到，立马调集主力部队跟联军决战。联军中楚军最为英勇，听到战鼓声声，个个跟打了鸡血一样，像是把杀敌当成了茶余饭后的运动。

第三十五章 一心为了大楚

　　章邯虽然久经沙场,组织起反击来也是相当迅速,然而还是不行,很快秦军就被楚军砍死一片。章邯见形势不妙,立马指挥高处的秦军放箭,然而,他没想到的是,楚军敢死队一点不受万箭齐发的影响,加上他们身上穿着铠甲,个个又都是人高马大的勇士,因此把那些秦军吓得纷纷退却。狭路相逢勇者胜,此时的英布跟蒲奢更是带头冲在最前面。英布挥舞着寒光闪闪的血饮狂刀,如同魔神下凡一般,直接就冲着秦军在战鼓旁指挥的将领杀过去。英布具有多年作战经验,明白擒贼先擒王的道理。于是他直接一个飞跃,来了一个高难度的空中翻腾一百八十度,从马上跳到秦军指挥核心战鼓旁。

　　秦军的将军涉间赶忙迎战。涉间丝毫不惧英布,两人战成一团,英布没想到涉间武功如此高强,但是他看出来涉间明显体力不行。相比楚军,秦军的将领还都是官员出身,即使以前武艺高超,但是当了官以后,天天坐着处理公文,很容易导致体力下降,所以这就告诉我们不要久坐。

　　但是官员有个特点,就是说谎不脸红,特别能扯淡,说白了就是爱玩阴的。因此,这涉间很快就假装要逃,暗地里使了个眼色。英布追了过去,结果暗箭射来,恰好射中英布的脚后跟,英布怒骂道:"狗贼,竟敢暗中放冷箭,有种来单挑啊!"结果这帮秦军更不要脸,见英布受伤了,都是直接上去围殴。

　　英布脚上中箭,无法行走,眼见就要被秦军围殴致死。这时候浦奢赶紧过来救了英布,同时觉得今日的战果已经可以,天色已晚,不宜再战,命令撤兵。可以说,这一战秦军死伤不少,涉间也是个贪生怕死的,一见对方退兵,立马躲回去。然而涉间可恨就可恨在,他还冲着英布喊道:"有种再来砍我啊,手下败将!"

这一战可以说楚军取得了初步胜利，但是楚军不敢大意，深知秦军狡猾，于是晚上把部队拉到了荒山中休息。果然，睡到半夜，狡猾的秦军就来袭击了。还好楚军提前有准备，哨兵报告及时，英布跟蒲奢带领部队突围。不过楚军白天大战一番有些劳累，于是两位将领当即决定，不管三七二十一，直接突围。没想到的是，秦军人数太多了，围住了整座山，从四面八方杀过来。章邯打的主意就是包围战，将秦军人多的优势发挥出来，你以为躲在山上我大秦军队就没法办你了？大错特错，我们直接包场了！秦军不断缩小包围圈，最后通过放箭彻底把楚军逼死在包围圈内。但是这是理想情况，他们没想到的是，楚军这边也是经验十足，英布他们压根就没想硬拼，直接突围，把所有兵力集中在一个点上，秦军开始时占了些便宜，但是到了后面，包围圈还是硬生生被打开了一个口子。

如此一来，秦军跟楚军可以说是各有胜负，白天楚军的奇袭取得了胜利，而晚上秦军的偷袭让楚军死伤惨重，但是由于兵力不对等，最终还是楚军损失较重。

楚王在家里听闻楚军打了败仗，高兴得从床上跳起来，太好了，终于可以给项羽定罪了！他先假惺惺地问使者项羽死了没有，使者回答项羽没死，主力部队没啥大损失，只是先锋将军受了箭伤。楚王听完内心也是拔凉，都说项羽是个勇武英雄，没想到做了大将军后也学会让别人卖命，自己在后头数钱了。

项羽在英布蒲奢战败后，本打算亲自带兵干上一场，可是被范增阻止了，范增老谋深算道："秦军之所以没有乘胜追击一举把楚军及联军消灭，怕是因为粮草支撑不住不宜久战，因此秦军现在的战略是以多打少，而且秦朝上下如今把大把兵力聚集在这里，怕是朝廷中不少人担心章邯功高震主。如今之计应是找到秦军粮道，然后彻底切断。"

于是项羽听从了范增的建议，派出大量的探子寻找秦军的粮道。可是没想到的是，这个时候楚王居然来了。楚王这些天天天盼着项羽身亡，连悼词都给项羽写好了，结果项羽不出兵了，楚王这下子就急了，耐不住性子，直接来到前线。项羽按照接待国君的礼节接待了楚王，带着众多将领参拜，毕竟现在明面上还是需要这个"贤明"楚王的，哪怕是个吉祥物，也得供起来不是。结果没想到的是，这个楚王不识趣，开口就斥责道："救赵灭秦是当前第一要务，先前宋义不进攻，你们把他杀了，本王以为项大将军英雄盖世，又对暴秦怀有国仇家恨，应该能跟秦军决一死战才是。可英布、蒲奢两位将军打了败仗后，项大将军居然按兵不动了，这样跟之前的宋义有啥区别？莫非项大将军也准备通敌？寡人把兵权交给项大将军，是看在死去的项梁将军的份上，不然凭你项羽的资历，怎么可能担任此等要职？所以寡人是日夜难眠，赶到这里来督军！"

这时候范增自然要站出来为项羽开脱，于是范增解释道："禀告大王，不是项大将军不打，而是老臣拦着不让打。老臣认为打仗应当靠智谋取胜，而不是靠兵力硬拼，何况秦军兵力多于我军。老臣的计谋是派兵断了秦军的粮道。老臣这些天一直让项大将军搜查秦军的粮道，想要通过截断粮道来削弱秦军的战斗力。常言道，民以食为先。秦军虽号称虎狼之师，可吃不饱饭一定也打不起来。我方已经探明，秦军挖通了从黄河到巨鹿的甬道，防守很严密，现在我们还在寻找薄弱环节，等找到薄弱环节切断了粮草，项大将军一定亲率大军上阵！项大将军可是一心为了大楚啊！还请大王明察。"

第三十六章　两小无猜

楚王没把范增当回事，看了一眼，便认为范增是在帮项羽开脱，心想：估计又是他项羽的什么七大姑八大姨，听手下报告说，这项羽跟项梁一样，特别信任项氏族人，有过之而无不及，估计都快把自己家的狗拉进军中看门吃军饷了。这个范增白发苍苍，估计是项羽爷爷辈的人，这么一把年纪了，估计又是个坐在家里拿银子的人。

于是楚王不满地说道："项羽怎么把爷爷辈的人都拉上战场了？本王不是说过，项氏老人由本大楚国供养至死吗？老先生，我看你白发苍苍，又身在乱世，就不要瞎掺和了，打仗是年轻人的事。你说的是有道理，可是兵贵神速，秦兵要吃粮，我楚兵就不要吃粮了吗？等你们找到了什么薄弱点，我估计黄花菜都凉了。你们一个个贪生怕死，就知道对内争权夺势，都想着别人打了胜仗算自己的功劳，如此一来跟暴秦那帮贪官污吏有何区别？！"

项羽作为当事人自然不好发言，这时候，刚吃了败仗的英布却是站出来。英布知道楚王其实也是个怂包，也不知道楚王哪来的胆子敢来军营，就不怕我英布教他做人？于是英布直接顶撞道："大王天天在宫殿里住着，没上过一天战场，有什么资格跟我们这帮出生入死的弟兄讲贪生怕死？项大将军不是不打，而是情况未明。我之前带兵进攻过了，几乎是九死一生。秦军人多，章邯又十分狡猾，我大楚兵力有限，不能一味地冒险求胜。大王你既然来了，就带兵上战场去打个胜仗，我英布立马敬你是条汉子，别在这站着说话不腰疼！兄弟们，把这些年打仗留下的伤疤露出来给大王看看，否则他还以为我们吃干饭来着。哼，以为打仗跟玩游戏一样啊，那可都是活生生的人命啊！"

英布话音刚落，就把上衣脱了，那道道伤疤看得人触目惊心。接下来，所有将领如同示威一般，把自己身上的伤疤露出来，再看向养得白白胖胖的楚王。楚王顿时尴尬极了，彻底火了，怒斥："你们这是要造反了！寡人作为一国之君，哪有上前线打仗的道理？寡人把兵符交给你们，是要让你们发挥所长。如今你们拿着兵符却不用兵，那好啊，把兵符通通还来，寡人这就上战场打仗去！大不了寡人战死了，你们把项羽扶上位当楚王！依寡人看宋义根本就是被你们暗杀的，寡人这次来，也不怕你们暗杀，寡人上战场去！"

项羽早就因为楚王抢了灵儿而对楚王心怀不满，而且他知道，楚王已经得罪了在场众多将领，而这些将领只听他项羽的，所以就算虎符给了楚王，楚王也是带不动兵的。再说，项羽当大将军以来，已经把大批项氏族人安排进来了，可以说整个楚军已经尽在项羽掌控之下。项羽又想，这个楚王一点军事不懂，不给他点颜色瞧瞧还真以为我项羽好欺负，忘了当初要不是我叔叔项梁，哪有他现在养得细皮嫩肉的生活。于是项羽把虎符扔出去，然后说道："既然大王要亲自带兵，那就去吧，我项羽绝不是贪恋权位之人！"

说完话，项羽扭头就走，其余将领也把虎符扔了，扭头就走。这下子就剩下楚王在那看着地上的虎符怒喊："你们这群乱臣贼子，全都造反了，居然还真要让我上战场送死！一个都不许走，来人，把他们通通抓起来！"

可惜这是军营，在王宫里估计还会有人听他的，可是在这儿，无一人听他号令。尤其是众将领，看见楚王细皮嫩肉的就毫无好感，自然纷纷扭头就走。英布听见楚王哀号，吩咐士兵道："让他叫吧，叫破喉咙也不准理他！自己养得白白胖胖的还跟我们谈什么贪生怕死？我们喝酒去！"

楚王气呼呼地回到自己的营帐中，冲着灵儿大喊大叫："这就是所谓的英雄，我看是狗熊还差不多！不要跟我过了，你去找你那威猛盖世的项羽吧，滚，通通给我滚！"

灵儿也不辩解，出去找臣子们了解情况后，却是一个人来到项羽的大帐前，听见项羽在里面跟众将炫耀："今天咱们这么一闹，看他楚王以后还敢爬到我们头上不！这楚王姓熊，我倒要看看他是个狗熊还是个英雄，他要能打赢，我自当服他。"

灵儿进来后就对众人说："这是我跟项羽的私事，还请诸位先出去。"

项羽见到灵儿，却是万千感慨，往事历历在心头，此时没想到灵儿进来就让旁人全出去，却是嘲讽道："呵呵，灵儿，哦，不，应该称楚王妃才是，你到我这还摆起王后的威风了。好，我倒要看看你这个贪恋权位的女人跟我有何私事。诸位兄弟，你们先出去吧。"

灵儿面对项羽却是一点儿也不害怕，缓缓说道："羽哥哥，灵儿才不是贪恋权位。当初你叔父项梁死的时候，灵儿可是一直陪在你身边，只是你不解风情罢了！"

项羽听灵儿喊这一声羽哥哥，那是浑身的柔情满怀，项羽不说话，只是边喝酒边说道："岁月如刀催人老，几多遗憾几多愁。我未成王，你却成后，所以我只好推翻他的江山！"

灵儿上前去给项羽倒酒，随后说道："羽哥哥，当年你说过，愿意为我打下江山，只为了让我不受任何委屈。如今灵儿求你了，你看在往昔情面上，别再跟楚王斗气了，他又不会打仗。告诉你个秘密，灵儿其实心里一直有你！"

说完，灵儿便吻上了项羽的唇，项羽此时大脑一片空白，只想着跟灵儿重温从前的种种美好。这一对男女在乱世中经历种种变故，当年的少年成了大将军，当年的少女成了王后，然而他们之间两小无猜的爱却依然存在着，生长着，在历史的长河中，绵延不息。

第三十七章 一出好戏

三天后，项羽拿着灵儿给他的兵符，召集所有将士开会。

这一次开会不在营帐中，而是在训练场上。项羽站在比武的擂台上，擂台上用绳子绑着一只老虎和一只野狼，项羽冲台下的将士们说道："人人都说秦军是虎狼之师，今日我就要当着众人的面把这野虎和野狼杀了，我倒要看看这虎狼有何可惧怕的！"

这一只斑斓猛虎此时还不是国家保护动物，项羽打算把它杀了，取骨头泡酒；那头狼也不是国家保护动物，项羽打算杀了它，吃狼肉，据说狼肉味道挺不错的。当然不管是狼还是老虎，现在通通要被关进笼子里面，然后我们花钱参观，是不能杀的。

项羽叫手下把狼跟老虎放了，那头饿狼直扑项羽而来，估计是饿了好几天，结果被项羽的大力金刚腿给踹出十米外。然后项羽拿着月牙弯刀冲老虎砍去。老虎居然都被项羽吓得要逃，结果却是被项羽抓住，一手提起来，一手捅进去，瞬间就被捅死了。台上士兵看得胆战心惊。随后，那头饿狼挣扎着爬起来想做最后一搏，结果却被项羽一刀砍下头颅，彻底死透了。片刻间，擂台上只剩下狼和老虎的尸体了。

项羽站在擂台上高呼道："诸位楚国的兄弟们，这虎和狼也不过如此，那么秦军也没什么可怕的。接下来，我项羽带头，跟秦军决一死战。众将听令，准备出发，有临阵怯战者，杀无赦！英勇作战者，重赏黄金万两！"

项羽传达完命令，众人纷纷叫好，楚军士气大振，士兵们跟打了鸡血一样，个个恨不得杀上战场！

此时没人敢反对，在项羽的高压独裁统治下，楚军的效率瞬间提升了好几倍，再加上项羽对待不听话的下属太残暴，因此楚军在不干就立马死的催命符逼迫下，几天时间就把船只和粮草等战略物资准备好了。此时的楚王已经被项羽架空，范增等谋士也无法劝说项羽了。项羽只想着打仗，每天抓紧操练士兵，采用的方法简单粗暴，让士兵跟他过招，能超过三招的就晋升一级，还有赏银，因此提升了精锐的战斗力。士兵们知道大战即将来临，但是由于早就做好了心理准备，所以也没感到很突然。从前宋义统兵的时候，口号喊得特别响亮，结果就是不打，把士兵都急坏了，这下终于要打了，反而没那么恐惧了。

岁月如梭，已经到了秋末冬初，股股冷风在半夜吹拂着。项羽每天晚上都会去黄河边视察，这天晚上，他觉察到黄河水有些凉了，于是决定立刻渡河。大家都认为半夜渡河是为了防止秦军偷袭，等楚军到黄河边，项羽下令，所有人只准带三天的干粮，其余的船只和锅碗瓢盆啥的，通通砸了扔进黄河里。说完，项羽就自己动手，将一艘装满物资的船掀翻，那艘船立刻就被黄河水卷走，消失得无影无踪。项羽见士兵有些犹豫，便把一个拼命拿物资的士兵抓起来，丢进黄河里，然后对所有人吼道："这一战是我大楚跟暴秦决一死战的最后时刻，打得过才有资格活，打不过只有死路一条，谁在我面前偷奸耍滑，下场跟刚才那人一样，丢进黄河里面喂鱼！"

这下子楚军彻底燃起来了。这些楚军大多跟项羽一样，对暴秦怀有国仇家恨，家里要么媳妇被秦兵给抢了，要么老母鸡或者老母被秦兵给杀了，项羽的英雄气魄特别能感染士兵，士兵在这种情况下战斗力爆表。兵贵神速，楚军这次几乎是飞奔着杀向巨鹿城。秦军其实已经知道楚军到了黄河边，不过此时章邯认为楚军一定会找个地方驻扎，还想着到时候来个夜间偷袭。但是没想到，项羽硬是整出了一遭闪电战，连营地都不扎了，直接冲过来就开打。

楚军率先包围了秦军将领王离的军队，项羽率领诸位将领身先士卒，带头冲锋，挥舞着方天画戟，所过之处尸横遍野。秦军此时有些慌乱，项羽跟之前的英布就不是一个级别的，项羽如同战神降临一般。楚军见项羽这么英勇，更是无所畏惧，打得秦军不断地往后退。不过秦军人多，不断调兵过来撑住战局。待到夕阳西下，项羽下令收兵休整，趁着夜色结束了战斗，这一次可以算是初战大捷。

王离咽不下这口气，到了晚上涉间的部队也来支援，王离和涉间两人一合计，决定搞一次偷袭，以其人之道还治其人之身。此时已经将近凌晨，秦军想的是，人是铁饭是钢，一顿不吃饿得慌，此时偷袭，楚军肯定没吃早饭，战斗力大打折扣。王离不由自主地觉得自己真是太聪明了，而且此时大部分楚军还没睡醒，正好趁他们瞌睡的时候要他们的命。

秦军没想到的是，临近楚国军营，楚军居然还没有动静，难道是白天打仗太累，全都睡了？不应该啊，连个哨兵都没有。正满心疑惑之际，却发现楚军大营中浓烟滚滚，火光冲天。王离一看，大喜，真是天助我也，这楚军大营着火了，于是立马让秦军包围楚军大营，准备出来一个杀一个。没想到的是，出来的居然是秦兵！原来部分秦军走得太急，已经冲进去了，才发现楚军放火烧自己的营地。

第三十八章 杀得难舍难分

这下子乱套了，秦军许久不见楚兵逃出来，这才意识到中计了。楚军的计谋是这样的：范增早料到王离会趁夜色偷袭，毕竟趁着夜色搞偷袭，是秦军一脉相承的传统，所以干脆就假装打仗太累营地无哨兵值守。于是那帮立功心切的秦兵立马冲进大营。等秦兵冲进大营，楚军立刻便放火。这下子秦军彻底蒙了，浓烟再加黑夜，难以分清敌我。而楚军中大部分士兵早就在范增命令下学了些秦地口音，于是秦军彻底晕头转向了。等到王离意识到中计以后，大部分楚军已经靠假装秦军口音大摇大摆地走出包围圈了。此时秦军乱作一团，直到天色明了，才分清敌我。这时候秦军才意识到，自相残杀了不知道多少自己人。

真正的楚军此时已经马不停蹄地开赴了另一个地方，这个地方就是早就探明的秦军的运粮通道。这个地方在巨鹿东南角，此地名为章水，入口处也有秦兵把守，人数约三万人，带兵的是苏角。苏角看守粮道日子久了，一直都没出啥事，再加上刚刚得到军报说楚军正在跟王离、涉间大军决战，因此以为不会有他什么事儿，跟往常一样打着瞌睡。那些守卫粮道的士兵因为长期没上战场，都有些懈怠。所以说刀不磨不成器，军队不经常打仗，不经历过生死决战，那是绝对提升不了战斗力的，而且会变得懒散，这一点无论秦军还是楚军都一样。

项羽没想到战事这么顺利，他们发起进攻，几乎没遇到抵抗，这里的秦军跟王离的秦军战斗力差别大到不像是一个妈生的。苏角只听见有人来报："大人，大事不好了，敌军来偷袭粮道了。"不过好在苏角还是有经验的，他一看楚军逼近，立刻下令放箭，并且要求对准楚军主将也就是项羽的马射，因为项羽身上穿的金甲防御力那是相当高，而马却没有。

如果不出意外，射中项羽的马后，项羽一定会坠地，此时围殴项羽，项羽估计就得交待在这儿。苏角是打得一手好算盘，可惜了，他遇到的是项羽，一个从小在尸山血海中杀出来的战神。危急时刻，项羽的第六感起了作用，或者说，长期的征战导致项羽对于危险的预判远高于常人。当然了，要是没有强烈的对危险的预判，估计项羽早就死在战场上了，毕竟他是作为先锋成长起来的，一直以来都是被针对的对象。

项羽冥冥之中觉察到有人要射杀自己，想到自己有铠甲不怕，但是还是有种危机感。这时候他的坐骑居然哆嗦了一下，项羽立刻明白了。于是让苏角大吃一惊的操作出现了，几乎是在箭射过来的同时，项羽居然飞身下马，用方天画戟撑地，一连飞身踹倒数人，而他的马则是跳出了包围圈，于是那些箭全部射偏了。苏角不信项羽可以逆天，他亲自拉弓对准项羽的脸，心想：你这么牛，还长这么帅，我就不信你的脸是铁打的，能挡得了我的箭。

然而项羽的神仙操作再次上演，直接用方天画戟以神速把箭全部打散，同时向着目瞪口呆的苏角杀了过来。苏角再射，结果却是被项羽杀到了眼前。作为近战之王的项羽直接将苏角劈成两半，同时大吼道："不怕死尽管来！"

那帮平素懒散惯的秦军哪见过这么狠的角色，只想逃命。楚军趁机狂杀，秦军副将詹援见情况不妙，立马下令撤退，然后自己就飞快地逃跑，逃跑的姿势和熟练度充分说明他是个老逃兵了。毕竟在战场上第一要务是活着，只要活着，迟早升官，死了就啥也没有了。

经过一个多时辰的战斗，秦兵已经知道自己不是楚军的对手。正所谓打得过就打，打不过就跑，而且头儿都带头跑了，所以秦兵立马就逃往运送粮草的地下通道去了，准备当缩头乌龟。可是，以为逃进地下粮道就万事大吉那是不可能的，范增出手，怎么可能没有后招？也不想想楚军为啥不追。原因很简单，楚军在忙着把章水水坝挖开，瞬间大量的洪水涌入粮道中，那些秦兵跑得再快也快不过从上游往下游倾泻的水。可是这帮秦兵就是想挑战自然规律，还一个劲儿地跑，最终要么被水淹死，要么被奔涌而至的水流冲撞到石壁上，死状相当惨烈。

由此，项羽的两战均获得了胜利，联军也来支援了，使得项羽的兵力进一步壮大。章邯很快得知秦军两战皆败，恨不得把王离杀了，但是考虑到王离跟随自己多年，因此把罪责都归到死去的苏角头上，反正死人是不会说话的。另外，章邯却也不怕，毕竟秦军兵多。王离跟联军摆开阵势，打算打一场正面战，项羽骑着高头大马，气宇轩昂地吼道："你们的大将军章邯哪去了，难不成是个贪生怕死之人？你是哪路货色？"

王离回应道："我们大将军自有他的谋略，收拾你们这帮反贼，根本用不着大将军出马！"

这时候英布挑着苏角的人头出来了，大喝道："你们的大将军怕是早就临阵脱逃了！你们这帮秦狗，看见没有，这是你们守粮大将的人头，你们的粮道已被切断，你们要么饿死，要么快投降！"

毫无疑问，这自然又是范增的妙计，两军交战，先攻其军心，军心不稳，人再多也没用。秦军看到苏角那颗惨兮兮的人头，瞬间斗志减了大半。王离这下子彻底恼了，他当然知道那是苏角的人头，但是为安定人心，他仍然大喊道："不要听他胡扯，我认识王离，绝不是这个样子，大家给我杀，所有人冲，违令者斩！"

战斗瞬间爆发，一场即将载入人类史册的战争。秦军总人数几乎是起义军的五倍，但是此时连战连胜的起义军联军却是丝毫不畏惧，所有将领无一例外身先士卒，而且个个武艺高强，而秦军的将领则擅长打仗的策略，不断地击鼓进行指挥。秦军仗着人多，不断试图在战场上形成包围圈，而楚军个人武力比较强，不断集中力量攻破包围圈，包围与反包围不停反转，双方死伤人员多得都堆成了山。项羽、英布、蒲奢的脸上、身上都沾满了鲜血，一些将领的兵器都砍得卷刃了。经过一段时间正面搏杀，战争终于进入了白热化阶段，此时双方杀得难解难分。

第三十九章　傀儡罢了

正当两军在战场上陷入僵局的时候，数月以来一直紧闭的巨鹿城门打开了，赵将张耳率领骑兵迅速出城，直接就突进到秦军后方，杀得秦军措手不及。立马有人向王离汇报，王离一想，这城门终于开了，毕竟灭赵才是第一要务，因此立刻命令进攻巨鹿城。只要拿下巨鹿城，王离就可以凭借巨鹿城的天险来对抗联军，而且灭了赵国，联军联合在一起的基础和军心必然动摇。

王离的想法很正确，的确，守城战比正面战要好打得多，再加上秦军从一开始就是守城方，并不是很擅长正面交锋。但是执行下去却出了问题,这时秦军行政化、官僚化的问题在战场上暴露出来了。秦军的命令传达不及时,于是就出现了一部分士兵还在跟联军厮杀,结果回头一看,队友往回跑了,他不知道队友是接到了命令掉头去攻打巨鹿城,他还以为队友要逃跑撤退了来着,于是立刻战斗的意志就不强了,纷纷撤退,再加上范增又安排了士兵大喊大叫道:"赵国从后面援助我们来了,两面夹击,灭了秦狗!"

　　原本张耳率领的骑兵只是为了偷袭,人数并不多,因此见秦军过来了,打不过立马就跑,秦军被引入巨鹿城中。与此同时,项羽率联军也冲进巨鹿城。接下来,秦军才发现自己上当了。巨鹿城中房屋林立,导致秦军队伍被切割开来,难以集合,形成不了规模优势,没有在平原上那么容易形成包围圈。而赵军利用对地形的熟悉,不断发起偷袭,后入城的楚军更是堵住了城门。秦军原本想擒住或者杀了赵王,结果发现赵王早就不知道藏到哪里去了。王离这才意识到自己中计了。随着时间推移,秦军人数越来越少,而且夜色降临,给秦军搜寻赵王又增加了难度。秦军想出城又出不去,楚军全部兵力集中在城防处,始终不让秦军控制住城防。范增的这一招关门打狗可谓高到不能再高,将秦军的心理摸得透透的,秦军几乎是被吊打,最终当然只有失败一条路。王离看到自己的人马越来越少,想要集结军队冲出城外,却不断被强悍的楚军打退,最终只好投降。

　　历史上著名的巨鹿之战就这样结束了,项羽以五万兵力战胜秦军二十万人,可以说是创造了战争史上的奇迹。项羽一战封神,收服了所有联军将领,楚军确立了在起义军中的主导地位。

　　项羽看着被绑来的秦将王离,王离见到项羽便要下跪,项羽得意扬扬地羞辱王离:"你们秦军就是不如我们大楚军有种,若是我像你这样兵败,那是宁可战死也绝不投降的,不过你既然都跪下求饶了,那我就不杀你了!"

　　项羽说完,让左右侍卫像喂狗一样喂了王离酒肉。看着曾经高高在上的秦将王离如同狗一般进食,项羽忍不住哈哈大笑。王离吃完酒肉还跪下谢恩，项羽挥挥手，让士兵把他带下去好好审问，看能不能问出些关键情报来。

接下来，项羽威风凛凛地视察各处战场。项羽努力塑造出一个爱护士兵的好将军形象，他看望慰问士兵，为那些受伤严重、缺胳膊断腿的士兵伤感落泪，吩咐一定要全力救治，把那些士兵感动得一塌糊涂。项羽还吩咐拿出酒肉犒劳将士。当然了，项羽内心还是很有算盘的，他绝口不提封赏的事情，所以说项羽是妇人之仁，他可以表面装作关心下层士兵的模样，但是下层士兵为了他拼命打仗后，他却往往把功劳据为己有，不肯分半点给别人。在忽悠别人卖命而自己拿走全部功劳方面，项羽是一把好手。史书有记载，他原本想要封赏一个将领，但是把将印的棱角都磨平了，也没舍得封赏。

当然这也是后来项羽失败的一个重要原因，他太喜欢独占所有功劳，认为自己是个英雄，所有的光荣与荣耀都应该属于他一个人。项羽失败就失败在，他早期的胜利让他误以为个人的力量高过集体，那些士兵最多就是起辅助作用，没有他，再多的士兵也没用，再多的将领也没用。而刘邦不同，刘邦舍得给卖命的下属封赏。刘邦打仗的能力是远远不如项羽的，但是他知人善用。最终历史证明了，集体的力量是可以把哪怕是战争史上处于战神地位、个人武力极端强大的项羽给打败的。

巨鹿之战就这样结束了，接下来项羽要做的无非是休整军队，以备下一次战斗。

而另外一边，韩信也在路上，他当时口出狂言要杀宋襄，现在实行起来才发现不容易。宋襄也是个怕死鬼，他得知自己老爹被项羽杀了后，日夜兼程跑去齐国的都城临淄。齐王田市也是个热血青年，听了宋襄一顿哭诉之后，当场派了一千精兵来为宋襄站岗，并且让宋襄先回去休息，出兵报仇的事情他还要跟大将军田荣商量。没错，齐国跟楚国一样，权力掌握在大将军手上，田市这个国君也算是傀儡。

第四十章 死无葬身之地

田荣听完被忽悠的田市的话后，忍不住暗笑，要想齐国出兵，只有利益。以前齐国让宋襄当丞相，是看到楚国日益强大，宋义又身居要职，想着如果楚国将来真把秦朝给灭了，自己也能分到点好处；现在宋襄他爹宋义已经死了，楚国掌权的是项羽，齐国想要巴结还来不及，怎么会为他宋义报仇？这宋襄居然还想齐国出兵为他爹报仇，这一定是没经历过社会的毒打。年轻人就是天真，儿童才分对错，成年人的世界只看利弊。更何况，这乱世中，有杀父杀母杀全家仇的多的是，难道齐国都要去为他们报仇？所以田荣干脆教训田市道："我问你，宋义能给我们带来什么好处？我们出兵，还得出军饷，他宋襄这是想空手套白狼。就算齐国真的派兵去了，我们能打得过楚国吗？而且就算打赢了，我们齐国又能得到什么？我可以肯定，一旦我们齐国出兵攻楚，秦朝一定会趁机偷袭，到时候我们齐楚两国两败俱伤，最终都会死在秦朝的手下。现如今我们不急，好生安置着宋襄，兵是肯定不能出的。你啊，还是太年轻，做事情缺乏全盘考虑。记住了，这种啥好处都没有的事情绝对不要做！"

田市被教训了一顿，才意识到自己被宋襄忽悠了。是啊，他宋义现在什么也没有，凭啥把齐国的兵派去给他报仇，他连个美女都不是！

田市于是赶紧跟大将军田荣说道："您教训的是，我会好生安顿好宋襄，这样我们齐国也能落下个收留贤人的好名声。至于出兵，我会想办法拖住宋襄的。"

宋襄天天去找齐王，齐王早就准备好了说辞，什么齐国的精锐都派出去打仗了，等这些兵回来后，一定全部交给你指挥，现在我们哥俩先喝一杯再说。

于是，齐王就天天好酒好肉再加上美女侍候着宋襄，宋襄也是个色胚，天天跟那些美女厮混，乐得都忘了报仇的事儿。由此可见，有其父必有其子是有一定道理的。

原本韩信是没机会的，毕竟宋襄天天窝在家里跟美女歌姬厮混，周围都是护卫。可是无巧不成书，宋襄也许是在家玩腻歪了，再加上听说项羽现在专注于对付秦军，跟秦军在巨鹿僵持着，因此也就放松了警惕，想出去转转。这个时候还没到冬天，秋高气爽，正是出去打猎的好时候，于是宋襄就带着美人出去打猎了。

一路上宋襄心情大好，再加上怀抱美女，又看见前面有片小树林，于是就让军队在小树林外等他。那帮护卫心照不宣，所以也就在外等着。宋襄抱着美人骑着马儿唱着歌儿就进入了小树林。今天的美人那叫一个特别美，尤其是此刻，夕阳西下，人艳如桃花，并且前面居然有块大石头，真是天公作美，于是宋襄决定在那大石头上快活快活。宋襄刚把美人抱上石头，没想到的是，韩信此刻直接一刀从后背捅进来，宋襄当场实现了他牡丹花下死，做鬼也风流的愿望。

韩信割下宋襄的人头做凭证，然后就从小树林里消失了。小树林外的护卫见宋襄许久未出来，这才意识到不对，于是去看看。这一看吓了一跳，宋襄没头的尸体倒在地上。随后众护卫因为担心上头怪罪，只好把宋襄的无头尸跟那美女一块埋了，回去报告说宋襄打猎被野兽弄死了。赵王起初还觉得死了个玩伴挺可惜的，不过既然已经死了，乱世人命不值钱，就安葬了吧，毕竟宋襄原本就是个大麻烦。

巨鹿大战时，章邯在一个叫棘原的地方，一听说秦军战败，知道大事不妙，赵高早就想换掉他，估计这次一定会以巨鹿之战大败为由废了他的大将军。于是章邯就派亲信司马欣去都城汇报，想尽一切办法把真实情况告诉秦二世。胡亥了解到因赵高粮草供应不及时导致秦军吃不饱战斗力下降乃至大败后，怀疑赵高侵吞军饷，于是将赵高斥责一番。赵高挨骂后，开始生出杀害秦二世的想法，不过，此时他还是想办法蒙骗应付过去。秦二世想要了解军饷的真实情况，然而询问的人都被赵高买通，或早就成了赵高的亲信，问起来居然个个都说赵大人是个难得的清官，还从家里拿粮食送给前线，这下子秦二世也难以追究。

赵高连夜想要杀了司马欣，还好司马欣早有准备，特地绕路，加上司马欣在军中多年，武艺高强，身体强壮，连夜赶路，这才躲过一劫。

司马欣回去后就把了解到的秦朝朝中的情况告诉章邯："秦宫内此时几乎被赵高掌控，想要见皇帝必须先给赵高送礼，并且告诉赵高缘由。秦二世昏庸无能，只知道玩乐。我去求见秦二世的时候，秦二世根本没有个君王的样子，跟一群妃子搅和在一起。我壮着胆子汇报完真相后，秦二世依然只是怀疑，可见赵高已经深得秦二世信任，估计此事最后会不了了之。以赵高以牙还牙的性格，他一定会把责任推给我们。此时大人手里有兵权，估计赵高还不敢彻底撕破脸皮，但是一定会让我们继续进攻，然后通过控制粮草补给来让我们打败仗。一旦我们老是打败仗，一定会导致军心动摇，到时候赵高说不定就会暗中发动兵变夺权，无兵权后，我们怕是会死无葬身之地！"

第四十一章 放弃战略要地走人

章邯听了司马欣的汇报后说道："整合各地秦军，我手头兵力还有几十万，暂时还足以跟叛军抗衡。巨鹿一战不过是暂时失利，待我重整旗鼓，胜败还未决。若是我打败了叛军，陛下一定会信任

116

我等的。"

司马欣没想到章邯此时还对秦朝抱有希望，于是进一步劝说道："末将知道大将军征战沙场多年，渴望建立不世之功，只是从历史上看，秦国大将军几乎没有善终的。就拿始皇帝那时的大将军蒙恬来说，一人驻守边疆，据说盔甲上的纹路都被风沙磨平了，驱逐匈奴于长城外多年，替秦王朝开拓了一眼望不到头的疆域，最后却落得个赐死的下场。再说之前的战神白起，替秦国冒天下之大不韪，坑杀四十万赵国降兵，攻城略地，为秦国一统天下立下了汗马功劳，结果还不是被赐死？由此可见秦国国君从不愿善待大将军，还不是因为担心大将军兵权在手，功高震主。所以就算秦二世不受赵高蒙蔽，待战争结束后还是会对将军你下手的。如今秦朝已走到末路，将军你这些年来不断平叛，造反的人反而越来越多，朝廷的地方官甚至带头造反，将军的兵有限，这样下去就算一时取胜，最后必然走向失败。不如跟项羽联盟，自立门户，趁着这股造反之风共同瓜分秦朝土地，那也不失为一条出路。"

章邯心有所动，但表面上仍然不以为意，推辞道："先静观其变，此事往后再议。"这些天章邯依旧不发兵，很快朝廷的旨意就来了，不外乎此战虽败，但念及章邯往日功劳，暂且不予追究，让章邯戴罪立功。章邯心中暗想，若是此刻他手中无兵权，怕是要立马被赐死。

送走了使者，章邯又接到联军的密信，果然也是劝他一同联合。章邯有些怀疑司马欣已经跟项羽等人有了勾结，他依旧没有答应，不过也动摇了，打算秘密派人前去订立和约，暗中承诺不会再发兵攻打联军，他此时想尽可能地保存实力。

项羽赢得了巨鹿之战，成了名动天下的传奇人物。当然，项羽以后还会继续书写传奇。此时项羽就是反秦战场上的超级明星，各路英雄豪杰就像追星一样来投奔他，其中就有一堆后来汉朝的开国功臣。所以项羽最可惜的在于他太相信自我，不擅长知人善用。现在他手底下是人才济济，所以当韩信满怀期待地回来时，他满不在乎，等到韩信等不及去见他——毕竟宋襄那颗人头搞不好就要腐烂了，于是趁着项羽开会去汇报——结果项羽满不在乎，只说了些客气话，诸如"你辛苦了，至于封赏，待我商议过后再说"，然后就以还有别的事要忙为由，让韩信先回去。韩信没想到自己辛辛苦苦换来这么个结果，所以很不高兴地扭头就走，连告辞的话也不想说。

又过了些日子，项羽在研究跟章邯决一死战的战略，纳闷这些天章邯居然没动静了，连偷袭的兵也没有。这天项羽正在跟诸位将军商讨，这个时候却听到有人禀告说章邯的使者来了。使者想单独跟项羽密谈，可是项羽觉得诸将都在，若是此时单独见使者，众人会怀疑自己跟秦军有勾搭，于是就让使者直说。

使者刚说完，项羽不急着发言，想着先听听在场诸位将领的意见。这时候赵将陈余率先把他给章邯写信的事说了出来，并且认为应该同意，最好能拿出些诚意，以此达到劝服章邯的目的。章邯愿意派人来，说明他已经有了反抗秦朝的心意，只要不断拉拢，章邯也是可以劝降的，只要章邯倒戈，那秦朝就危在旦夕。

陈余一开口，在场诸位将领纷纷表示同意，这些人都领教过章邯的厉害，甚至有些人差点被章邯给灭了。但是项羽心中却另有打算，他知道章邯诡计多端，于是也提出了一些要求，让使者回去告诉章邯。这时候众人说完，最后范增冲着项羽点头，项羽这才点头同意。

晚上，项羽私下跟范增谈起自己的忧虑，范增这才跟项羽道出自己的计谋："章邯是一定要打的，不为别的，就为他手下全是秦兵，就算他愿意归降，他手底下的那些秦兵留着迟早也会生出反叛之心。况且章邯这些年来杀的起义军太多了，不少起义军的兄弟姐妹都是他杀的，他就算投靠了我们，那些跟他有血仇的将领也不会放过他。章邯是个聪明人，他不到万不得已不会投降，他现在只是为了保存实力，我们暂且答应他，使他放松警惕，然后出奇兵进攻。"

于是项羽第二天就开始调集人马，陈余发现后很是不解，他原本想通过劝降章邯立下功劳，询问后才知道项羽明面上讲和，实际

项羽一方面派英布去找寻粮草，另外一方面设下埋伏，故意不吃肉，显示出楚军粮草紧张。当然了，他晚上回到营地自然是大口吃肉喝酒了，这一切都是范增的计谋。范增明白，此时联军跟秦军中都互相有了叛徒，楚军粮草不足的消息估计很快就会传出去，所以干脆来个将计就计，让秦军以为联军粮草已经严重不足。实际上，联军的粮草还能撑好些日子。

其实此时章邯已经开始丧失判断力了，急于求胜；秦二世那里又逼得急，或者说是赵高逼得狠，三天两头就派使者催他剿灭叛军，甚至质问他久不出兵是为何。章邯等不及了，亲自带领秦军中午时分发动进攻，兵分两路包抄联军，同时用骑兵突袭。可是骑兵之所以能发挥作用，靠的就是突袭，一旦敌人做好了准备，那就不是突袭了。于是悲惨的一幕发生了，秦国骑兵冲进联军大营中，结果却被联军包围起来，万箭齐发。骑兵跑得再快也没有箭快，而且就算骑兵穿了铠甲，可是战马却不可能全身包裹起来，于是乎，骑兵的马纷纷被箭射死，骑兵还没发挥作用，便坠马而死。章邯明知中计也没办法了，只能卷入战场中，这时候已经由不得他了，他只想跟联军决一死战。

可是章邯没想到，他在跟联军决一死战时，使者王成却是逃了。没错，王成知道在章邯那里已经混不下去了，于是抓住机会逃跑，毕竟从古至今忽悠主帅导致兵力大损都是杀头的重罪，章邯之所以没急着杀他，是在等着朝廷问罪下来拿他当替罪羊。

王成逃走后，立马直奔咸阳，将章邯派他去联军讲和的事情告知朝廷内的官员，还把章邯想要拿他当替罪羊的事抖搂出来。由于王成是众所周知的章邯的亲信，堪称头号狗腿，所以很多官员相信了王成的话。这帮官员中有不少赵高的亲信，赵高立马召见王成，想要借王成之手除掉章邯。王成在赵高面前把章邯骂得狗血淋头，并且把章邯私下说的一些骂赵高是大奸臣、皇帝宠信太监是无道的表现之类的话全告诉了赵高。赵高当即决定要除掉章邯，于是让王成带着揭露章邯丑陋嘴脸的奏折觐见秦二世。秦二世一听章邯居然干出这等事来，当即决定收回兵权，诛章邯九族，立刻派董意拿着兵符和诏书去接管军队，并且要求董意掌握兵权后直接将章邯处死。

赵高得到命令后，立刻派兵冲进章邯在咸阳的家里，把章邯家里的老老少少杀了个一干二净，只有一个仆人逃了出来。赵高望着满地的尸体，很是满足，从此以后，秦国兵权就尽归他手了，凡是反对过他的、阻碍他独裁统治的，通通都只有死路一条。可是他没想到的是，他自以为的亲信董意其实也对他赵高很不满。

第四十三章 章邯萌生反意

董意拿着虎符跟诏书来到秦军大营后，看到章邯浑身带血回来，顿时吓得不敢当这个大将军了。而且他看到的真实情况是章邯率领秦军正在跟叛贼联军血战，看这架势谁还会相信章邯叛变？董意原本还以为过来一读诏书，一拿虎符接收下军队就完事，没想到大战正在进行，此时他接管军队岂不是死路一条？不行，正所谓好死不如赖活着，尤其是他这个高官。

于是董意在章邯问他有什么事的时候，干脆说是皇帝按惯例派他来视察，并且晚上连夜修书把真实情况报上来，大大夸奖了一番章邯的英明神武，以及自己认为大战爆发，不宜更换主将，而且自己的能力也不足以担任大将军一职等等，恳请秦二世等大战结束后再行决断。

赵高没想到自己的亲信也是个贪生怕死的人，或者说，跟着他赵高的，哪个不是审时度势的狗腿子，不然谁愿意跟着个太监？

这一仗联军虽然也有准备，但是架不住章邯以命相搏。可以说，巨鹿之战打赢后，联军将领都空前自大，认为秦军不过如此，现在他们见识到了秦军的厉害，这才害怕起来，居然又有部分将领主张求和。于是联军内部立马分成了两派，一派是求和派，一派是主战派，两派将领没上战场，嘴皮子到挺利索的。项羽最讨厌窝里斗，于是当场把桌子劈成两半，说道："聒噪！有功夫跟我磨嘴皮，通通上战场去！"

项羽本想身先士卒将章邯杀了，可是这场战斗规模太大，他没办法突袭到章邯跟前。这次他算是明白了，现在的秦兵就跟巨鹿之战时的他一样，再打不赢就彻底失败了，所以才能以一当十。项羽请教了范增，范增认为再这样下去联军必败，于是立刻转变战术，改成了边战边退。同时联军撤退收拢的时候，尽量不让秦军察觉到正面战场人数反而是增多的，只是把外围的兵力全部撤到一个叫安阳的地方。此时秦军被正面战场所吸引，加上外围部队集结相当快，集结完后，直接从安阳小路绕道，从背后突袭秦军。与此同时，正面战场的联军士兵按照命令高喊"援军来了"，秦军背部突然受敌本就有些慌张，此时再听闻对方的援兵到了，顿时心理压力增大，部分士兵见形势不妙，直接逃跑了。士兵的士气骤降，个个都感觉联军的兵力增强，战胜联军已经不可能了，于是乎，秦军开始出现混乱，最终章邯只好收兵。有种无奈就是，章邯明明看出战场上联军的兵马并没有增多，只是拐了个弯从后面突袭，但是手底下的军队已经人心涣散，所以这会儿光他章邯一个人拼命也没用了。此战秦军虽然大败，但也让联军领教了秦军的厉害，并且项羽在联军中的地位更上一层楼。同时因为这场战斗，项羽看清楚了哪些将领是忠于自己的，因此抓紧清理掉不听话的。至此，联军几乎成了项羽的项家军。

战斗暂且平息，秦军营帐中，众多将领疲惫不堪，个个浑身伤痕地坐下来商讨。章邯也是，他的脸被鲜血染红，手已经握不住兵器了，他一瘸一拐地由人搀扶着走进来。扪心自问，他其实也挺害怕的，他原以为能跟叛军拼死一战，谁胜谁负还是未知数，可现在很明显了，秦军没有打赢，连续两场战斗都输了。他作为主帅必须认清现实，接下来肯定不能再打，至于到底是讲和还是投降，他也犹豫了。

一般到了这个时候，都需要一个人物来破局。这个人物往往就跟你心爱的姑娘一样，不会早一步，也不会晚一步，她恰巧赶上了。这个人物便是章邯的家丁李三。李三出身贫寒，是章邯从战场上捡回来的孤儿。据说李三相当机灵，抱住章邯就喊爹。章邯征战在外这么多年，老婆一个人独守空房，自己一把年纪也没一儿半女，于是就收下了李三当干儿子。这李三也是会武功的，毕竟一开始他跟着章邯在军营里长大，后来才被章邯派回家去。这个家丁可真称职，章邯一家老小除了他全都死光光了。

李三一把鼻涕一把眼泪地告诉章邯，一天外出采买回家后，一进门就看到一家人全都死光了。

于是乎，章邯此时就只剩下一个选择了，那就是造反！失去了亲人的章邯仰天大吼："苍天啊，我到底犯了什么罪，要这么对待我？！我为陛下尽忠了这么多年，没有功劳也有苦劳，陛下，你为何如此对我？！"

怒吼完之后，章邯便将面前的桌子一刀劈成两半，桌子上的东西摔在地上，整个营帐里一片狼藉。

诸位将领此时也蒙了，朝廷都杀了大将军全家，居然还让大将军带兵，这是怎样一种神仙操作？这时候，董意见瞒不住了，只好把真实情况和盘托出，并且安慰章邯说："虽然陛下让我来坐这个大将军的位置，但是我自认为能力不足，所以还是请你继续做大将军吧。"

第四十四章 结拜大会

董意的算盘打得贼精，因为这个时候的大将军是个烫手山芋，谁接过去都得把手给烫了。而且看章邯那张写满了"愤怒"二字的脸，估计这个时候抢他位置，他直接就会给你一刀，他董意作为一个资深趋利避害专家，怎么会不明白这点？在这乱世上，名利地位都是假的，唯有活着才是真的。董意是秦朝的高级知识分子，只要活下来，不管是谁执掌天下，他肯定是有官做的，毕竟历朝历代都需要知识分子来帮助治理国家。

不光如此，董意还把章邯大大夸奖一番，说什么普天之下，唯有章邯可以担此重任，接着又站在章邯的立场上说了一大堆反动的话，并且做出一副要跟章邯同生共死的样子。于是手下那帮将领也反应过来，纷纷表忠心，依然尊章邯为大将军。

又过了几天，章邯把军队中平时对他有意见的人统统都换了，然后把早就想叛变，心在楚国的司马欣叫过来，让他去见项羽，意思当然就是按照司马欣的意思。这司马欣虽然名字取得不好，但是办事却是个好手，比上回那个王成会办事多了。

司马欣可不是空手去，而是带着礼物去的，这礼物便是传说中的至宝和氏璧，当然也有可能就是拿了一块普通的玉说成和氏璧。司马欣来到楚营，却不急着见项羽，而是花银子孝敬那些小喽啰，搞清楚项羽啥时候高兴。哦，原来是跟虞美人在一起时心情最好，于是司马欣就等。小喽啰收了司马欣的银子，自然及时通报司马欣。司马欣进去后不急着说正事，直接就跪在地上献玉，并且把这玉的来历，也就是不知道从哪听来的和氏璧的传说说给项羽。什么目的来着？当然是吹自己的礼物。关键在最后，故事讲完，再拍一通项羽的马屁，无外乎如此至宝只有项羽这样的天下第一英雄才有资格享有，把项羽拍得是心花怒放。项羽高兴了，事情就好办了，于是司马欣就娓娓道出自家将军章邯为了秦朝呕心沥血，拼死拼活卖命，结果一家老小全部被赵高那个奸贼给杀了。司马欣绝对是影帝级别的，居然说着说着流下了眼泪，毕竟现在的形势是他们主动找项羽，而且又是吃了两次败仗的情况下，项羽可以接受，也可以不接受。

司马欣这一套组合拳下来，把项羽糊弄得晕乎乎的。本来项羽对于章邯是充满仇恨的，毕竟章邯杀了他最亲的叔叔，项羽恨不得画个圈诅咒章邯死全家，可是当章邯真的死全家了，他又有些同情起章邯来。项羽说白了就是妇人之仁，一见司马欣这眼泪鼻涕一把抓的样子，就受不了了，于是就原谅了章邯，认为章邯只是被秦朝逼迫的，他也是个苦命人，比自己还惨。于是本来这么大的事应该跟众将商量的，结果项羽被司马欣一顿操作，立马就服了，当即答应了，并且向司马欣保证，章邯如果投降，他一定厚待。

可以说从章邯之事起，项羽就开始脱离群众，有事都不开会商量，自己一个人决定，开始走上了彻底的独裁统治，乃至于后面范增的出走，也跟项羽的独断专行有关。等到第二天，项羽开会通知各位将领这件事，大家都默不作声，项羽最后一拍桌子说道："就这么定了！"随后散会，只有范增在会后提了点意见，跟项羽说这种事最好还是大家一块商量，项羽说："那帮人不过是跟在我后面沾光的，到最后不还是我拿主意，你看我今天直接宣布我的决定，他们不是也没意见吗？"

三天之后，双方主帅在约定的小凉亭会面。那个小凉亭是临时搭建起来的，要是没拆，我估计也能成为个景点。

双方一见面就开始聊天。项羽怕章邯尴尬，毕竟原本你死我活的双方突然一方要投降。于是项羽开口就给章邯赔礼道歉道："章大将军之前派人来讲和，我本来想讲和，无奈手底下众人都认为可能有诈，但是我一直认为章大将军为人光明磊落，绝对是真心的，但是为了以防万一还是派骑兵去探了探虚实，从那以后我就相信将

126

军了。"

　　读者朋友们，项羽此刻情商简直爆表，硬生生把一次偷袭整成了两军之间的友好交流，的确把黑锅甩得一干二净。但是对于拉近谈判双方的距离那是相当有效，反正在这种情况下，章邯不信也得信，毕竟他是要投降的一方，项羽这么说是给他留面子。章邯自然明白，当即也回应项羽说："我也一直相信项羽将军这等英雄豪杰不会做出偷袭这等事来。同时，我后来命令秦军进攻，也是为了消耗部分兵力，免得项羽将军担心我诈降。如今秦军经过两次大败，精锐已经消耗得差不多了，我认为再打下去已经没有意义了，为了让那些跟着我出生入死的弟兄有个好结局，所以我是带着满满的诚意来投诚的，还望将军不要怪罪我之前的所作所为。之前我都是被暴秦挟持住了家小，不得已而为之，还望将军海涵！"

　　章邯说这话也是为了给项羽台阶下。正所谓你给我面子，我给你面子，谁都愿意听好话。项羽虽然内心对章邯杀了他叔父项梁恨得咬牙切齿，但是此刻还是展现出了影帝的风采，他当场跟章邯对饮，一口喝干碗里的酒，说道："我能理解章将军，我们谁不是被这暴秦给逼的，既然从此以后我们有了共同的敌人，过往的恩怨就算了。依我看，咱俩就结拜为兄弟，你看如何？今后跟着大哥我喝酒吃肉，有我好处就一定分你一半，你看可妥？"

　　章邯没想到谈着谈着就变成了结拜大会，感动极了，说出的话自然无外乎那些，什么我家里人全都被暴秦杀了，今后你就是我亲哥，做小弟的一定为大哥尽忠！

第四十五章 没牙的老虎凶不起来

两人一边喝酒吃肉，一边怒斥暴秦无道，很快就走到了一起，两颗心心连着心，从此世间多了一对很不罕见的"兄弟情"。我发现项羽结拜的对象都是人才，一个刘邦最后杀了他，一个章邯最后被他坑得一塌糊涂，这兄弟估计都是"凶弟"，背后凶你一刀的人才。

当然这个时候两人还是表面兄弟，项羽答应了章邯的条件，当场封章邯为雍王，董翳则是护军都尉，头号叛徒加说客司马欣成了大将军。从史料来看，这时项羽已经开始代行楚王的职权了，他干脆连汇报都不汇报了，流程都懒得走，直接就封王了，我估计项羽的心中已经把自己当成王中王了。

前几天还杀得你死我活的两支军队一下子就融合起来搞联欢晚会？这是不可能的，理由很简单，造反的跟正规军永远不可能一路。要么造反的成功，变成正规军。你想，让原先的官兵跟一伙地痞无赖出身的混混融合，没有矛盾那是不可能的。

要知道这伙地痞无赖为什么造反，还不是因为那帮官兵逼的，如今官兵跟他们一样了，那可不得好好修理一番。再加上有些兵的兄弟之前在与章邯的两次大战中战死了，那可是血海深仇，怎么可能一笔勾销？尤其是楚军看见秦兵那些头颅，都会条件反射拔刀，因为在起义军看来，官兵的头颅那是一个个军功啊。如今看着不让砍，他们的大刀那叫一个饥渴难耐。于是乎，这些起义军大有种翻身农奴把歌唱的嘚瑟劲，以前楚营里面最年轻的，也成了老资格，原先是被欺压对象的，现在一下子感受到了组织的温暖，一块联合起来欺负投诚的秦军。投诚的秦兵被安排干重活累活，楚兵个个都成了领导，整天以指挥秦兵干活为乐，反正只要动动嘴就行，被压迫人一旦翻身，压榨起原先的人来是有过之而无不及，只恨不能杀了解恨，不能把几十年来被暴秦压迫的仇恨彻底发泄出来。

　　终于，有个叫阿汤的秦军小兵受不了了，他一个人要承担洗衣做饭、铺床叠被，还要给楚军大人们捶背洗脚，同时还经常没有饭吃，只能吃些残羹剩饭，楚军心情不好了踹他两脚，他还得忍着。于是阿汤就豁出去，造反了。他偷吃了一个楚军的馒头，于是一个馒头引发的血案就爆发了。楚兵们把他抓起来，绑在树上不许人给他送饭，把他活活饿死了。这下子惹恼了秦军，阿汤的死成了导火索，秦军纷纷跟楚军发生火拼。虽然楚军人数多些，但是秦军也不是吃素的，火拼演变成了一场内乱，双方各有伤亡，场面混乱不堪，不停地传来"杀秦狗"和"宰了这帮造反的乡巴佬"等厮杀声。

　　内乱很快传到项羽这里，项羽没想到这伙秦兵居然还敢造反，正所谓造反的最恨自己也被造反，他火速带领精锐前去。那些秦兵自然不是项羽亲卫军的对手，一会儿工夫就被制服了。项羽了解清楚情况后，为了平息秦兵的愤怒，也为了照顾章邯的面子，命令把虐待秦兵的那几个楚兵杀了做做样子。

　　不过，项羽没能真正解决官匪之间的矛盾，楚军对秦军的虐待虽然不那么明目张胆，但是俗话说得好，明枪易躲，暗箭难防，楚兵对秦兵的虐待变得很隐秘。比如把不听话的秦兵派去搬石头当苦力，美其名曰训练耐力，或者干脆安排去清理厕所，反正明着不行，暗着整你有的是办法。秦兵去告状，可是楚军的将领只知道打马虎眼，甚至还会背地里特别针对那帮告状的刺头秦兵，当面说你说得全对，表态一定立马解决，背地里搞死你没商量。

　　于是几次三番遭受毒打后，这帮秦兵也明白了，被压迫的人只有造反这一条道，于是开始暗地里搞联合。秦兵都认为日子没法过了，还不如死了算了，于是约定时间地点，等到了秦地老家就一块反了。然而这世上哪有不漏风的墙，造反这事要么说干就干，哪还能等？论造反经验，起义军是秦军的十倍还不止，很快就有秦军中的叛徒加投机分子告密了。

于是项羽召集众人开会。当然名为开会,实为安排秦兵去见阎王。实际上,打从一开始项羽内心就对章邯充满了防备。这些日子从来,他一边不断安插自己人控制秦军,一边找机会把秦军全给灭了。毕竟形势逼人,楚军的粮草也不多,这伙秦军明摆着不想听楚军指挥,估计到了战场上第一个反水的就是他们了,为了以防万一,同时为了节约粮食,只好把他们统统安排了。前面不远处就有个好地方,项羽想起了之前往粮道里面灌水淹死秦军的往事,同时想着等把这伙秦兵灭了,章邯就成了没牙的老虎,再也凶不起来了。

于是当天,项羽宣布楚兵跟秦兵分开驻扎,秦兵还由章邯负责。秦兵顿时喜气扬扬,这下子终于能睡个安生觉了。这些日子,这帮土匪楚军简直不拿他们当人看,在折磨他们方面是花样百出,挖空心思琢磨新方法。他们不知道的是,这一次他们将永远长眠在这片土地。

日落时分,秦兵已经驻扎到了另外一个洼地处,项羽把秦军的将领请过来一块喝酒吃肉。酒过三巡,众将都有些晕乎乎的。这个时候久经酒场的项羽自然是不会醉的,他借口上厕所,跟门外的侍卫打了个招呼,顿时侍卫就明白了。

当天夜里,先是有楚兵点燃了正在沉睡中的秦兵的营帐,秦兵被热醒,赶忙想去灭火,然而他们没想到的是,洼地的四周布满了楚军的弓箭手,凡是往外逃的,通通被箭射死,但是不往外逃,又得被火烧死,反正横竖都是死。秦兵想要找将领带头冲出包围圈,却发现没一个将领在,顿时秦兵误以为他们被这些将领抛弃了。没有人组织,秦兵如同一盘散沙,根本逃不出包围圈。天明时分,项羽才告诉章邯,昨夜秦军大营突发大火,由于士兵都在睡梦中,因此没来得及灭火,最后全部被烧死。章邯有苦说不出,明知是项羽的安排,但是他确实接受不了,二十万秦军全死光了,骨头堆满了整片洼地,他曾经的雄师就这样毁灭了,如同一场梦一般。章邯想要拔剑自杀,被项羽一把把剑夺下,劝章邯道:"事已至此,章将军不必难过，以后我的楚军给你指挥不就得了？你我是好兄弟，我的兵就是你的兵，何况秦军杀孽太重，这也算替章将军报了仇！"

第四十六章 保全自己

看见没有，项羽堪称诡辩鼻祖，睁着眼睛说瞎话界的王者，几句话就让章邯不寻死了。毕竟章邯已经背叛秦朝了，从他投降那一刻起，他就是一块案板上的肉。他投降，说明他珍爱生命，是可以苟且偷生的，所以自然是好死不如赖活着，项羽的话不过是给他早已注定的命运找了个台阶。一旦选择了苟且偷生，你就避免不了成为别人的狗。只有战死沙场的将军，带着士兵投降的将军不配做将军。尤其是战场上的投降，没有人会认为你是真心投降，他们只会认为你是形势所迫。

项羽这边快马加鞭杀向关中，自然是因为楚王曾经说过的先入关中者为王，当时是为了团结各路起义军一同反抗暴秦。可是项羽被章邯牵制住了，所以有些落后，现在遥遥领先的是刘邦。

刘邦那叫一个春风得意啊，遥想两年前，他老大叔还是个爬寡妇床的老色鬼，如今带着几个弟兄出来了没几年，手中是有兵有城，而且一路打向咸阳，自己就能封王。刘邦这一路走得顺当然是因为他的项羽小弟帮他把章邯牵制住了，他一路上也凭借他的王霸之气吸引了不少追随者。

比如说老了在家没事干的酗酒老头郦食其，这天不知道是不是喝酒喝出幻觉了，看见刘邦从城门经过，就跟旁人说，刘邦身上有祥云附体，没准将来能王上加白。旁人只当他酒喝多了，根本不信。

但是郦食其那是封建思想的狂热信仰者，当天傍晚，他酒都不喝了就去拜访刘邦。没想到，刘邦正在洗脚，旁边有两个美女服侍着，刘邦正闭着眼睛享受。郦食其看见刘邦这副样子就很不爽，直截了当地斥责道："沛公，你如此对待长者，跟没有德行的秦朝狗官有何区别？！"

刘邦睁眼一看，这郦食其老归老，但是老而有神，两颗眼珠子会发光。刘邦立马穿好衣服鞋子，把美女请出去，让郦食其坐到主座，亲自给他倒茶。郦食其见刘邦知错能改，也就不计较了，将自己对于天下大势的看法跟刘邦进行了友好交谈，同时给刘邦指明了方向。刘邦正为粮食发愁，睡不着觉，结果郦食其就来送枕头了。郦食其告诉刘邦，陈留那里囤积了不少秦国的粮食，而且那里守卫不是很多。刘邦兴奋得当天晚上就部署，第二天就拿下陈留，解决了粮食危机。刘邦这人怎么说呢，非常舍得给赏赐，郦食其立了大功，他立马就封郦食其为广野君，封他的弟弟郦商为将军，带领陈留投降的那伙兵士。郦食其没想到刘邦这么大方，当即坚定了跟着刘邦一起干事业的决心。

再来说说后来助刘邦战胜项羽的关键人物——秦汉第一谋士张良是怎么被刘邦拐走的。张良原本跟着韩王，帮助韩王复国，但是张良出谋划策厉害，打仗却不行，他率领的韩军没能取得战略性的全局胜利，往往是今天打下这边几座城池，结果另外一边又被秦军偷袭损失惨重。

张良听说刘邦来了，赶忙去拜访。张良脸皮薄，害怕刘邦瞧不起，刘邦问他最近帮韩王复国有什么进展，张良吞吞吐吐地说道："还行，也就这样吧。"没想到刘邦是个察言观色的人精，知道张良不好意思开口借兵，但是张良是个人才，刘邦于是当即表示，宁可不入咸阳也要帮张良复国，并且说干就干，把张良感动得快要哭了。这是一种什么精神？这是一种舍己为人的精神。尤其是在乱世，谁手头的兵不是宝贝，刘邦居然能做出如此义举，真乃英雄豪杰。于是张良的计谋加上刘邦手底下能征善战的将领，很快就把原本韩国土地上的秦军给打得落花流水，一口气攻下十余座城池，刘邦顿时声名显赫。刘邦跟张良配合后一路打胜仗，原本刘邦就有心招募张良，如今一合作发现简直是铁三角组合，那是无论如何要把张良拐走。为了避免张良背上叛主的名声，刘邦于是首先跟韩王韩成提出借张良一用，韩王韩成见刘邦帮了这么大忙，居然没要土地，也没要权力，只是要借张良过去，当即同意。张良跟刘邦配合得如鱼得水，自然也同意了，恋恋不舍地跟韩王告别。其实韩王心里巴不得张良跟刘邦赶紧滚蛋，他生怕自己也被架空变成傀儡国君。所以说一个人的格局决定了他能站多高，刘邦把人才看得比土地都重要，并且舍得给予赏赐，所以刘邦能取得胜利是有原因的。

　　张良加入后，刘邦当场就给张良封官首席军师。从此以后，刘邦势如破竹，直到到了南阳这个地方。南阳太守是个缩头乌龟，跟刘邦交手几次全失败后，就干脆躲进宛城中坚守不出。刘邦正焦急，毕竟他要的是速战速决，而宛城属于战略要地，不容他放弃，因为拿下宛城他们可以依托险要地势进行埋伏进攻。刘邦于是集中兵力围城，但是围了几天，除了白费粮草外，无任何收获。正当刘邦焦头烂额之际，迷信狂热信仰者郦食其挺身而出，前往宛城跟南阳太守谈判。南阳太守吕奇没经得住郦食其三寸不烂之舌忽悠，也认为刘邦有祥云护体，将来必定王上加白。我猜测，刘邦一定故意让人传播种种奇闻来宣传美化自己，项羽就不搞这套，所以关于刘邦是什么赤帝之子、斩蛇起义的传奇故事流传到了现在。

　　吕奇于是就接受了刘邦的条件，刘邦封赏他为殷侯。并且刘邦一路放出风声，只要不阻挡他到咸阳当王，就统统封侯。于是沿路的那些太守郡守为了保存实力都答应了，毕竟能不打就不打，秦朝已经快凉了，没人愿意继续为秦朝卖命，都想着赶紧在乱世拥兵自立保全自己。

第四十七章 原形毕露

　　刘邦很快就到了进入咸阳前的最后一关——峣关，也是通往秦王朝都城的最后一道防线。此时秦朝已经四分五裂，刘邦知道过了这一关就是咸阳了，内心也是感慨万千。不过这个峣关可不是那么好打的，刘邦打了几次都没能攻下来。刘邦此时已经知道项羽也在加急往这边赶，而且项羽打败了强大的章邯秦军，一路上也是势如破竹，他如果不抓紧，就要被项羽追上了。这个时候就是郦食其跟张良展现神操作的时候了。

　　极品神棍兼忽悠天王郦食其带着金银财宝去贿赂峣关守将。这峣关守将是个见钱眼开的人，他之所以能当上峣关的守将，靠的是给赵高行贿。可是没想到峣关这个地方油水太少，没有税收可以贪污，他本来还担心行贿的钱收不回来，结果没想到不仅收回成本，还大赚一笔。而且如今谁都知道秦朝要亡，再加上他听过不少关于刘邦的封建迷信，于是就打算归降。不过他没想到的是，作为拱卫秦朝都城咸阳最重要的关卡，刘邦怎么可能交给他这个见利忘义的人看守？刘邦于是当场发动兵变，杀了峣关守将，同时将峣关的秦朝人马全部换成自己的人马，然后便急不可耐地奔向咸阳。刘邦这一刻觉得自己的人生巅峰就要到来，他马上就要从一个混混变成万人之上的王了。

　　此时的咸阳城内却是乱作一团，赵高不满足于成为历史上第一个太监丞相，他想成为第一个太监皇帝，他想创造历史，因此他发动政变，杀死胡亥，然后把胡亥的皇冠戴在自己头上，坐在胡亥的龙椅上。回想自己一生的奋斗历程，他终于从太监奋斗到了皇帝。离皇帝宝座那么近的距离，他足足奋斗了几十年。这几十年里多少刀光剑影，他为此还创造了"指鹿为马"这个成语，他做出了多大努力，多大牺牲。然而第二天上朝的时候，他却发现没人认可他，那些曾经向他低头的臣子公然反对他，公推秦始皇的弟弟子婴继位。赵高无奈之下只好将王冠交给了子婴，脑海中充满了对这个世界的怨恨，内心充满了对现实的控诉与无奈，凭啥太监就不能当皇帝？！

子婴如果早点继位，秦王朝没准还有救，可惜到现在这个时候，刘邦都打到家门口了，怎么可能轻言放弃？更何况现在的秦王朝已经是政令不出咸阳城了，下面的郡守县太爷个个想的都是自保，谁理会朝廷发的政令？圣旨完全就是废纸一张！

子婴取消了皇帝称号，改称秦王，同时准备抵抗。但是不问不知道，一问吓一跳，堂堂咸阳城居然只剩下皇宫的几千士兵。子婴一看，无力回天，投降算了。第二天子婴果然就带着一群大臣去投降了，同时为了表示诚意，脖子上还挂了条绳子，跟个吊死鬼一样来向刘邦投降。刘邦以为咸阳城需要一场恶战，没想到这么快就结束了，于是很高兴地接受了子婴等的投降，先将他们关押起来。

刘邦那叫一个兴奋，感觉今天是个好日子，心想的事儿都能成，然后就是本性暴露无遗，快马加鞭在太监的带领下来到阿房宫。刘邦望着巍峨耸立的阿房宫，恨不得一辈子待在这宫殿里享尽人间极乐。他看见那么多美女站成一排，内心那是恨不得生出三头六臂来宠爱。刘邦想到弟兄们辛苦了，于是嘴上说着兄弟们随便，自己也毫不客气地搂过一个美女。这长期生活在宫里的女人就是不一样，娇滴滴软绵绵的，不像家里吕雉那个悍妇。再一看秦始皇的豪华寝宫，还有那些金银珠宝，活该秦朝要灭亡。皇帝轮流做，今儿个到我了，不管别的了，我老刘要在这阿房宫里好好快活快活。此刻刘邦的本来面目暴露出来，沉浸在阿房宫内不能自拔。

发现刘邦不见了，众将一问才知道，他们的沛公刘邦是沉迷于享乐，不思进取了。之前口号喊得响破天，什么推翻暴秦，打倒胡亥昏君，结果真到了阿房宫，他反倒率先打自己脸，成了贪图享乐的昏君。

于是我们杀狗专业户樊哙登场了，他直接闯进阿房宫，把刘邦从床上拉起来。刘邦满脸不高兴，不过见是好兄弟樊哙，以为樊哙是来要好处的，赶忙说道："老兄，你拉我做什么？咱们好好乐呵乐呵。放心吧兄弟，我做了王，好处少不了你的，你还不了解我吗？我这个人一向很大方！"

结果樊哙直截了当地说道："刘兄，我樊哙一路跟着你，你以为我是那种贪图荣华富贵的人吗？我的确有些贪财好色，可是现在项羽就要杀过来了，你还在这里过快活日子，你这样跟我们要推翻的秦二世有何区别？"

刘邦不耐烦地说道："樊兄，你怕啥啊，项羽他不是楚王的大将军吗？楚王都说了先入咸阳者为王，我刘邦先打进咸阳了，这个王肯定跑不了，项羽难不成敢不听楚王的？"

说完就又跳到床上去了。樊哙气呼呼的，只恨没带屠狗刀。

第四十八章 活着就是成功

樊哙知道有一个人肯定能劝住刘邦，那就是进入咸阳以来，一心顾着到秦朝收藏典籍图库的地方收集资料的萧何。萧何听到樊哙告状后，意识到刘邦被一连串的胜利冲昏了头脑，于是急忙跑去见刘邦。

果然刘邦一听萧何来了，马上整理好衣冠，因为他知道萧何这人办事谨慎，没有要事不会来找他，难不成是项羽要打进来了？刘邦心里暗暗揣测着。

萧何一进来就问刘邦："沛公，你是想图一时之乐，还是永世

136

之乐？"

刘邦回答道："我当然是要永世之乐。我这个人你还不了解吗？还不是为了带着兄弟们造反，一块享受荣华富贵！"

萧何随后便说道；"沛公英明，可是沛公此时正在做的事却是追求一时之乐。如今虽然暴秦已灭，但天下依旧四分五裂。在这乱世，谁不想称王称霸？先入关中者为王，只是个口头约定罢了，我听说项羽的兵力远胜于我们，马上就要打过来了！沛公经历过这么多事难道还不懂？乱世唯有拳头才是硬道理！"

刘邦一听萧何劝说，立马明白过来了。的确，秦朝是灭亡了，但是天下还没一统，每个造反的都希望自己能分到更多的土地和财宝，接下来必然混战不止，尤其还有项羽这个敌手。于是刘邦赶紧哈哈一笑道："老子当然懂这个道理，不过是想看看诸位将士啥反应，看来你们都是本王的忠臣啊！"

另外一边，项羽正快马加鞭赶往函谷关，一路上那是遇神杀神，遇鬼杀鬼，可以说楚军过后，寸草不生。就这样，在无尽战争的鲜血中，项羽来到了函谷关。知道刘邦已经到了咸阳后，项羽十分生气，说："刘邦算什么东西，不过是钻空子捡了我的便宜罢了。"

刘邦在函谷关驻兵把守，项羽考虑到跟刘邦是结拜兄弟，于是就派人通报，没想到守门的将士直接回答说："沛公已经平定关中，按约定应当封王，诸位请回吧！"

项羽一听就怒了，这楚王的话算什么，刘邦这小子居然连我都不放在眼里，真是胆大包天！当初要不是我，他能有今天吗？

于是项羽立马下令全军进攻函谷关。函谷关守兵只有近万人，而项羽一路打过来不断收揽归降的将士跟兵马，兵力已经达到了号称四十万大军的地步，扎起营地来一眼都望不到头。一声令下，士兵如潮水一般涌向函谷关。函谷关守兵放箭阻挡来犯之敌，但是项羽的兵实在太多，如同巨浪一般，源源不断地冲击着城门。最终勉强抵抗了几个时辰，函谷关大门就被破开了，从此项羽通往咸阳城的道路再无阻挡。

项羽和范增一路上听说刘邦进入咸阳后与当地百姓约法三章以安定民心，并且萧何封藏了府库中的资料，还开咸阳的粮仓发放粮食安抚百姓，这明显是收买人心的行为，看来刘邦也有图谋天下的打算。范增于是跟项羽建言道："刘邦这家伙贪财好色，不学无术，本是无赖混混，如今到了咸阳城守着阿房宫却能忍得住不贪财不好色，说明他有大志向。此人野心不小，大王应该尽快除掉他，千万别让他成事了！"

于是项羽更加坚定要把刘邦这小子给灭了。项羽这人就是这种性格，你让我爽快了，我认你当大哥，你让我不爽快，我就灭你没商量。

不过好在项羽阵营的终极内应，一开始就出现在小说开头的人物——项伯，因为跟张良关系极好，而听说张良现在跟着刘邦混，因此不想项羽进攻刘邦，于是赶紧劝项羽道："自从我们起兵以来，你叔叔项梁一直是义字当头，楚军大义一直是我们的旗号，而且先入关中者为王是我们楚国的国君约定下的，侄儿你这样公然违反，怕是会让楚国失信于天下。我看还是先设下筵席请刘邦过来，跟他谈谈吧！"

项羽听了项伯的话，也觉得直接开战不好，于是就同意道："叔叔说得也有道理，不过我还是会部署兵力，随时准备开战。叔叔你先请刘邦来赴宴，刘邦要是敢拒绝赴宴，你一回来我立马攻进咸阳城，将刘邦灭了。这事是他先不义，派兵驻守函谷关也就罢了，见了我的旗号却不放我进来，这是瞧不起我，真是太不把我这个兄弟放在眼里了，我要是不给他点教训，怕是他还真以为自己成了关中王。在我看来，楚王就是个空架子，这楚国还是我说了才算话！"

于是楚国的头号叛徒，大汉王朝开国功臣，刘邦的守护神项伯就前往汉营。此时刘邦早已得知项羽来了，又知道项羽一举攻破函谷关，所以他一直住在军营里，心里头急得像热锅上的蚂蚁。要知道他刘邦总共兵马才近十万，而项羽近四十万，这兵力悬殊太大了。

刘邦可不是项羽，能干出破釜沉舟的事情来，他是逃跑功夫天下第一，深刻明白在这乱世活着就是成功，所以他甚至心里都想着逃跑了。打不过就跑，这个刘邦最擅长，堪称秦末逃跑界的冠军。史书上有记载，刘邦为了逃跑，让马车跑得再快些，连妻子儿女都能丢下。刘邦信奉的就是妻儿如衣裳，穿着固然好，不过如果脱了能跑得快些，那也是可以扔了的。至于脱了衣服有碍观瞻不合礼教规矩啥的，刘邦从来都不在乎。

刘邦本来都收拾好东西打算溜了，反正已经来过阿房宫，也算圆了自己年少时的梦，没白活一场。刘邦自我安慰的能力特别强，所以他不怕失败。这个时候他听说项伯来了，项伯他听张良提起过，这个人还是不错的，于是就设宴招待项伯。

第四十九章 鸿门宴

项伯把项羽的愤怒说给刘邦听了，劝刘邦过去，项羽还是很重情义的，现在去跟项羽道歉，并且把咸阳让出来，做出诚意来，项羽应该会放你一马的。

刘邦一听，项伯虽然姓项，但是却这么为他姓刘的考虑，当即觉得这个人可以策反，于是拿出不少财宝送给项伯表示感谢。项伯喝多了，见刘邦如此大方豪爽，当即跟刘邦把酒言欢，给刘邦说了不少项羽的喜好，告诉刘邦明天千万别忘了准备一份厚礼给虞姬，项羽现在跟虞姬感情很好，要是能让虞姬高兴，项羽肯定就没事了。

两人喝着喝着居然也打算结拜兄弟，刘邦还打算把自己的女儿嫁给项伯的儿子，结成儿女亲家，以此巩固他，笼络他，继而策反他，让他彻底成为姓项但心向刘的头号间谍。项伯没想到刘邦这么舍得下血本，当即表示一定多跟项羽说刘邦的好话。就这一顿酒的工夫，刘邦就把项伯这根救命稻草拿下了。刘邦是只要能有一线生机，啥血本都敢下的，只要你能救我，我就算给你当孙子都行，才不在乎什么道义礼法，那些全是空谈废话。

项伯第二天带着满满的收获回来，当即跟项羽说了不少刘邦的好话。范增一听刘邦敢来赴宴，直截了当地说道："好，那就不用动兵，我还担心刘邦会逃，我们直接在酒宴上杀了他。"

不过项羽却没有表态，而是说道："到时候看刘邦怎么说再决定杀不杀！"

范增却是暗中谋划，跟护卫私下说道："明天刘邦一来，不管三七二十一，先把他抓起来再说。项羽在大事上太重情重义，狠手还得我们来下。"

第二天刘邦那是胆战心惊，他自然不知道，自己要赴的鸿门宴将来会载入史册。他还是很不放心，担心自己这一去小命就没了，所以一面派精锐骑兵隐藏在楚营外头接应，一旦出事立马冲进来救自己；一面带着对自己最忠心的人，一共百余人前往楚营。临走前刘邦把那些精挑细选的礼物拿出来看了又看，他刘邦不是不贪财好色，但是他明白钱财这东西有命才有的花，若是命没了，一切都是浮云。

到了项羽的营帐前，侍卫只让刘邦、张良和樊哙进去。刘邦进来后，看见项羽坐在那儿瞪着他一言不发。刘邦刚准备跪下，没想到范增做了个手势，直接就有人冲过来把刘邦扑倒在地上，同时十来个人上前就把刘邦围住。一时局面紧张起来，樊哙一看情况不好，就拿出屠狗刀闪电般架到范增脖子上，项羽一时大惊，说道："谁让你们这么干的？快把我义父放开！"

范增没想到樊哙动手也这么快，他一大把年纪了，说不怕死当然是假的。双方僵持住了，范增挥挥手，让护卫放开刘邦，樊哙这才把范增脖子上的屠狗刀收起来。

刘邦反应过来，赶紧给项羽磕头道歉说："大哥，对不住啊，我的手下有眼不识泰山，我原本让他镇守函谷关，只是为了防止秦兵从背后偷袭，我那手下没见过您，所以才没有让您进来，小弟我跟你赔个不是。小弟我知道自己有几斤几两，我也知道，若不是将军英勇盖世替我等挡住了秦军，依我的能力怎么可能进得了咸阳城？我是相当清楚，所以我进入咸阳城以来，从没把自己当关中王看，而是把自己当作替大哥您看仓库的。如今大哥您来了，这仓库也该交给您了。我向您保证，这仓库里的东西我都没敢私吞，第一时间保存好了等您来献给您。我今天来就是专程来消除误会的，我听说楚军大义，你我是结拜兄弟，应该不至于兄弟相残，更何况我可是一心向着大哥您，大哥您要明白小弟的一片苦心啊！"说着说着刘邦也流下了眼泪。项羽一见刘邦流眼泪，立马就心软了，说道："都是你们汉营那个曹无伤挑拨离间的，兄弟你别哭了，今儿个我们哥俩许久没见，莫问其他，只管喝酒吃肉！"

刘邦见效果达到了，立马接着说道："贤弟明白我这当哥哥的一片苦心就好。我今天带了礼物过来了，还望贤弟能收下。我还专门给弟妹也准备了，都是精挑细选的。这些宝物如今全部献给贤弟你，以此表示哥哥我对贤弟的一片赤诚之心！"

刘邦的表演结束了，我们在此恭喜刘邦荣获影帝大奖！

接着刘邦便借献宝，让他的人抬着箱子进来了。箱子打开，第一件宝物便是秦朝至高无上的象征——秦始皇的传国玉玺。刘邦用盘子捧着这尊玉玺，献给了项羽，同时介绍道："这玉玺既表示着秦朝的灭亡，也体现着权力的更新。普天之下唯独贤弟担得起此至宝。我见到这尊玉玺后就封藏起来，等贤弟来启用！"

项羽早就听说过这传国玉玺，如今见到这玉玺果然名不虚传，再加上封建迷信影响，就连项羽这等粗人对此等宝物也是相当敬畏，放在桌上仔细观赏一番。这帐内所有人都被这宝物所吸引，刘邦却是接着献宝，把秦始皇曾经专用的宝物都献给项羽。虞姬对这些东西不是很感兴趣，直到刘邦说这件宝物是献给她的，这才看了过去。虞姬一看就喜欢上了，原来那是一件金缕玉衣，原本是秦始皇的皇后穿的，上面镶嵌有夜明珠，此时已经到了晚上，夜明珠发出淡淡的光芒，让整件金缕玉衣看起来神圣无比。虞姬身为一个女人，对这种漂亮衣服简直难以抵挡，恨不得立马穿在身上。刘邦更是趁热打铁说道："这件金缕玉衣就算是秦朝皇后一般也舍不得穿，都是在出席重大仪式时才穿上。据说因为夜明珠本就稀有，再加上金缕玉衣工艺复杂，所以可以说是天下之大，也只有这一件。只要是个女人看见了都会动心，原本我家婆娘也看上了，跟我吵着闹着要，不过我可是当场拒绝了，因为我知道这等举世罕见的宝物，唯有贤弟的女人才有资格穿。为此我家婆娘哭了好些日子，到现在还对我有怨气。今日献给贤弟，我相信弟妹一定会喜欢的。"

第五十章 本王重重有赏

项羽没想到刘邦如此重情重义，他等不及要看虞姬穿上，于是当即跟虞姬说道："美人儿，既然是献给你的宝物，你就穿上给本王舞上一曲如何？"

虞姬听闻，迫不及待地走过去，命人把装有金缕玉衣的箱子抬进自己的寝室，当即便沐浴更衣。虞姬拿起金缕玉衣看了又看，那上面的花纹实在是太精致太惟妙惟肖了，用金丝绣成的凤凰那眼珠好像有神，似乎马上就要展翅飞翔一般。虞姬都舍不得穿，直到项羽派人来催了，这才穿上。说来也巧了，这金缕玉衣居然正好跟虞姬的身材贴合。虞姬出来的时候，所有喝酒吃肉的将士全都目不转睛地盯着她，都忘记了喝酒吃肉，真可谓秀色可餐，美不胜收！刘邦也忍不住咽了几口唾沫，嗅了嗅鼻子，但是又胆小地瞟了项羽一眼，赶紧装作一副太监的模样，举杯祝贺道："今日弟妹为我等一展舞姿，使我等粗人能一饱眼福，我刘邦在此先干为敬！"说完便把碗中的酒一饮而尽。

虞姬回应道："刘大哥客气了，虞姬给诸位大将军献丑了！"接着，虞姬便舞动起她那晶莹剔透的身子。此舞名为化蝶，此舞的精髓在于轻盈而刚柔并济，而虞姬的身材能够将此舞的精髓表现得淋漓尽致。虞姬好像一只刚刚破茧而出的蝴蝶，在经受了命运的折磨后，终于获得了新生，展开自己美丽的翅膀，在这世间飞舞。众人的眼睛都随着虞姬的舞姿转动，虞姬的舞姿实在太美了，众人甚至大气都不敢出，场上一时间除了伴奏外再无别的声响。刘邦更是恨不得多长几双眼睛，同时有些懊悔，当初怎么就要了戚姬，早知道就该选虞姬了。

酒宴中只有范增心不在焉，借口解手走出帐外。范增出去后，赶忙把项庄叫来。范增没想到项羽居然这么心慈手软，在他看来，那些宝物本就该是项羽的，刘邦不过是把秦始皇的宝贝拿来转送给项羽，即使刘邦不送，项羽打进咸阳城后东西不照样是他项羽的？可是刘邦这小子真狡猾，这一招借花献佛居然让项羽迷失了，看项羽的态度今天别指望他杀刘邦了。于是范增就跟项庄说道："你项羽哥完全被刘邦的花言巧语给骗了，不仅不杀刘邦这个奸贼，还让虞姬去跳舞，这成何体统！我看刘邦那小子挺会装腔作势，表面一副深明大义的模样，实际精得跟猴似的，今天咱们必须杀了他，不然迟早要被他给灭了。等下你借口舞剑杀了他，一切责任我来承担！"

项庄从没见过范增如此恨一个人，好像刘邦抢了他老婆似的。不过他还是听从了范增的指示，拿着宝剑进去后行礼道："光是虞美人跳舞兴许大家有些乏味，毕竟我们都是上过战场的。我来给大家舞剑，给这舞蹈添些阳刚之气！"

张良和刘邦一见项庄拔出那寒光闪闪的剑就知道--定是范增出的主意。刘邦也是不明白了，他跟范增到底前世有多大仇多大怨，看样子是十有八九要搞事情。

于是樊哙率先站了起来，说道："这么小的地方，舞什么剑啊，一堆大男人谁要看这个。咱大老粗就爱看美人跳舞，你要舞剑自己到帐外舞去！"

众人一听樊哙这乡间粗话，个个大笑不止。项庄个青瓜蛋子顿时脸都憋红了。项羽赶紧咳嗽两声，说道："这是我弟项庄，舞剑舞得确实不错，今天他有意舞给诸位高手看，也是想诸位高手指点指点他。诸位莫要笑，正所谓初生牛犊不怕虎，就让他舞吧！"

项羽开口，众人不敢笑了。项庄行了个礼，说道："晚辈给诸位献丑了！"

项庄舞起剑来却是行云流水，他的刚强与虞姬的柔美恰好互补。此时化蝶舞也进入了高潮，美丽的蝴蝶面对这世间的种种险恶毫不退缩，勇敢地在暴雨中飞翔着。一阴一阳，虞姬以柔克刚，居然数次化解了项庄的杀意。项庄十分郁闷，难道我连个女人都没法绕过去杀了刘邦？其实不是项庄剑术不高，而是此时他年少，又是初次经历这种场面，内心不免有些紧张，他一心只想杀了刘邦，可是又怕误伤了虞姬。

项庄只好放弃了直接冲过去杀刘邦的打算，准备跟虞姬先配合着，等众人放松警惕之时再行刺。项庄跟虞姬越舞越投入，引得众人连连叫好，刘邦也以为不过是寻常的舞剑罢了。然而正当众人投入进去的时候，项庄一个回旋绕到了虞姬后面，而虞姬的后面坐着的便是刘邦。随后几乎是眨眼的工夫，项庄一个飞跃，直接翻了个跟头，众人拍手叫好之时，项庄却是飞剑刺向刘邦。可是项庄没想到的是，他的剑偏离了方向，只是从刘邦头上划过，刘邦那一头好久没洗的头发顿时掉下不少。

刘邦吓得酒都醒了，刚刚如果往下一些，此刻掉下的就不是头发了，而是他刘邦的人头。项庄一剑失手，还想再来，于是就跟刘邦道歉道："许久没有舞剑了，有些生疏，刚刚只是偶尔失手罢了，还望沛公不要见怪！"

项庄故作委屈的样子，我犯了错你除了原谅我没有别的路可选。于是项羽道："项庄，下次小心，接着舞，别吓着我大哥，舞得好，本王重重有赏！"

第五十一章 虎口脱险

刘邦心里头暗暗叫苦，他可是把命看得比天大。这个时候项伯有些担心，毕竟拿了刘邦不少礼，于是主动站起来让虞姬下去休息，他跟项庄对舞。刘邦此刻却是再也没有心情看表演了，只想着快点离开。他想起刚刚范增的那招尿遁，于是立马也说自己肚子疼，要上厕所，说着假装醉了，七摇八摆地走出去。张良、樊哙借口担心刘邦，一同上前去扶着刘邦。刘邦一副喝多了没力气的模样，在两人搀扶下走到厕所前。

刘邦见四下没人，跟张良他们耳语道："宁可不当王了，还是保命要紧。人生在世，命最重要。"张良献计道："沛公装作跌倒在厕所，满身污泥，便可借口回家了。"

刘邦也是个狠人，为了保命，他真的就栽倒进厕所，顿时恶臭难闻。樊哙将刘邦抬出来时，楚营士兵都不敢靠近这个臭得一塌糊涂的玩意，于是就放刘邦走了。

张良见樊哙背着刘邦已经离开了楚营，这才回去禀报，跟项羽解释道："沛公喝多了，没能扶住，直接栽倒在厕所里了，此时恶臭难闻，回去了。"

项羽有些怀疑，一询问见果真如此，只好安慰道："让刘大哥回去好好休息。"只有范增气急败坏道："你们全都被刘邦骗了，这家伙现在不杀他，日后一定成为大患，日后争天下最大敌手一定是他！"

项羽却是哈哈大笑道："就凭他？一个喝点酒脑子就不清醒掉厕所里的人，怎么可能跟我争天下？就他那身子骨估计也活不了几年了！"

历史上有名的鸿门宴就这样落下了帷幕。范增看人的眼光可谓一流，我甚至都怀疑他是不是穿越的，然而他摊上了项羽，项羽此时心高气傲。其实历史是有放大效应的，以我们后人看来，好像项羽放过刘邦是多么错误的决定，然而在当时那个历史时间段像刘邦这样的人在起义军中太多了，刘邦此时连个王都算不上。而在秦末，曾经的战国七雄全部重新复国，估计所有人都以为，要想统一全国，也必须再跟秦始皇一样灭了六国。相比于那六国，刘邦此时一不是贵族后裔，二是地盘不大，三是兵不多战斗力也不行，不久前轻松打败刘邦守关军队的项羽自然不把他放在眼里。同时鸿门宴上刘邦展现出的胆小怕死，让项羽这种英雄人物不屑一顾。可以说如果刘邦敢展现出一点英雄气魄，项羽一定会把他杀了。一连串的胜利让项羽认为，唯有像他这样勇敢无畏的英雄才有资格一统天下，刘邦这类人迟早会自生自灭。此时我估计项羽眼中最大的对手应该是楚王，那个抢走他女人的男人，其余的他都不放在眼里。所以说人最大的敌人其实就是自己，你难以跳脱长期以来形成的思维定式，我们每个人都是用自己来观察别人。

鸿门宴过后，刘邦以迅雷不及掩耳之势撤离咸阳，充分发挥了他逃跑的天赋。刘邦没有带走任何金银财宝，只有萧何带走了秦朝珍藏的档案资料，这些记录了秦朝地形风俗人情等等的资料，为后来刘邦打天下提供了重要情报。

刘邦把投降的秦王子婴也交给了项羽，项羽一见子婴就破口大骂："秦朝的狗皇帝还有脸来投降，拖下去先打一顿再关起来！"

项羽走向阿房宫，一边骂着秦朝统治者奢靡无度，秦朝官员贪赃枉法，一边却是不停地命人将一些看上眼的东西收拾一下，美其名曰充作军饷。这就是嘴上骂得欢，心里还是很诚实的。很快就到了阿房宫外，望着富丽堂皇的阿房宫，项羽一行人都被阿房宫的豪华和壮观给震惊了。这个时候一个小人物王成又来了，此时他的身份是阿房宫总管，他是阿房宫历史上唯一一个不是太监的总管。话说赵高被子婴杀了后，原先告发章邯的王成因为再次带头揭发赵高，子婴就让他在赵高之后担任阿房宫总管。之前他接待过刘邦，现在他接待项羽，在他看来，这帮起义军造反成功后，其实跟那胡亥没啥两样。阿房宫似乎拥有某种魔力，无数有幸来到这里的英雄豪杰都被它吸引过去，立刻丧失了斗志，只想着尽情地玩乐。

之前刘邦是个急性子，立刻就露出贪婪本性，这项羽还是要装出一副道貌岸然的模样，先让王成带着他转转。于是王成就充当向导，给项羽介绍阿房宫。

首先参观的地方自然是秦始皇会见朝臣和举行重大活动的正殿。正殿的装饰极尽奢华，正殿的尽头便是高高在上的龙椅。项羽忍不住坐了上去。坐在龙椅上，可以俯视整个大殿，这种高高在上俯视众生掌控众生命运的感觉，就连项羽也忍不住感叹："这皇帝确实跟我们这群大老粗不一样，可是这狗皇帝不还是被我们给推翻了？这龙椅大家都上来坐坐，兄弟们跟我一块打天下不容易，咱们都过过皇帝瘾！"

项羽说完先下去，在正殿走了走。项羽手下的那帮将领都争先恐后坐上龙椅体验一番，还好龙椅够大，足够好几人一起坐上去。不过这龙椅上挤了这么多人，实在没有什么威严感可言了，项羽望着龙椅上挤得臃肿不堪的这副场景，忍不住内心感叹："这张龙椅因为象征了皇权，就有这么多人抢着坐上去。人人都想做皇帝，可是皇帝只有一个，为了权力地位，手足相残的事还少吗？我可真心不想看到一起打天下的兄弟为了这个位置再杀红了眼！"

项羽走到了正殿旁边一处地方，这里堆放着还没处理的奏折，拿起来一看，都是奏报秦朝各地起义军的。王成介绍道："这些堆积如山的奏折，始皇帝在世时还看看，到了二世即位都交给了赵高。"

第五十二章 以一敌万

项羽问道："二世就这么相信赵高？"

王成回答："不相信也得相信。二世生性残暴，他交代的事情要是办不好，直接杀头，而他自己只顾淫乐，下面的人为了不被杀头，只好向赵高行贿。赵高跟下面的人串通一气，根本不让二世知晓真实情况，直到赵高瞒不住了，直接杀了二世。"

项羽叹了口气，说道："整天待在深宫里，自己不上阵杀敌，靠着别人卖命来供自己享乐，最终自己也只有死路一条。走吧，再带我去别处看看。"

于是项羽带着众人再次随王成游览，不过此时项羽的内心却是发生了些许变化。阿房宫内更是别具一格，每座宫殿都有自己的特色跟景观，堪称一步一景。当初秦始皇征服六国的时候，将六国宫殿中的宝物统统收归咸阳，为了安置这些宝物又大兴土木，建造了不亚于六国王宫的建筑。不光如此，那些六国的美女也一并被掠到了咸阳，阿房宫中美女曾经是哪个国家的，就分配进哪个国家的建筑中工作。当然所有这一切都是为了皇帝个人的享受。项羽一行人

148

进来转了半天，才只看了很小一部分。阿房宫直到秦朝灭亡，一直处在修建之中。史书上记载其规模连绵不绝，一眼望不到尽头，总共有近千所宫殿，一天之内各个宫殿气候都不一样，殿与殿之间，更是通过亭台楼阁来连接。秦始皇在阿房宫内时，往往乘坐专门的辇车游逛，逛累了就到附近的宫殿休息，可以说是享尽了人间极乐。

转眼间就到了晚上，项羽却没有在阿房宫内居住，因为虞姬嘱咐他晚上一定要回来。回到咸阳宫内，项羽忍不住跟虞姬说起了阿房宫的壮观豪华。可以说是原先老人都以为皇帝是用金锄头耕地的，结果真的推翻了皇帝，发现皇帝原来根本不耕地，而是靠剥削过着人上人的生活，瞬间打开了眼界。

听项羽描述了阿房宫的奢华后，虞姬也想去看看，结果项羽嘴巴没把门，又忍不住说起了秦二世娇妻美妾成群，而且说得眉飞色舞，唾沫星子都飞出来了。虞姬的醋坛子打翻了，她一直以为自己可以牢牢拴住项羽的心，结果没想到项羽也跟别的男人一样。

于是虞姬打断项羽的话，说道："哼！阿房宫那么好，又有那么多美人，你干吗回来？你们男人真是没一个好东西，你回来找我这个黄脸婆做啥？"

项羽这才意识到虞姬吃醋了。其实吧，项羽也是个很专情的男人，他始终喜欢着他的初恋灵儿那种类型的姑娘，甚至最好跟灵儿长相也相似。也正因此，项羽才难舍虞姬，于是他一把搂住虞姬说道："那些女人哪有你好看，我有你就足够了。明天咱们一块去阿房宫！"

虞姬也抱住了项羽，正所谓花好月圆之夜，正是男女感情热烈之时，两人耳鬓厮磨，共赴爱河。然而虞姬真的拴得住项羽的心吗？难道这世间长得像灵儿的只有她虞姬？

昨天项羽等人是抄近路走偏门进入阿房宫的，今天他们的人马已经彻底占领了昔日秦帝国的国都咸阳城了，作为胜利的一方，自然是要走正门。项羽拿着方天画戟骑着高头大马，在众多将领拥护下，来到了阿房宫正门。这里站满了楚兵，项羽站在正门前高声宣布："楚国弟兄们，我们胜利了！我们推翻秦王朝了，我项羽终于为被秦国残害的万千楚国百姓报仇雪恨了！今后，再也不会有秦国了，楚国万岁！"

所有的楚兵齐声高喊："大将军万岁，楚国万岁！"历史有时候就是那么奇妙，像是一个轮回。弹指间百年过去，曾经不可一世的秦国虎狼之师以气吞山河之势剿灭楚国时，万千楚人发出的"楚虽三户，亡秦必楚"的口号还只是个绝望至极的无奈诅咒，如今却已经成为现实。

这边刚刚进行完楚军的仪式，正式宣告秦朝的灭亡，项羽祭拜完他的列祖列宗以及自己的叔叔项梁后，正准备骑着宝马手持方天画戟，雄赳赳气昂昂地跨过大门迎接新时代到来的时候，尴尬的一幕出现了。

怎么尴尬了？原来这正门不是一般的材料做成的，它由传说中的神石打造而成。这种神石有特别神奇的功效，那就是一切兵器都会被它吸附，堪称防刺客必备。是的，这玩意就是我们后世人所谓的吸铁石。项羽不明白这个，没想到自己的方天画戟突然被一股神秘力量拉扯过去。这股力量非常强大，居然瞬间就让他的兵器从他手里脱去，他警觉地怒吼道："哪个吃了豹子胆，敢夺我兵器？站出来，与我单挑！"

没错，项羽就是这么直接，后来他跟刘邦打得难舍难分的时候，也提出来和刘邦单挑。当然，刘邦怎么敢跟项羽单挑，几个人联手都打不过项羽，单挑岂不是送死？项羽在这个冷兵器时代，堪称以一敌万。

第五十三章 告慰我家人的亡魂

　　旁人赶紧替一脸紧张的项羽解围，王成也是一脸纳闷。毕竟那是秦朝末年，人们还没有多少科学知识。众人正在琢磨这件神物何以能将大将军的方天画戟吸上去，脑海中充满了疑惑。直到有个太监跑过来说道："将军误会了，这个正门又叫磁石门，是当年秦始皇为了防刺客专门设置的。平时只有正门敞开，所有经过正门的，只要身上有铁器，立马就会被吸上去。将军命人拆下来就行了！"

　　众人恍然大悟，项羽险些以为有刺客要夺他兵器刺杀他。于是项羽直接进入阿房宫内，王成带着项羽来到了秦始皇最喜欢的宫殿。这座宫殿名曰兰池宫，还有一个别名叫作仙岛。秦始皇晚年追求长生不老，听说仙人都居住在海外仙岛中，于是自己也整了个仙岛。兰池中常年雾气蒸腾，行走其中，给人一种飘飘欲仙的感觉。乘船穿过湖面，走近宫殿还有阵阵仙乐传来，灯笼在雾气中发出光芒，营造出朦胧的神秘感。秦始皇后期以及后来二世胡亥都长年居住在这里，也是觉得这个地方太美了。这座仙岛鸟语花香，能够让人忘却尘世间的一切烦恼忧愁，在这里待久了，真会有种错觉，以为自己真成了仙人。兰池宫里的妃嫔个个打扮得如同仙女一般，穿着青丝薄纱，跟一般的凡间女子简直是天差地别。项羽没想到的是，这里居然有位女子长得也特别像灵儿，项羽一眼就看中了她。听王成介绍，此女被始皇帝封为灵妃。项羽也不愿离开仙岛了，他现在彻底明白了为啥人人都想当皇帝。之前他想推翻秦朝只是因为叔父项梁给他灌输的国仇家恨，好像他这一辈子除了推翻秦朝报仇雪恨外，没有别的事情了。至于推翻后会怎样，他现在明白了，推翻后就要享尽秦始皇曾经的一切。项羽心中充满了要好好享受一下人生的想法，这么多年来，他可算是苦尽甘来了。

项羽沉醉在仙岛之中，而章邯却是一门心思要报仇，他本想杀了赵高，结果得知赵高已经被秦王子婴杀了，尸体也不知道哪里去了。

章邯满心的仇恨无处发泄，到处找人打听赵高有没有亲戚之流可供他杀了泄恨。章邯将自己一路征战获得的财宝都拿出来，奖赏提供线索的人。正所谓重赏之下必有勇夫，很快他得到一条关于赵高的消息，这条消息让他对赵高的仇恨更上一层楼。

原来赵高并不是真太监。秦始皇日理万机，无暇顾及身边的妃嫔与宫女，一些宫中女子就跟太监结成了假夫妻。于是乎，赵高这个假太监就成了那些妃子的抢手货。赵高让那些得不到秦始皇关爱的妃子满意后，那些妃子就经常跟秦始皇说赵高的好话，由此赵高才一步步得以爬上去。然而好景不长，有妃子泄露了这件事，秦始皇大怒，好在赵高提前得到消息，自行了断干净，这才躲过一劫。那个诬告的妃子被秦始皇处死，赵高更加深得秦始皇信任。

自行了断干净之前，赵高却让一个女子怀了孕。本来应该打掉的，但是赵高深爱那个女子，于是秘密安排她嫁给自己的亲信。那女子后来给赵高生下了一双儿子。赵高的这位亲信忍辱负重多年，如今秦朝灭亡，他终于不用再忍，于是跑到章邯那里把这个女子告发了。章邯立马带人前来，心中想着，好你个死太监，这次让你彻底绝种！

章邯提刀迎着女子走来，他倒要看看这个不知廉耻的女人长什么样。女子没想到他那个贪财的丈夫把她出卖了。

章邯带着几个护卫随着那个贪财男来了，一进门远远看见有两个小孩在玩耍，呵，长得还真像赵高。章邯立马让人冲进去，那两娃瞬间吓得尿裤子了。

那女子见到章邯却是不害怕，估计是早料到了，她直接说道："你就是那个千金买我人头的章邯？一定是我那贪财的丈夫引你来的。"

章邯怒斥道："赵高杀了我全家，今天我必须杀你跟赵高的野种，才能告慰我家人的亡魂！"

第五十四章 复仇宿命

女子缺德事干多了，相当淡定地说道："不是赵大人要杀你，是皇帝。你的手下王成跑去告密，说你要造反，皇帝当然要杀你！"

章邯最恨这种死到临头还瞎扯淡，就为了拖延时间刷一波存在感，于是直接说道："赵高罪大恶极，我也算为民除害，你当初就不该贪图赵高的权势，现在想要推卸责任，门都没有！至于你说的王成，等灭了你我再去灭他，你们俩一块下地狱去吧！"

章邯说完，那女子拔腿就跑。章邯带人追上去，女子跑到大街上大喊："各位秦地的父老乡亲，这人就是章邯，他联合项羽把我们秦地的二十万子弟兵全活埋了，现在他还想欺男霸女，大家伙要为我这个弱女子作主啊，救命啊！"

女子的呼喊顿时激起了咸阳老百姓的愤怒，再一看章邯，果然跟官府通缉令上画的一样，看着就不像好人。再加上连日来楚军进咸阳城只顾着烧杀抢掠，名为为楚国复仇，本质上欺压的不还是秦地的老百姓。这些老百姓早就苦不堪言，此时见章邯一伙人数不是很多，立马组织起来。一个老大叔拿起锄头就奔着章邯杀了过去，同时怒喊着："我要为我儿子复仇，我儿子就是跟着你打仗，现在他连尸骨都没有了，我拼了这把老骨头也要杀了你！"

这老大叔自然不是章邯的对手，几下就被打倒在地。这下更加触怒了众人，秦地老百姓疯传章邯欺负老人，奸淫少妇，群众的情绪一下子被煽动起来了，那些家里面有人参军最后战死沙场的，纷纷要来找章邯算账。章邯今天算是领教到啥叫一报还一报了，他组织部下抵挡，自己则跪在地上冲着秦地的百姓磕头道："我章邯对不起各位父老乡亲，我当时也是被逼无奈！"

结果老百姓直接就骂道："你的荣华富贵还不是用那些士兵的

尸骨换来的？真要觉得对不起我们，你就应该自杀谢罪，而不是让手下拦着我们，假惺惺的做什么样子！"

说完，那帮老百姓见打不到章邯，纷纷冲着章邯扔东西，吐唾沫。章邯自然是不会自杀的，但是他又是有良知的，他因为项羽而背上了二十万条人命。眼见部下快挡不住了，章邯意识到债多了反正都是下地狱，地狱最多就十八层，他已经在十八层了还怕啥？于是章邯干脆拿起兵器，冲杀出来，一伙人也全都冲了出来。不过老百姓的愤怒却是没有平息，他们跟楚军搏斗，最终全部死在楚军的利刃之下。这些楚军武力镇压平民的时候估计不会想到，再过个十来年，他们也会被汉军杀个一干二净。正所谓天道好轮回，上天饶过谁。兴，百姓苦；亡，百姓苦。一个个帝王将相的功劳簿都是由无数平民百姓的尸骨堆叠成的。

在楚国复仇灭秦这场战争中，秦朝失了大义，把老百姓逼反了。那为何是楚国最终取得胜利？因为楚国的仇恨最大，复仇的心最急迫。不过项羽带领楚军复国后，却依旧让仇恨延续下去。楚军进入咸阳以后，毫无纪律可言，把咸阳的老百姓都当成了复仇的对象。而先前刘邦来的时候，却是约法三章，这就形成了鲜明的对比，导致占据历史大义的一方从楚军渐渐转向了刘邦带领的汉军。这场由秦始皇灭六国而引发的仇恨连锁反应，最后肯定不可能由任何一个原先的六国来结束，因为必然会导致新一轮的复仇。秦灭了楚，楚再灭秦，秦为了遏制原先楚国的老百姓，向他们强征苛捐杂税，楚国在项羽造反成功后，对待秦地老百姓也是一样的，而且更甚，就跟之前楚军对待投降的秦军一样。国仇家恨不是简简单单就能和解和放弃的，楚国跟秦国天然地敌对，导致秦国老百姓不可能接受楚国的统治，就跟楚国老百姓在秦国统治下天天想着复仇是一样的，最终只能由新兴的汉来结束这场复仇宿命。

虞姬没想到项羽真的就不回来了，她苦等了一夜。第二天一早，虞姬思夫心切，到处打听项羽在哪。很快她就清楚了，原来项羽是被阿房宫给迷住了，正在阿房宫的仙岛里享受来着。虞姬让项庄带她去找项羽，她要当面质问项羽这个渣男，前天还跟老娘我信誓旦旦花前月下，如今怎么夜不归宿了。

　　虞姬见到项羽的时候，项羽正眯着眼睛跟那些仙女娘娘玩捉迷藏，围着的丫鬟就有几十人，还有人奏乐，而那些嫔妃姿色都不逊色于虞姬。看着项羽那副醉醺醺的模样，虞姬气不打一处来，曾经的大英雄居然堕落到跟女人玩捉迷藏！虞姬冲过去，对着项羽怒斥道："你看看你现在都成什么样子，昨天晚上我担心你一晚上，结果你都不说一声，你怕是魂都被这些女人勾了去！"

第五十五章　秦王子婴

　　项羽见是虞姬，不以为然地说道："男人拼死拼活打天下为了什么？不就是为了这至高无上的享受，所以我现在是想干什么就干什么。你要是不开心，回头我赏你一幢宫殿不就行了！"

　　虞姬原先受尽项羽专宠，如今听见项羽居然想让她跟这些女人一样，在宫殿里面度过一生，每天都等着男人来宠幸，费尽心思讨好男人，到老了就被抛弃在深宫闺阁中，这才不是她虞姬想要的。虞姬丢下一句"谁稀罕你的破宫殿！"扭头便走。没想到项羽一点也不在意虞姬，随虞姬去了。虞姬内心痛恨道："我虞姬这样的姿色什么样的男人找不到，我宁可找个村夫相夫教子度过一生，也不愿再见项羽这个大骗子、花心大萝卜了！曾经的海誓山盟都是假的，我再也不相信了！"

　　不过虞姬临走前还是去见了项羽的亚父范增。项羽越来越不像话了，他手下的将领们也全都进入了阿房宫，除了项羽所在的仙岛没人敢去抢掠，别的地方，直接便是疯抢，对待里面的女子更是随意淫玩打骂，完全把阿房宫当成了装修豪华的妓院，并且是免费的。造反这些年风餐露宿的辛苦终于得到了回报，今儿个终于过上吃喝玩乐的好日子了。这些将领将阿房宫破坏得一塌糊涂，日日纵酒，稍有不满就拿刀砍人，比秦始皇还残暴。至于那些楚军士兵，虽然没资格进阿房宫，但是在咸阳城内随意抢掠还是可以的，加上到了这个有国仇家恨的地方，更有理由发泄了。这下子咸阳老百姓受尽了磨难，原先繁华的咸阳城到处哭声阵阵，成了人间地狱。

虞姬见过亚父，先行了个礼，然后想起项羽就有些难过，泪眼婆娑地说道："亚父，虞姬今天来与你道别，虞姬打算回家了，请亚父多多保重！"

范增感到很突然，这虞姬跟随项羽出生入死这么多年，怎么突然要在胜利前夕走了啊？于是茶也不喝了，当即说道："项羽真是越来越不像话了，连你也敢欺负。你告诉我究竟是咋回事，我这就找他去，让他给你赔礼！"

虞姬于是说道："他现在跟秦二世一样，整天在阿房宫里跟女人厮混，哪还顾得上我！"

范增已然明了，于是劝虞姬道："项羽毕竟还年轻，从小过苦日子，长大后更是一直以身犯险反抗暴秦，如今他总算完成了报仇的使命，有些放纵也是可以理解的，但我知道他一定不会就这么放纵下去的。虞姬，你别急着走，等他玩腻了，自然会回来找你的。"

虞姬没想到范增也袒护项羽，于是愤然说道："这个人早就被眼前的享乐迷惑了心智，如果没有人点醒，我估计他是不会迷途知返的。他想怎样就怎样吧，我先走了！"

还真被虞姬说中了，项羽跟他那帮将领在阿房宫内吃喝玩乐，天天活得跟神仙似的，谁愿意离开？正所谓富贵的生活就像毒品，一旦沾上了，就很难戒掉。从简入奢的人是幸福的，因为日子一点点变好，但是一旦从奢入简，很多人就承受不住了。而项羽跟他的一群部下，正处在人生的高光时刻，奋战多年，终于成功，自然是夜夜笙歌，恨不得享尽这人间富贵。

然而项羽没想到的是，秦王子婴居然逃脱了。楚军进入咸阳后，那是从上到下彻底垮掉，他们没有把咸阳当成国都，而只是把咸阳当成一个宝库，想尽办法多抢多拿。看守秦王子婴的士兵也不例外。原本不堪忍受压迫的咸阳百姓还以为救出秦王要多费事，没想到秦王就被关在一个屋子里面，看守的士兵估计是晚上抢劫太累了，直接在旁边睡着了，直到那些老百姓救出已经饿得面黄肌瘦的秦王，那个看守的士兵还在睡觉，最后死在了他抢来的一堆财物前。

秦王子婴算是明白了，刘邦拿他当人看，好酒好菜伺候着，项羽根本不把他当人看。他经常饿着肚子看那帮看守吃着抢来的大鱼大肉，看守见他看，还走过去对他大声辱骂甚至拳打脚踢，直到他饿晕了，才给他一碗稀得跟水一样的粥。

秦王逃出去后，立马召集旧部，这些人受尽了楚军的折磨，个个都说誓死效忠秦王。秦王子婴知道明着打肯定打不过项羽，他就跟手下刘海合谋，擒贼先擒王："如今楚军兵力分散，大部分将领都不带兵，都在阿房宫内享乐，我们只需带领人马攻进阿房宫，将他们一网打尽，到时楚军群龙无首，肯定树倒猢狲散。"

兵贵神速，第二天一早，秦王子婴带领一堆杂牌兵就杀向自己曾经的皇宫。然而项羽早做了安排，为了防止闲杂人等进入皇宫，宫门日常都是关着的，因此，秦王子婴只好组织人试图撞开大门。

很快，王成就得知了秦王子婴率兵进攻的消息，立马前去禀报项羽。项羽此时还有些糊涂，一脸纳闷地问道："秦朝不是都灭亡了，秦王子婴都被我灭了，怎么可能还有人敢来？"

王成赶忙解释道："估计是诸位将领都在阿房宫取乐，没有人约束手下士兵，秦王子婴不甘心被赶下台，因此趁机逃出来了。"

第五十六章 还有谁要劝本王

项羽当即清醒，到城楼上一看，来犯者人数还不少，主要是咸阳百姓见有人带头，纷纷也来帮忙，因此人越来越多。项羽意识到事情严重起来了，询问王成现在皇宫内总共有多少兵马。王成回答说不足万人，不过皇宫相当坚固，能够抵挡一阵子。

此时外面的楚军以及各路诸侯也反应过来，纷纷前去救援。不过第一次集结，捞够了金银财宝的军队战斗力直线下降，居然被秦王子婴率领的杂牌兵给打退了。

项羽心急如焚，回到仙岛中。宫中的女人根本不管外面发生什么事，或许也根本不了解，依然拉着项羽纵情享乐。然而此时项羽十分郁闷，只想喝酒解闷，他坐在角落里，看着那帮花枝招展的女人，顿生厌恶之情。这些女人既不能打仗，也不能做重活，先前刘邦来，她们是笑脸相迎，如今我来了，她们也同样对我。

项羽没想到，他不理会这些女人，她们居然自己玩得不亦乐乎。项羽这些日子以来，玩也玩够了，开始怀念自己的家乡和虞姬了。他心里烦闷无处发泄，于是干脆教训起那些女人来了。于是乎，那些平素身娇肉贵的女人个个被项羽打得哭爹喊娘。

项羽喝完酒后就去休息。那些被他毒打的女人聚在一起，很快就打听明白了，原来是秦王要打来了，这个姓项的要倒霉了。顿时女人们生出了报复心理，同时暗自担心，这些乡野村夫会不会杀了她们泄愤。没错，在这些宫中女人看来，刘邦和项羽都是乡野村夫，根本不会爱惜她们，只是把她们当作发泄的对象，她们作为既得利益阶层，自然怀念起从前秦朝统治时的生活了。于是在项羽睡觉时，女人们打算行刺，因为在她们看来，只要杀了这个姓项的，迎回秦王，就能恢复雍容华贵的生活了。

但是女人们没想到的是，项羽长期行军打仗，那是相当警惕，那种对于危险的直觉简直神了，就算睡觉也是在半醒不醒之间，想要行刺他，可不是那么容易的。

项羽满脑子都在想办法，是组织人马突围还是怎么着？想着想着就睡着了。梦里面，他居然遇到了死去的叔父项梁，他想去跟项梁说自己终于复了仇，然而项梁却是语重心长地劝他道："咸阳不是我们楚人居住的地方，这里不吉利。秦朝的君主在这里堕落，这里有太多冤魂。我们楚人还是应该回到自己的家乡去，秦人与楚人永远是敌人！"

项羽还想跟项梁解释阿房宫怎么好，财宝多么多，享受到的欢乐是如何如何，没想到项梁的鬼魂突然阴森森说道："这里再好，你也得有命享！"

顿时，天不怕地不怕的项羽惊醒过来，正看到一把剑向自己迎面刺来，拿剑的居然是自己宠幸过的那个像灵儿的灵姬。项羽顿时大怒，反应迅速，身子一偏，灵姬就刺歪了。然后项羽一脚踹倒灵姬，夺过剑，将灵姬一剑穿胸。灵姬临死前不甘地说道："你们楚人就要完了！"

项羽几剑下去，灵姬彻底死透了。项羽意识到阿房宫不能久留，恐怕不少秦朝的女人都想杀了他们楚国的将领邀功。项羽顿时对眼前的一切恨透了，他当即冲出去，见到宫娥嫔妃就杀，拿着方天画戟，命人召集所有将领。项羽浑身染血，霸气地宣布道："这个阿房宫我们不能再待下去了，诸位这些日子也享受过了，我们该回到自己的家乡去了。阿房宫是秦始皇欺压六国百姓建造起来的，不知有多少人为了建阿房宫而死，今天我要将这里一把火全部烧光，祭奠那些反抗暴秦死去的壮士。同时外面的形势相信你们也知道，我们集合起来，趁着火光突围！"

说干就干，项羽命人从中间的宫殿开始放火，很快就火光冲天，浓烟弥漫。此时城门被攻破，秦王子婴带人冲进来，才发现浓烟滚滚难以分辨方向。秦王子婴的草头军队很快就走散了，被项羽率领的人马各个偷袭击破。此时楚军的第二波援军来了，项羽等将领当即接管兵马，组织反击。很快秦军彻底溃败，秦王子婴也被抓了回来。项羽指着被烈火焚烧的宫殿，对秦王子婴说："你的秦朝已经彻底覆灭了，这就是你们这些秦狗的下场，通通烧死吧！"

范增远远望着，得知后叹了一口气，说道："唉，全都烧了也好吧！"

项羽重新集结军队，对反抗的咸阳老百姓采用非常残暴的方法，一个字"杀"！并且他将原本驻扎在外的军队也调进来，先从咸阳最繁华的街道杀起，一时间，咸阳城尸横遍野，血流成河。项羽称这些老百姓为秦朝余孽，范增想要阻拦也阻拦不了。秦国百姓对于楚军的反抗激发起了新一轮的复仇。项羽刚刚在阿房宫内经历的生死一刻让他彻底相信，秦朝该亡，秦人该死，秦人跟楚人不共戴天。那么好吧，就全部葬送吧，霸王一怒，咸阳屠城！

秦王子婴被绑着跟项羽一起在城楼上观看这人间惨剧。子婴苦劝项羽放弃屠杀老百姓无果，最终咬舌自尽。项羽听说子婴自杀，直接把酒杯一摔，命人将子婴的尸体扔进阿房宫的火海中，然后对那些投降的秦朝大臣们说道："秦朝的下场就是这么惨，你们还有谁要劝本王的？"

第五十七章 项羽要不要当皇帝

没想到的是，这些原本的大臣居然一个个骨头硬起来，不停地咒骂项羽。项羽见状，挥一挥手，那些大臣一个接一个被从城楼上扔进阿房宫的火海中。项羽每扔一个喝一碗酒，把酒坛都喝空了，那些大臣临死前的惨叫声让他感到痛快，这帮秦人敬酒不吃吃罚酒，不把他们杀了，不足以祭奠被暴秦屠杀的楚国百姓。

经过一天半的厮杀，整个咸阳城平静下来了，死一般的平静。项羽在城楼上的宴席也接近尾声。这一场宴席是由尸骨堆成的，参加这场宴席的将领估计这辈子都不会忘记，城楼上是美酒佳肴，音乐弥漫，城楼下是累累尸体，惨绝人寰。他们是胜利的复仇者，他们享受这一切，他们对于百姓的死已经麻木了，一个个生怕劝说惹怒了项羽，继而失去接下来的论功行赏中的蛋糕。呜呼，百姓的生命啊，在王侯将相利益面前无足轻重！

这场宴席上，章邯、司马欣、董意纷纷劝项羽当皇帝，然而他们不知道项羽在阿房宫做梦的事情。不过项羽还是试探在场众将，问道："我当皇帝怕是有些不妥，诸位不妨议一议。"

结果那些在战场上英勇无比的将领们，因为看到秦朝的大臣一个接一个被丢进火海，纷纷不说话了。范增也是野心勃勃，他出山辅佐项羽，便是想要成就一段类似姜太公辅佐周文王的佳话，项羽当皇帝，按功劳他一定能位列三公。范增本想私下跟项羽说这事，没想到别人率先提出来了，范增自然也应和着说道："章将军所言有理，诸位将军跟随项羽大将军征战多年，也都佩服大将军的英勇，大将军当皇帝，正是众望所归。普天之下，除了大将军，谁还敢坐皇帝的宝座？"

说完，范增领着众将便纷纷跪下，请求项羽当皇帝。项羽心中其实不想做皇帝，在他看来，皇帝是个不好的称号，秦始皇做了皇帝，结果秦朝不久就灭亡了，而且自己的叔父项梁屡次嘱咐自己要回家乡，只要权力在手，当不当皇帝有何区别。项羽对于众人服从自己还是很满意的，不过他肯定皇帝是不能做的，但是到底该怎么弄，他也没有经验，于是只好推辞道："我们起兵就是要杀了暴秦的狗皇帝，诸位兄弟如此看得起我项羽，我当然高兴，只要大家打心眼里看得起我项羽，我其实当不当皇帝无所谓！"

范增没想到项羽会拒绝，这是皇帝宝座啊，无数人梦寐以求的位子，就算是个猴还想着当猴王，你项羽莫非吃错药了，居然说出当不当皇帝无所谓这句话？

此言一出，众人心里其实不是滋味，毕竟谁真心实意想让你当皇帝，还不是你当了皇帝我们才能混个王侯将相当当，你不当皇帝，那我们岂不是打仗打了这么多年还是个将军？众人恨不得你不当皇帝我来当，这项羽到了论功行赏的时候咋这么磨叽。

众人一时间哑口无言，场面一度陷入了尴尬。这时候头号楚奸项伯站起来说道："我们项氏世代为楚国大将，即使手握重兵，依然忠于楚国，因此赢得世人交口称赞。正因为我项氏满门忠义，因此大将军之子项梁起事以来，才能一呼百应，天下英雄云集。项梁将军同样也是忠义之人，起兵以来，稍有成就便将楚王后人接来立为王，至此，为了复兴楚国兢兢业业战死沙场，从未想过篡位夺权。羽儿说得对，诸位这么多年来高喊的推翻暴秦、杀死狗皇帝的口号难道是一句空话？如果羽儿当了皇帝，把楚王置于何种地位，难道楚王还要向大将军行礼？莫非诸位真要我羽儿干出违背祖宗礼法的事来吗？更何况，皇帝不是个好称号，秦始皇拥有了它，秦朝很快就灭亡，天下人对这个称号可以说是恨之入骨，所以我劝羽儿千万不要用皇帝这个称号，免得引来祸患！"

范增没想到项伯为了讨好项羽居然说出这等话来，可是他又不好明着反对。项羽见有人给了个台阶，酒也喝得差不多了，就说道："诸位都是跟随项羽出生入死的好兄弟，项伯更是我的至亲，大家莫要因为这个什么皇帝的事伤了和气。诸位放心，诸位想要的封赏我项羽一定会给，至于我当不当皇帝，等这咸阳城处理完后再议吧！"

阿房宫的火烧了几天几夜，项羽天天在城楼上宴请将领，他望着变成废墟的阿房宫，又有些怀念起曾经的快活日子了。咸阳城彻底平定，没有人可杀，没有东西可抢，项羽也有些怀念起虞姬了。

此时的虞姬却是去了沛县，也就是项羽老大哥刘邦的发迹之地。虞姬来拜访，吕雉知道虞姬是项羽的老婆，于是干脆认虞姬作妹妹。虞姬跟吕雉说起了戚姬。吕雉知道刘邦在外有了相好的，忍不住破口大骂道："刘邦这个狗东西，老娘不在身边，真是胆肥了！"虞姬没想到吕雉居然会说粗话，于是也跟着大吐苦水，把项羽在阿房宫的所作所为告诉吕雉，之后两人得出了一个结论，宁可相信天上掉馅饼，也不要相信男人！

另外一边，范增、章邯、董意、司马欣这一伙别有用心的人聚在一起开会，目的只有一个，那就是劝项羽当皇帝，只有项羽当了皇帝，这蛋糕就大了，他们由于劝谏有功，一定是头号功臣。范增想法很明确，秦朝虽然已经被推翻，但是秦始皇搞的那套皇帝制度还是很有用的，尤其是统一度量衡，统一文字，设立郡县，对于国家统一是很有必要的，可是却又猜不透项羽究竟想不想当皇帝。

第五十八章 拉仇恨拉到极点

章邯、司马欣此时属于光杆司令，他们当然明白，他们必须立功，否则难以在这世道立足，而劝项羽当皇帝无疑是很大一份功劳。

几人商量来商量去，觉得明着来似乎不太好，那就搞暗示，封建迷信他们最擅长。

于是这一天，宴席结束后，项羽按照惯例去阿房宫废墟那儿走走，同时也感叹，真后悔一把火把阿房宫烧了个干净，里面那些珍宝就算他不要，赏给别人也行啊，或者充作军饷也好。其实当时项羽以为阿房宫没那么好烧，结果真烧起来才发现，为啥阿房宫防火措施那么差，因为秦始皇修建阿房宫的时候，就没考虑过有人敢在阿房宫放火。阿房宫只有一个用处，就是供秦始皇游玩，阿房宫里的吃食都是在外面皇宫御膳房做好送过去的，所以当项羽一把火烧起来的时候，又没有人敢灭火，再加上天干物燥，自然就烧得很快。

项羽左转转，右转转，正当他以为今天不会有所收获的时候，突然一块木板掉了下来，把他吓了一跳。当然项羽的反应是很快的，直接一拳打飞木板。他用眼睛一瞥，发现那木板上居然有字，于是走近前细看，结果发现这是一块占卜用的卜板，上面赫然写着"重瞳者，新帝也"。项羽这下彻底震惊了，因为这秦末只有他一个重瞳者，这不就是说他应该当新的皇帝？这封建迷信咋搞打架了，前些天叔父托梦劝我不要当皇帝，今天老天爷又来了个暗示要我当皇帝。项羽忍不住冲着天怒吼："苍天啊，你变脸的速度比老子脱裤子还快，我到底应该信哪个？"

项羽看看四下无人，就把那牌子带回去，搁在床底下。项羽以为自己做得神不知鬼不觉，岂料他的一切都在范增老狐狸掌握中。范增听到报告说项羽把那牌子收起来，立马意识到项羽还是有做皇帝的打算的，于是忍不住暗地里偷乐。

当然丢牌牌只是道开胃菜，接下来还有更猛的。司马欣安排人到处散播谣言，于是各种铁树开花、喜鹊报喜，以及祥瑞出现等等浮现。这天项羽走出营帐，结果营帐外乌泱泱跪倒一片，司马欣安排了一个江湖术士来报喜，将各种祥瑞刻在龟甲上，项羽一问就知道咋回事了，种种祥瑞都在预示着他是天选之子，司马欣劝他登皇帝位。

项羽手持祥瑞龟壳，依旧没有答应，毕竟他也害怕，担心做了皇帝会落得跟秦始皇一样的下场，他最近思考最多的就是如何弄一个平衡各方的好名号。项羽的缺点此刻彻底暴露出来，他想维持住目前这种局面，最好永远不要一统，他对于治理国家没有兴趣，他内心渴望做一个将军在战场上冲杀，而不是像秦始皇一样处理政务，他只想享受皇帝的权力，不想负担皇帝的责任，最好搞砸了也没有人骂狗皇帝。项羽想要逃避这个问题，可是他的下属却不会，他们会不断采用各种手段，分走最大的蛋糕。

另外一边，刘邦却是跟项伯勾搭在了一起。你不得不相信人跟人的缘分，项伯一个姓项的，百分百属于项羽阵营的，居然跟刘邦勾搭在一起。说实话，作者我甚至怀疑项伯是不是苍天派来帮助刘邦的，或者说项伯梦见了刘邦会当皇帝，不然作者我实在难以想象，一个跟在项羽身边这么多年，荣华富贵都不缺的项伯，居然被刘邦一顿操作给勾搭走了，这是怎样的一种神仙操作？要知道项羽后期最信任的除了项梁就是项伯了，这两人都是项羽从幼年时候就认识的，是看着他长大的，属于嫡系中的亲信。

刘邦捡到项伯就跟中了大奖一样开心，整天就琢磨着跟项伯一块玩乐。项伯于是经常被张良以各种名义请过去喝酒，什么今天是沛公老爹生日，明天是沛公大姨祭日，反正来了就是一块喝酒玩乐，那关系，那亲密度，是噌噌地往上涨。尤其是刘邦听说项伯喜欢年轻貌美的姑娘，还专门托人寻找送给项伯。项伯一把年纪了，也没有孩子，就把那些个姑娘收做干女儿。

这边项羽越是态度模糊，下面的人越是认为有希望。范增见献祥瑞这招不行，立马改变策略，把那帮拥戴项羽当皇帝的人都叫过来，用激将法，劝最怂的刘邦当皇帝。如果刘邦敢当，那项羽因为瞧不起刘邦，一定会讨伐刘邦，刘邦死路一条；如果刘邦不当，那他肯定会被迫劝项羽当。

结果没想到的是，章邯、司马欣、董意这三个人搞得太过火了，他们假意发动百姓拥护刘邦做皇帝，结果群众却是真的拥护刘邦。因为这里的群众都是关中地区的群众，项羽杀了那么多秦兵，关中民众早就对项羽恨之入骨，而且对比起来，刘邦入咸阳，约法三章，项羽进咸阳，阿房宫被烧，咸阳百姓被杀，这妥妥地拉仇恨拉到了极点。

第五十九章　楚王的想法

于是乎，上万关中群众联名上请愿书，请求项羽立刻让刘邦回来。

项羽很快就知道消息，立马暴怒，刘邦是什么东西，怂包一个，这些百姓是疯了吗？居然拥护起他来了。项羽立马召开会议，商议如何解决此事。

开会一问，项羽更恼火了，那帮平素拍马屁的手下被他逼得说了实话："大将军，您在关中确实杀人太多了，先是坑了二十万秦兵，又是屠杀了整个咸阳，关中百姓以前认为秦始皇够残暴了，没想到你比秦始皇更残暴，而刘邦刚入城很快就走了，没来得及做啥坏事，因此他们自然怀念刘邦，想要拥戴刘邦做皇帝。"

属下以为自己进献了忠言，会获得大将军的赏识，从此走上人生巅峰。没想到的是，项羽最恨别人泼脏水，遇到这种锅立马就解释说："这些人都不是我杀的，坑杀他们的是章将军，杀死咸阳百姓也是误杀。"

属下没想到项羽一下子就把锅甩得一干二净。这个会上反正项羽是把自己洗干净了，坏事都是别人出的主意，他项羽很傻很天真上了他们的当，现在追悔莫及。

刘邦听说有人拥戴他做皇帝，立刻意识到大事不好了，一定有人背地里搞事情要搞死他，立马召集自己的智囊团开会。项羽开会是为了甩锅，而刘邦却不一样，率先开口就说："这个皇帝一定是有人要害我，我若是做了，项羽跟各路诸侯怕是要第一时间围剿我！"

樊哙却是直接说道："皇帝轮流做，今年到我家。我倒觉得大哥你干脆就当了皇帝，项羽一进咸阳就烧杀抢掠，老百姓能喜欢他才怪。我还听项伯说，那帮人为了让项羽当皇帝，还搞出了献祥瑞的戏码，结果反而被项羽骂回去了。"

刘邦听了一琢磨，莫非项羽不想做皇帝，是手下人硬逼着要把他赶上台？也是啊，听项伯说过，那帮别有用心的邪恶势力想要让项羽做皇帝也不是一天两天了。项伯也说过，他劝过项羽不要做皇帝，皇帝不是个好名号，谁当皇帝谁完蛋。

张良也听项伯说过劝项羽不要做皇帝的事，当时还觉得项伯是个能说得上话的人。现在张良似乎猜透了目前楚军内部的形势，一伙是以项伯为首的劝项羽不当皇帝，一伙是以章邯为首的投降的前秦余孽，因为手头没了兵，只能靠劝项羽当皇帝来获得功劳，于是他分析道："项羽既不反对当皇帝，却又不接受属下的劝谏，玩的一手和稀泥。我建议沛公立即派人去告诉项羽，你已经上奏楚王，不当关中王，推举兄弟项羽当关中王，另外你绝无当皇帝的想法，同时建议项羽推举楚王为诸侯联军盟主，一切封赏听从楚王！"

刘邦的使者到后，项羽召集诸位将领开会。项羽听了使者的报告，很高兴，对啊，还有个楚王，分蛋糕这种得罪人的黑锅还是让楚王去背好，于是当即同意。项羽一表现出认可的态度，当即下面人才意识到，项羽都没捞到最大的蛋糕，他们是不可能有蛋糕分的，所以迅速达成了一致意见，共同推举项羽当关中王。

接下来，楚怀王熊心不断接到各路诸侯推举项羽当关中王的信。楚王心里很不高兴，他已经不是小孩子了，他原本想用先入关中者为王这一约定，来瓦解项羽的势力，把项羽派去打章邯也是出于同样考虑，可是没想到刘邦这么弱，根本不足以跟项羽对抗，居然还主动请辞关中王封号，这让楚王削弱项羽势力的愿望落空，而且看那些诸侯异口同声的样子，怕是早就跟项羽勾结在了一起。这个时候项羽的使者也到了，楚王当即质问使者："项羽是楚国的大将军，他明知我跟诸侯有约定，先入关中者为王，按照约定应该让刘邦当王，你们这样做岂不是要我言而无信？"

使者英布根本不怕，直接教训楚王道："诸侯反秦屡败屡战，几乎要被章邯消灭，都是靠着项羽舍生忘死消灭了章邯的主力，才有今天的秦朝灭亡。而且这功劳不仅是项羽的，还是他们项氏一族的。自打起兵以来，项氏族人披荆斩棘，死伤无数，项羽每逢打仗都身先士卒冲在第一线，所有士兵都钦佩他的勇敢，而且项羽仁义，秦朝降将用尽手段想要推举他当皇帝，从而复辟秦朝制度，可是项羽知道天下人苦皇帝久矣，他不想为了一己权欲而让刚刚平定的天下再起纷争，因此也只愿当个秦王，尊你为盟主，我觉得已经是给你面子了。"

楚王瞬间觉得颜面全失，同时一听居然还有人要推举项羽当皇帝，立马心生恐惧。当王久了，最怕的就是下属造反，项羽平时不在身边也就罢了，可是要是当了皇帝，要他这个楚王向项羽行礼，简直就是奇耻大辱。于是楚王进一步试探："项羽如果真想当皇帝，你们也觉得可行？"

英布劝道："楚王，我看你还是批了吧。其实不仅是秦朝降将，那些跟着项羽出生入死的将士也都想推举他，毕竟项羽当了王，他们顶多封侯，要是项羽当了皇帝，他们也能封王了。若是你不批，估计项羽真就被众人推上了皇帝宝座。"

楚王一听，这是赤裸裸的威胁，当即压制不住自己的情绪了，说道："他要是真当皇帝，我是不是见到他还得给他磕头行礼？"

第六十章 你是义帝

楚王说完就气呼呼地回去找灵儿了，想着跟灵儿抱怨抱怨，最好灵儿能出马，让项羽不要当王。在楚王看来，项羽若是当了王，他成了盟主，岂不是更加没权了，而且项羽名义上当的秦王，可实际上楚地估计还得归他管，楚王料定了项羽这招就是明升暗降。

没想到的是，灵儿居然崇拜起项羽了来。当初以为项羽只是说大话，灵儿甚至都怀疑有生之年能不能看到秦朝覆灭，结果这件事被项羽做成了，项羽当年吹过的牛居然全部都实现了，于是乎她对项羽的崇拜达到了顶点。楚王反对项羽称王，就知道跟她抱怨，灵儿忍不住回道："大王，臣妾以为项羽将军既然立了大功，给他封王也是应该的，何况刘邦都同意了，也上了文书。"

楚王没想到灵儿居然敢反对他，当即变了脸色道："你一个女人懂什么，项羽这种人贪心不足蛇吞象，他今天想当王，我答应了，明天他想当皇帝，我是不是还得跑过去跪下冲他磕头感谢？他想得倒好，我当盟主，盟主是啥？连王都算不上！我要是这步退让了，估计步步都得退让，最后他项羽就会把我赶去在山坡上当个盟主。"

另外一边，范增见章邯这几个废物用尽手段居然也没能把项羽忽悠去当皇帝，当即决定亲自出马。这一天，项羽接到楚王的诏书，愤怒地直接扔在地上，大发雷霆道："居然敢封刘邦当关中王，刘邦自己都说不当了，也不想想这天下是谁打下来的，要不是我，他熊心早就被秦军杀了邀功去了！如今他还真拿自己当王了，居然还想封我当个什么鲁公，他以为他翅膀硬了，信不信我打回去把他给灭了，真是欠收拾！"

范增没想到楚王居然拒绝了封项羽为关中王，立刻意识到这是个好机会，立马劝说项羽道："现在天下初定，楚王怕你功高震主，因此才会殊死一搏。羽儿，听你义父一言，还是早日登基做皇帝吧，你不登基就是造反，造楚王的反，会背负骂名，名不正言不顺，你若是登基为皇帝，便可以号令天下，派遣军队讨伐不听话的诸侯，则是名正言顺。现在关中百姓都拥护刘邦，想让刘邦做皇帝，楚王也想让刘邦做关中王，我早就说刘邦此人野心勃勃，如今已经证实了，我们必须趁现在刘邦羽翼尚未丰满，登基为帝及时除掉他，不然等以后楚王跟刘邦勾结起来，怕是要招来杀身之祸！"

项羽沉默了许久，的确，如果就这么去讨伐楚王，估计各路诸侯不一定会出兵，而且讨伐楚王属于内乱了，自古项氏满门忠烈，若是如此，该怎么面对死去的叔父。

于是项羽召集亲信开会，项伯自然也来了。范增替项羽开口，没想到的是，项伯依然反对道："你们疯了，皇帝不是个好名号，我建议羽儿还是换一个吧！我倒有个主意，不如让楚王当皇帝，我们尊称他为义帝，这样楚王之位就空出来了，我们楚人讲究衣锦还乡，我提议让羽儿当这个楚王，如此岂不是妙哉？"

范增心想妙哉你个头，可是没想到项羽居然附和道："项伯所言亦是本人心中所想，皇帝这么个恶名就让他楚王当去，我本就是楚人，又是靠楚兵打遍天下，干脆就自称西楚霸王。如此一来，我执掌楚地，楚王就彻底架空了，至于亚父你跟随我多年，亦是功不可没，我欲封你为历阳侯，你看可妥当？"

这下子范增无话可说了，只好称是，心中却暗骂，这些人真是一群苟且偷生的家伙，只想着在自己的家乡作威作福，不想着统领天下，建立不世之功。

项羽便召集各路诸侯，一同举行共尊楚王为义帝的盛大仪式。因为义帝不在场，所以项羽代行义帝之责加封自己为楚王，并且按照功劳大小，以及故土在何方，一一分封了诸位将领。那些将领没想到还有这么一出，不过这样也好，虽然他们没把项羽推上皇帝位，可是他们照样当了王，这就行了，他们都得到了想要的王之封号，于是没有人敢有异议。项羽同时也部分听取了范增的建议，可以说，所有人当中，唯一不满的应该就是刘邦了。刘邦并没有被封关中王，反倒被封了汉王，统治地区就是巴蜀这鸟不拉屎的地方。刘邦心里那是一万个不爽，但是他老谋深算，没有表现出来，而是很豁达地说道："我刘邦造反就为了我村里的人不受秦人欺负，现在秦朝灭亡了，我一个混混也能封王很满足了，哪管啥地方的王，有我刘邦在，老百姓铁定能过上好日子！"

170

那些人没想到刘邦如此这般真性情，要知道按照原来的约定，刘邦可以封为关中王，关中之地自古富饶，难攻易守，刘邦居然一点儿不可惜，真是一位心中装着百姓的好人。如此一来，一些受项羽排挤冷落的，以及一些仁人志士都选择跟刘邦一块走，这大概就是所谓的人格魅力。项羽听说后勉强放心，不过仍然只让刘邦带了三万兵马走。在项羽看来，只有区区三万兵马同时又偏居巴蜀的刘邦是彻底没落了。

对项羽非常不满的头号怀才不遇分子韩信就在这个时候投靠了刘邦，没办法，哪怕他杀了宋襄，项羽仍然认为那不是英雄所为，不重用他。韩信到了刘邦阵营后，也没有得到重用，但是却跟萧何混得挺熟，于是就有了萧何月下追韩信，刘邦破格封韩信为大将军的佳话。

项羽搞完仪式以后，认为天下大定了，他擅自以楚王名义分封诸侯的事情很快就传到了熊心耳朵里。熊心气得把桌子都掀了，把王冠扔在地上，当即就要下令讨伐项羽。还好底下那帮臣子死命拦住了，毕竟形势摆在这里，楚国的兵现在都只认项羽不认熊心，就算让诸侯来共同讨伐项羽，诸侯也不会答应，毕竟诸侯都是项羽封的。再说了，项羽名义上没造反，而且你熊心现在也不是楚王了，你是义帝，现在的楚王是楚霸王项羽。

第六十一章 军心不齐

熊心怒骂道："逆贼项羽，不得好死！"回到后宫，他拿下人撒气，直接就是几个巴掌扇过去，把东西物品全给扔地上，顿时宫内一片狼藉。灵儿很快就得知消息赶过来了，没想到熊心看见灵儿气就不打一处来，骂道："你去跟你的项羽过去吧，现在他有能耐了，竟敢封我为义帝，真是阿猫阿狗有了点功劳就忘了自己的模样了！"

灵儿知道这个时候熊心正在气头，于是劝慰道："楚王莫急，项羽现在是有点尾巴翘上天了，待我去跟他说说，灭一灭他小人得志的嚣张气焰。"

没想到的是，项羽分封诸侯后，却是志得意满，直接便是耀武扬威地回到彭城。项羽想到自己当了楚王，肯定不能让原先的楚王再居住在这儿，于是当即跟范增琢磨了个计谋，派使者去跟熊心说道："从古至今，帝王居住的都是祥云缭绕、龙气蒸腾之地，如今这彭城太小了，而且风水先生说这里不适合帝王居住，此地只有王气而无帝威，因此楚霸王项羽为了义帝考虑，特地请风水先生相中了一块宝地，那就是彬县，一个好地方，一个长寿之乡。"

熊心听完暴怒道："你给寡人滚回去，告诉项羽，我不是义帝，我是楚王，这里是彭城，最适合做国都。"

没想到使者丝毫不怕熊心，回应道："义帝，现在诸侯和楚霸王联合推举您为义帝，您就是义帝了，难不成您要跟秦始皇一样同天下诸侯作对吗？"

熊心万没想到一个使者也敢这样，于是直接回应道："你给我滚，滚回去告诉项羽，作为臣子怎可代我发布命令，他这是大不敬，是大逆不道！"

项羽之所以火急火燎地回来，有更重要的原因便是思念虞姬了，不过碍于颜面，依然是派使者前去传话。项羽认为自己现在是西楚霸王了，下令后应该无人敢不从，哪知道虞姬居然会耍小性子，一听"本王对虞美人备感思念，着虞美人立即启程前往彭城"等话就来气："他现在才想起我来，居然还敢摆架子！"吕雉却是劝道："项羽已经成了楚霸王，想要做他王后的女人数不胜数，如今依然派人来召你入宫，可见他对你是真爱啊，还是尽快去见他，这样你们都有台阶可下。"

可是虞姬性子上来了，说："别说项羽做了西楚霸王，就算做了皇帝，与我何干？我算是看清楚了，这男人不能惯着，我这次非得他求我不可！我才不是那种他招之即来，挥之即去的女人。"

使者回去禀告，项羽正喝酒，没有虞姬的日子，他日日饮酒，听见禀告，气得把酒坛子都砸了，怒吼道："真是不听话，脾气还大了，分不清自己几斤几两了，看来是要我亲自抓了她回来，让她知晓我的厉害！"

没想到的是，这个时候灵儿来了。项羽有些醉了，再加上日夜思念虞姬，此时一见灵儿，居然激动地说道："本王的虞美人总算来了，本王想你想得昏天黑地！"结果灵儿却是笑了，说道："羽哥哥，我是你的灵儿妹妹，难道羽哥哥把虞美人弄丢了不成。"项羽这才意识到认错人了，见是灵儿，于是忍不住讥讽道："灵妃大驾光临，我楚霸王有失远迎！"

灵儿接话道："羽哥哥，你何必如此，不管你功成名就也好，一无所有也罢，我永远是你的灵儿妹妹啊。"

项羽望着眼前的灵儿出了神。要说灵儿跟虞姬，长相上几乎没有太大差别，不过，气质上就有差别了。灵儿久居深宫，自然显出一种雍容华贵的气度来了，那种高不可攀的气场，正是她的魅力所在。如今虞姬不在身边，项羽见到灵儿，眼睛里恨不得冒出火来，就这么直愣愣地盯着灵儿看。项羽问道："灵妃今日前来，所为何事？"

灵儿与项羽四眼对视，旧日的情缘在燃烧。灵儿开口道："羽哥哥，你能不能放我夫君一条生路？"

项羽所有的幻想都被这句话打破，这么多年来，他在战场上所向披靡，视死如归，为的便是当初的那句承诺，可是等他荣耀归来，曾经所爱的人心里面却已经装了另一个人。项羽忍不住表白道："你到现在还不明白吗？我找虞姬，就是因为她像极了你。可是，我得到虞姬后才明白，你就是你，虞姬就是虞姬，你在我心中永远是无法取代的。今晚别走，好吗？"

灵儿此时也被项羽突然的表白震住了，迟疑片刻后，眼眶中眼泪情不自禁地流淌出来，她咬了咬嘴唇，说道："好，我答应你！"

项羽这边跟灵儿妹妹再续前缘，刘邦此时却面临一个问题，那就是他的智囊张良要离开他了，毕竟张良是向韩王借来的，如今刘邦也封王了，韩王也复国了，张良理应回去。刘邦不得不同意，而且刘邦特别大方，直接赠予张良黄金一千两，同时考虑到蜀地路不好走，亲自带着兵士送张良出川。张良感动得一塌糊涂，当即就给刘邦出主意，让刘邦把入川的路和桥通通毁坏，以此去除项羽对他的戒备之心。同时张良承诺，他拿刘邦的金子不是白拿的，他会尽力帮刘邦说服项伯，让项伯给项羽提建议，争取让汉中地区也归刘邦管辖。

张良做事手脚很快，也很直接，他将黄金全都转送了项伯。项伯没想到张良如此大方，又听说刘邦把进入蜀地的通道全毁坏，就是为了证明自己毫无谋反之心，当即便去跟项羽说明情况。因为昨晚灵儿的到来，项羽心情大好，此时听闻刘邦居然如此听话，觉得这个老大哥够意思，于是当即采纳了项伯的建议。于是，刘邦就获得了汉中这块战略要地的管辖权。

刘邦即使有了汉中，日子依然不好过，因为那些士兵想家了。毕竟这个时候天下已经平定了，那些在残酷战争中活下来的士兵也捞足了，个个想着回家享受荣华富贵，即使刘邦治军严明，依然出现了官兵逃跑的现象。

第六十二章 再也强硬不起来

韩信成为大将军后，一心想着打仗立功，可惜现在天下初定，似乎无仗可打，况且手下士兵不断有人逃跑，再这么搞下去自己没准要变成光杆司令。韩信当即向刘邦建言："大王啊，再这么搞下去不行啊，士兵都想着回去，一直压着不是个办法，不如干脆利用士兵们想回家的心理，趁早打回去，总比到最后士兵都跑回家去强！"

刘邦也意识到这个问题，可是他还是有些胆小，毕竟现在他是王，不是当年一无所有的混混了，于是就跟韩信老实交代："我们的兵力也不多，根本打不过诸侯还有项羽，而且我这一把年纪好不容易混了个王当，要是再造反，失败了没准啥也捞不着了。"

韩信没想到刘邦这么坦诚相告，于是和盘托出，劝道："大王你别怕，项羽是个纸老虎，此人表面上能征善战，实际却是个抠门鬼。他表面上爱护士兵，将士生病了，他会去看望并且流泪，但是将士们有了战功，他却不舍得赏赐。而且他偏信自己家族的人，不信赖外人，导致很多没有功劳的项氏族人得到了最大的封赏，诸多将领都对他的分封不服气。他放弃了关中这个战略要地，宁可在彭城建都，就是为了衣锦还乡，而且最近听说他还打算把义帝赶到别的地方去，这岂不是明显的以下犯上？诸侯没几个真正愿意听他的，巴不得谁出头消灭了项羽这个最大的敌人。如今项羽正放松警惕，而秦地那三王全是之前打了败仗的秦国将领，他们手底下的士兵没一个对他们是真正臣服，老百姓对这些败将早就恨透了。而之前大王进咸阳约法三章，秦地百姓对大王是相当认可，都想推举大王做皇帝，大王只要出兵，定能拿下关中，以关中为根据地，胜利在望！"

刘邦听了韩信一通忽悠，立马相信，热血沸腾，当天决定，拼上老命也要死磕一把，就要看看我老刘家有没有当皇帝的命。

慢！那是不可能的，刘邦是不可能听韩信瞎忽悠的。实际情况是，刘邦也受不了蜀地的气候了，他没想到自己这一生拼死拼活，结果却是到了蜀地这个地方，他宁愿去沛县当个侯爷，也不想在蜀地当王。刘邦在一些士兵身上已经看到了自己的未来——水土不服而死，人对于已知悲剧命运的殊死一搏，永远是激昂而无奈的。

可是路都毁了，桥都拆了，这可咋办？刘邦找来樊哙，下了死命令，一个月内给整好了，整不好，通通杀头！樊哙那叫一个头大，心想，我真是上辈子欠了你刘邦的。不过，他心里头也明白，修好道路，怕是要打回老家去，于是就把军营里面整天嚷嚷着要回老家的那些士兵，拉过来修路修桥。这帮士兵这下子吃到苦头了，余下的那些士兵都不敢嚷嚷回老家了，生怕也被抓来当苦力。樊哙一肚子怒火无从发泄，于是就看哪个士兵敢偷懒，直接一鞭子下去。不过，樊哙也有好的一面，等到休息的时候，他亲自做狗肉给士兵吃，并且跟他们畅谈修好路后回老家祭拜列祖列宗、跟妻儿团聚的美妙场景。正所谓一边洗脑一边拿鞭子，把那些士兵个个都洗得明明白白，都恨不得在偷懒的时候良心有愧主动要求给自己一鞭子。在这种认真态度下，修筑进度快得吓人。

刘邦开始时把道路桥梁拆毁的消息传到章邯那里，章邯很是放心，只派了很少的士兵看守。可是没想到，章邯正优哉游哉之时，突然听到士兵来禀告，说大事不好了，汉王让人重新修路架桥了。章邯一开始还觉得无所谓，因为他早打听清楚了，这蜀道之难，难于上青天，不是历代能工巧匠经历几十上百年，根本修不起来。而除了这条出蜀道路，另外一条道则极为艰险，需要翻山越岭，而且有天险阻隔，据说路上更是有无数的豺狼虎豹，压根就不是常人走的。因此章邯根本不担心，只是让属下多多注意。

结果没想到，章邯没意识到一点，以前难修，是因为技术落后，对蜀道了解不多，人数也少，导致修路慢。可现在不一样，冶铁技术的进步，对蜀道的了解加深，樊哙领导有方上下一心团结合作，修复栈道的效率提高了不止一点半点，大半个月就修通了一大半。这下子章邯慌了，赶紧调集全部军队集中到出口斜谷关周围，同时要求周围另外两路诸侯派兵援助。

章邯还是失算了，他怎么也没想到，后世会因为这场战斗，诞生出一个"明修栈道，暗度陈仓"的成语。章邯在斜谷关做好了跟刘邦大军决一死战的准备，然而，刘邦、韩信带领五万大军硬是越过了陈仓天险，如同天兵天将般出现在斜谷关守军的背后。章邯的哨兵只注意斜谷关外面，没想到背后居然还会有进攻，这根本就是不按套路来。不过，战争才不讲套路，只有一个目标，那就是打胜仗，无所谓手段，你赢了你就是成功的，交战双方思考的都是用最少的兵力消灭最多的敌人，甚至恨不得不费一兵一卒。

结果显而易见，章邯的部队几乎全灭。章邯在美梦中被人叫醒，根本不敢恋战，在小股部队的护送下日夜奔逃到废丘城躲起来，他已经不是从前那个敢指挥大军跟项羽对抗的人了。人啊，一旦认怂，真是再也强硬不起来了。

第六十三章 义帝迁都

另外一边，义帝没想到灵儿去了一趟项羽那儿，他就不用搬走了。义帝不傻，经过自己分析，再加上有人告知他灵妃长得很像项羽宠爱的美人虞姬，于是就问灵妃："灵妃，你有什么本事啊，那项羽咋这么听你的话？"

灵妃也不傻，这种伤风败俗的事情没有人会承认，于是直接怼义帝道："我跟项羽是从小青梅竹马一块长大的，项羽一直拿我当

177

亲妹妹。你就放一百个心，有我在，项羽不会拿你怎么样的，你要老是怀疑我，信不信我告诉项羽去。"

项羽自打跟灵儿再续前缘后，更加思念虞姬，毕竟灵儿名义上还是义帝的女人，不过虞姬却铁了心不愿回到项羽身边。灵儿得知后，也意识到跟项羽的事情迟早会败露，于是打算亲自去沛县，看看这个跟自己长得很像的女人，顺便试试能不能劝虞姬回到项羽身边。

虞姬跟灵儿一相见，双方都大吃一惊，怀疑彼此是失散多年的双胞胎姐妹。因为长得太像，虞姬甚至吓得躲到吕雉背后去了。等到灵儿拿出礼物，告知虞姬她是义帝的皇后，虞姬才彻底相信。不过虞姬依然有点生项羽的气，说："原来项羽喜欢我只是因为我长得像他的妹妹。"灵妃苦口婆心地劝说道："项羽哥哥喜欢的还是你啊，最近我去看他，每次他都把我当成你，每次都会说：'虞美人，是你回来了吗？本王真的好想你啊！'弄得我很尴尬。没有你的日子，项羽哥哥天天喝酒，酒醉中呼喊着你的名字，如果不是真心爱你，怎么会如此呢？"

吕雉被虞姬白吃白喝早就不耐烦了，一见机会来了，立马帮腔道："是啊，虞姬妹妹，你知足吧，你家项羽这么爱你，哪像我家那糟老头，估计早把我忘到九霄云外了。这样专情的好男人可不多见，错过这村可没这店了，难道你想跟我一样当个村姑天天喂鸡吗？"

虞姬也意识到这些日子白吃白喝吕雉的，有些过意不去，再加上她也知道自己细皮嫩肉的，没法过吕雉这种村姑生活，于是当即决定回去。吕雉激动得杀鸡宰鹅，总算把这个懒婆娘送走了。

项羽见到虞姬，那是高兴得一蹦三尺高。正所谓小别胜新婚，大别胜初夜，项羽当即大摆宴席，对虞姬那叫一个温柔到了极点。灵儿没想到项羽这么五大三粗一个人，居然也能温柔到如此地步，尤其是项羽还亲自夹菜给虞姬吃，灵儿居然有些吃错了。灵儿简单吃过饭后，说了声"我把虞妹妹交给你了，你们好生恩爱"便离开了，项羽跟虞姬那是如胶似漆般互诉衷肠。

此后，灵儿跟项羽的关系更好了，虞姬也经常邀请灵妃过来。项羽虽然口头答应不会逼迫义帝迁都，可是他手底下那帮人自然明白，一山不容二虎，长此以往，必起争端。正所谓先下手为强，后下手送死，范增这帮人很快就策划了一条妙计。

首先是暗杀与偷梁换柱。很快，义帝身边的亲近大臣不断遇到各种意外，走在桥上忽然落水而亡，走着走着就迷路了不知所踪，以及突然就生病不来了。接着就是用钱来贿赂，收钱的全留下，不收钱的通通莫名其妙整没了。对于一些臣子的消失，由于做得相当隐秘，义帝还没察觉，但是他没想到他亲爱的灵妃现在是一天到晚就往项羽家里边跑，名义上说是看望哥哥和嫂嫂，实际上门一关谁知道发生了什么。更让义帝难以忍受的是，灵妃每次回来都带一些珍贵的物品，这些物品都是项羽从咸阳城里搜刮来的，就连义帝看着都眼红。

终于义帝爆发了，把灵妃带回来的九龙杯直接摔在地上，对灵妃说道："臭婆娘，你还没完没了了，你要是跟项羽没关系，怎么每次你去还带这么多东西回来？你干脆搬他屋里去，省得天天来回还麻烦！"

灵妃气恼地说："你就知道吼我，我还不是为了你。项羽是感谢我帮他找回了心爱的人，你作为义帝为什么心胸如此狭隘！"

义帝怒斥道："你为了讨好项羽居然都做起媒婆了，真是不要脸，你都没问过我同意不同意，你眼里压根就没有我这个丈夫！"

灵儿最恨男人没本事还处处大男子主义了，当即说道："你真是不识好人心！我做什么还要你同意，你以为我是你的臣子吗？醒醒吧，我的义帝，没有项羽你什么都不是！"

义帝最恨人提没有项羽他什么都不是之类的话，他愤怒地说："你应该跟他过去，我反正迁都走了，你爱跟来就跟来，我整天看见你跟他鬼混我就心烦！"

第六十四章 滋味不同

　　至此，范增等人的诡计得逞。这次计谋的实行，离不开姐妹花的推波助澜。没错，虞姬回来后，很快就发现项羽跟灵妃之间关系不寻常，为了争宠，恨不得灵妃滚得越远越好。可是灵妃还是常来，虞姬正烦恼得睡不着，范增就给她送枕头来了。说实话，虞姬每次见项羽看灵妃那眼神，都恨不得下药把灵妃毒死，于是听从范增的建议。虞姬不停地给灵妃送东西，并且经常邀请灵妃来做客，项羽还以为虞姬变得宽容大度了，哪知道，那些被范增收买的大臣天天跟义帝汇报灵妃的八卦，义帝作为一个男人怎么可能受得了，于是终于爆发，自愿迁都走了。

　　义帝要迁都的消息很快就被灵儿告诉了项羽，项羽没想到义帝还真把自己当回事，敢欺负起灵儿来了，于是在范增禀报义帝迁都事宜的时候，指示范增给义帝点颜色瞧瞧。

　　计划是让义帝翻船，等义帝呛几口水再把他救上来，以此让他知道厉害。可是范增做事心狠手辣，干脆就让手下人等义帝淹死了，才去捞尸体。

　　与此同时范增封锁了消息，只说义帝失踪了，正在寻找。当然了，世界这么大，人类这么渺小，偶尔失踪个把人也是正常的，装模作样找了半天后，发现确实没有了。

　　刘邦反了，之所以项羽没反应过来，自然是因为分蛋糕不均，那帮人立马闹起来了。先是齐国丞相田荣，他坚决反对，直接便带兵进攻前来就任的新齐王田都，这一举动等于是直接挑战项羽。新齐王田都自不量力，跟田荣这个地头蛇决战，自然很快就被打得溃不成军，只好跑回楚国。田荣一不做二不休，觉得自己当个丞相太憋屈，直接就把原来的齐王偷偷灭了，从此自立为齐王，同时又大

180

举进攻济北王田安，让三齐大地重新统一成为一个整体，势头正盛。

田荣造反成功，他知道项羽很快就会带兵来讨伐，于是联合对项羽分封天下有怨言的将领。其实项羽就不该搞分封制，一搞分封这帮人有地又有兵，整天想的就是获得更大的地盘。例如原先的将军陈余，虽然他得到了三县的封地，但是他觉得按功劳自己应该封王，尤其是看见原先不如自己的张耳居然也封了王，真是太难以忍受了，这时候田荣还承诺派兵来协助，那可不立马反了。陈余和齐军组成联军，把张耳打得大败，张耳知道项羽这个人脾气暴躁，自己吃了败仗肯定没好日子过，干脆就投奔了汉王。陈余把原本被项羽封在偏僻角落的赵王接回来，赵王当然知道若不是陈余，自己按照项羽的意思估计得在那个角落里孤独终老，所以当即封陈余为代王。项羽原本以为把那些老诸侯王全封在穷乡僻壤，把自己的兄弟都封在好地方就万无一失，殊不知人心难填，才过了没多久，反楚势力已经开始兴起。

原本韩信从刘邦那儿离开，回到了韩国，没想到的是，韩王居然还没回来，韩信等了一段时间，立马意识到大事不妙，于是当即去彭城找项羽。项羽其实骨子里看不上那帮老诸侯王的后代，认为他们啥功劳都没有，却还想着复国称王，封了他们为王，不仅不会感恩，还认为那是他们应得的。更令项羽讨厌的是，韩王整天在他面前摆谱，于是干脆将韩王贬为韩侯。这下韩王暴怒道："我原本就是国君，项羽竟然侮辱我封我为侯，老子一定要走！"

然而项羽当然不会让韩王走，正巧义帝刚刚落水而亡，他觉得也没出什么大乱子，当即依葫芦画瓢，也给韩王整了个人间蒸发。

这下子韩信彻底恨透了项羽，当即转投刘邦。项羽没想到齐国居然造反，当即决定亲率大军前往。同时项羽想让九江王英布过来一同征伐齐国，可是没想到一向听话的英布居然称病不来了，只让他手下一个小将领带着千把人过来。项羽当即生气地说道："这帮家伙个个翅膀硬了，看我挨个收拾他们！"

项羽忙着带兵去跟齐国死磕，刘邦这里自然是一步不肯放松，直接大举进攻关中。刘邦连打了几个胜仗后，韩信就给他出主意："大家对项羽不满，主要是项羽不舍得分封和赏赐，现在只要大王下令，来投降的一律封王封侯，肯定能加快速度把关中拿下。现在项羽一门心思对付齐国，汉军应当抓住机会，大肆扩张，等到项羽来进攻汉军时，才有力量对抗。"刘邦做事向来大方，当即同意。于是乎关中官员投降成风，很快关中地区就被刘邦拿下，刘邦终于拿回了本就该按照约定划分给他的土地。

项羽率领二十万大军进攻齐国，气势凶猛，第一战便轻而易举地拿下了城阳城。城阳城守军只有三万人，由于楚军战斗凶猛，守将殷泓发现扛不住，立马跑了。这下子齐军军心动摇，城阳城瞬间被攻破。破城后，楚军将领便像对待咸阳城一般，任由士兵烧杀抢掠。范增觉得如今楚军成了正规军，不能再用以前的那一套了，得要脸面了，于是劝项羽约束手下。项羽已经开始盲目自大，道："亚父不要阻止了，这样也是可以鼓舞士气的嘛。更何况这齐国竟敢第一个对我造反，我当然要好好教训他们一顿，就像秦朝一样，打垮他们，再踏上一万只脚，让他们永世不得翻身！"

齐王田荣听说殷泓的战况后，没有因为丢了城而感到愤怒，而是哈哈大笑道："楚军怕是已经目中无人，真的以为自己天下无敌了吧。如此这般即可。"

项羽好久没出来打仗，再加上之前屡战屡胜，自认为打仗对他而言十分简单，所以便跟旅游似的，慢悠悠地向齐国都城进发，一路上烧杀抢掠无恶不作，搞得民怨沸腾。

第六十五章 打游击的始祖

可是项羽没想到的是，齐国女子性格刚烈，不会轻易屈服。到了午夜，这些齐国女子居然串通起来，杀死守城士兵，打开城门，放早就准备好的齐兵进来。田荣知道机不可失，大量军队直接杀进楚军大营，许多楚兵在半梦半醒间就被杀死。项羽警惕性高，一下子就醒来，知道中计了，立马组织骑兵突围。

等到天明时分，项羽总算突围出城，一清算，死伤高达两三万人，可以说是楚军自大破秦军以来吃的第一个大败仗。项羽这下子愤怒了，也意识到齐王不是好对付的，了解清楚情况后，恨透了这些背叛的齐人，于是大开杀戒，走到哪里就杀到哪里，无数齐国百姓莫名其妙就丢了性命。至此齐国百姓恨透了楚军，齐军个个恨不得跟楚军决一死战。

此时楚军却是将齐国首都临沂围了起来，接着便按范增的计谋而行，让之前被赶走的齐王田都对守城将士喊道："我是真正的齐王田都，田荣篡位夺权，实乃大逆不道，现着楚霸王替天行道，率百万大军来讨伐叛逆者，你们若是识时务，就给我打开城门，待我复位，必有重赏！"

如此一来，楚国进攻齐国就变成了内战，而不是入侵。齐国国都内的官员很快得知了这个消息，在大部分官员看来，项羽带了百万大军前来围城，估计田荣的王位是保不住了。其实底下的官僚根本无所谓谁做领导，他们在意的是能不能保住自己的官职。不过守城的是田荣的弟弟田横，可以说田横是不会投靠项羽的，他也得到消息，杀了几个想要投降的。

田横还是太天真，他没想到，田都毕竟也是齐国人，朝中有不少支持他的臣子，这些臣子最终还是发动起来了，在夜里打开城门，放楚军进来。田横知道大势已去，城肯定守不住了，当即就率兵离开，以便保存兵力。

齐楚两国战争全面爆发，项羽没想到的是，此时传来了他的大本营彭城被刘邦占领的消息，顿时意识到不妙。

项羽没想到刘邦居然能把他的老窝彭城给打下来，当即把平定齐国的任务交给钟离昧等将领，自己带了三万骑兵日夜兼程火速赶回彭城。项羽内心焦急如火，一路上都没有停下来休息。刘邦刚打下彭城，以为自己厉害了，而且项羽又被齐国拖着，绝不会这么快回来，因此放心大胆地跟将士们喝酒吃肉庆祝胜利。于是乎，楚军如同神兵天降一般，直接就打进来，众多汉军将士还没搞清楚到底发生了什么，只知道一队队骑兵攻破城门，进来见人就杀。汉军四散而逃，刘邦那是连裤子都没来得及穿，当即就在几个亲信护卫下往外逃，场面混乱得一塌糊涂。此时刘邦心中后悔极了，打定主意，老天若是这次放过他，他一定老婆孩子热炕头。也许这就是天命，正当楚军要追上刘邦时，突然狂风大作，飞沙走石，好像妖怪要来一般。然而妖怪终究没有来，刘邦得老天帮忙，摆脱了楚军追杀，奔赴沛县，打算去接老婆孩子。不过他没想到的是，楚军早料到他会回沛县，他的父亲刘太公跟老婆吕雉早被楚军抓了去。刘邦好不容易找回一双儿女，却没想到楚军又追上了。刘邦那叫一个心慌，逃跑路上甚至几次三番想把儿女丢了，还好车夫夏侯婴车技天下无双，刘邦再次逃过一劫。没错，刘邦的运气就是这么好，这里面只要有一点差错，可能他就彻底凉了。

此时的韩信恰好在修武这个地方，刘邦吃了败仗，手里没兵，想着要是让韩信看见自己这狼狈样可不行。此时还是深夜，刘邦也不坐车了，跟做贼一样，偷偷摸摸地溜进去。刘邦本以为要偷韩信的兵符会是件不容易的事情，谁知道韩信直接就把兵符丢在开会的桌上。刘邦拿过兵符，直接以汉王的名义下令接管。韩信、张耳一觉醒来，发现兵符不见了，这才意识到不对。刘邦召集二人，怒斥道：

"你们带兵防范这么松懈，怎么可能打胜仗？如果进来的是个刺客，就不是拿兵符了，可能你们两人的性命已经不保了。所以，你们现在不要带兵了，我执掌你们的兵，去跟项羽干上一仗！"

刘邦就这么轻而易举地取得了韩信的部队，也算是之前封韩信当大将军获得的利息。刘邦从成皋逃走后，成皋很快就被楚军攻破。刘邦想要来个突然袭击进攻楚军，不过被人赶紧拉住，他手底下的谋士总结道："事实已经证明了，汉王正面打不过项羽。"刘邦仔细想想也是，立刻决定不打了，派将军刘贾带两万兵马偷偷绕道，跟后方的彭越会合，进攻项羽注意不到的后方楚军，重新攻占了梁地的十余座城池，切断了楚军的粮食补给线。刘邦想着人是铁饭是钢，我打不过你，我还饿不死你？

项羽一看以前顿顿红烧肉，夜夜蒸熊掌，现在早中晚都是窝窝头，这神仙也受不了啊，于是带了五万人去收复梁地。彭越也不是傻子，一见项羽带大兵过来了，那是溜得比兔子还快。项羽一路打过去都没遇到啥像样的抵抗，原来刘邦跟彭越早就达成共识，那就是打游击和拉锯战，正面战场我打不过你，那就从你的后方进行骚扰。项羽这次下狠心一定要平定后方骚乱，于是一口气打到东海，可是彭越早就不知道跑哪去了，刘邦的军队也不知道躲哪去了。项羽以为可以松一口气，可是谁知道，刘邦又占领了成皋，于是项羽立马又把部队开到了成皋。刘邦听说项羽回来了，跟狼来了似的，立马撤退，躲到光武那个地方，依托沟壑地形防守。项羽没抓到刘邦，就跟到手的老鼠又溜了一样，再次把军队开到光武，与汉军隔河相对。吸取之前失败的教训，项羽这次打算调集军队围住刘邦。

刘邦已经做好长期打游击战的准备。因为楚军远道而来，只要依托地形拖住楚军，时间拖得越长，楚军的粮食供给就越成问题，项羽再有本事，难不成他还能不吃饭？另外就是用主力吸引牵制项羽，然后组织人马不断骚扰楚军后方，敌进我退，打不过立马跑走。

第六十六章 青铜变王者

　　刘邦依托地形，项羽一进攻他就跑，项羽就像一头被蒙上眼睛拉磨的驴。此时这头驴儿被逼急了，不想再跟刘邦耗了。别忘了，项羽的手里还有一张王牌没打，那就是刘邦的老婆跟老爹。项羽这几天心情不畅的时候就调戏吕雉，可是项羽没想过的是，吕雉早就不是从前那个千金大小姐了，早就被生活磨成了个农妇。因此吕雉一点不害怕调戏，直接就对着项羽破口大骂。正所谓泼妇骂街，天昏地暗，项羽没想到吕雉是这么个极品，只好命人将吕雉的嘴堵住，关在一旁。项羽立马意识到了为啥这么久了刘邦都没找他要吕雉，原来是这个女人太凶悍了。不过，好在项羽还有刘邦的老爹在手。于是他在营帐前架起了一口大锅，把刘邦老爹跟吕雉放在大锅前，开始烧火。很快大锅里的水就沸腾了，项羽让人四处嚷嚷，传播要煮刘邦老婆跟老爹的消息，意图激怒刘邦。刘邦站在高台上远远望着眼前的一切，当即就明白了。项羽见山上来了些人，身形像是刘邦，于是干脆地喊道："刘邦，有种别逃了，今天就来跟我单挑。看见了吗？你要是再不出来，你老婆跟老爹就要被我煮了。我们单挑，谁赢了谁坐天下，也免得生灵涂炭。"

　　刘邦在心底大骂，亏得项羽说得出口，我刘邦都快能当你父亲了，跟你这么个青壮年单挑，我嫌命长吗？可是刘邦也不忍心看自己媳妇跟老爹被煮了，于是说道："你我之间的纷争，怎可牵扯到家人？"

　　项羽说道："刘邦，你个阴险小人，打仗只知道躲来躲去，今天我就是要逼你出战，你不出战，我就把你父亲跟妻子煮了，我看看你的良心过得去吗？"

　　刘邦当无赖这么多年，最不怕的就是别人威胁了，直接不要脸地说道："项羽，你忘了当年你我结拜共同抗秦的事了吗？由此算来，

186

我的父母就是你的父母，今天你要杀你的父亲，这么残忍的事情你也做得出来，我看你也担不起楚霸王这个名号了。既然你敢煮你的父亲，那么好，你煮熟了别忘了分我一碗肉汤。"

项羽没想到刘邦如此不要脸。刘邦说完，因为害怕项羽偷袭，立刻又跑掉了，俨然不顾父亲跟老婆的样子。项羽这下彻底服气了，他煮杀刘邦父亲跟妻子根本威胁不到刘邦，于是愤怒地下令毒打吕雉跟刘邦老爹，不过同时又吩咐千万别打死，毕竟他们也算是重要的人质。

在项羽跟刘邦交战的时候，其他的反楚力量自然不会坐等刘邦跟项羽打完，他们抓住时机就开战，基本上都是以多欺少。彭越一看好机会来了，立马露出了獠牙，派军队连夜进攻，居然创下了十战十捷的佳绩，占领了十座城池。更绝的是，彭越不仅打下城池，还搞舆论宣传抹黑项羽，让老百姓仇恨项羽。项羽外出打仗所需的粮草，基本上是靠剥削加横征暴敛搞来的，项羽打仗回来天天大碗喝酒大口吃肉，可是老百姓却饿得一塌糊涂。原本以为秦朝灭亡了，应该结束苦难岁月，结果楚军是一丘之貉，也要交赋税，而且越来越重。这个时候彭越来了，直接宣布两条政策，第一条，凡是投降的县令不仅保留原职，而且还有黄金赏赐；第二条，投降的城池免除税赋。统治阶级和被统治阶级因为这两条政策迅速达成了一致，堪称上下都满意，因此各个城池简直是敲锣打鼓投降，欢迎彭越到来。

在外人看来，似乎彭越做的是赔本的买卖，实际上没有谁愿意做赔本的生意。果不其然，项羽发现粮草供应不上，立马急了，也不顾之前立下的军令状要跟刘邦单挑决一死战，当即率领大军卷土重来，誓要将这个让他吃不上红烧肉的彭越给灭了。

项羽打回来发现不对劲了，怎么抵抗这么激烈？不过在楚军的猛烈进攻下，陈留还是被打了下来。陈留的县令投降后以为项羽会跟彭越一样保留他的乌纱帽，没想到的是，项羽最恨叛徒，直接一刀砍下陈留县令的头，然后对所有将士说道："我倒要看看还有谁敢投降彭越，下场跟他一样！"

这下子，剩余的县令被逼上绝路，投降是死，抵抗也是死，楚军上来直接围城，逃又逃不掉，只能硬扛了。其中有个叫胡三的县令，估计要么是老母被项羽杀了，要么本身就跟项羽有仇，他铁了心要跟项羽死磕，仗着高大的城墙和充分的组织动员，居然与战无不胜的楚军足足对抗了半个月。这种高超的指挥水平都让项羽怀疑是不是彭越在里面指挥。

第六十七章 谣言可畏

眼看楚军把城池围得如铁桶一般，城里的状况越来越差，胡三打定主意人在城在，要跟项羽拼命到底，但是他手下的将领却不愿意。尤其是守将杨敖，他可是信奉生命第一，尊严靠边，只要有一线生机，活着永远比死了强。然而这天夜里，守将杨敖却是遇到了一个女人。杨敖原本打算洗洗睡了，结果突然传来敲门声，杨敖拿着刀开了门，一个女人开口说道："我是义帝的皇后，特来劝将军不要再死守城池了，只要投降，我保证你荣华富贵。"

杨敖哪是小孩能随便骗的，于是怀疑地问道："义帝生死未卜，项羽这个人我知道，固执得一塌糊涂，他怎么会听你一个女人的话？怕是我开城门之时，就是我人头落地之时。"

灵儿直接说道："我还是项羽从小一起长大的表妹，这块玉佩我一半项羽一半，你开城投降时，如果项羽要屠城，你就把这个玉佩给他看，告诉他有个女人转告他，如果敢屠城，他就一生一世别想再见到这个女人！"

这下杨敖才相信了，于是事不宜迟，当天午夜就把城门打开，出城投降。值班的楚军立刻试探着进攻，打进城里才意识到久攻不下的城池就这样拿下了。

杨敖见到项羽，项羽却是让人把杨敖绑起来，问道："那个彭越在不在城里？哼哼，现在知道投降已经晚了，小小的一座县城害我楚军损伤惨重，你以为投降就能了事？死了的西楚子弟兵谁来祭奠？我要你看看什么叫作屠城！"

杨敖说道："西楚霸王，有个女人让我拿着玉佩转告你，你要是敢屠城，你就永远见不到她！"

杨敖说完，便把那一半玉佩拿出来，项羽一见那玉佩顿时差点要流泪了。这玉佩是义帝迁都时他送给灵儿的，当时项羽苦苦哀求灵儿留下，然而灵儿铁了心嫁鸡随鸡嫁狗随狗，要跟义帝一起离开。那天晚上，项羽甚至给灵儿下跪了。正所谓男儿膝下有黄金，更何况项羽这样的盖世英雄。项羽跪下对灵儿说道："灵儿，我所做的一切都是为了你，你就听我一句劝，别离开我好吗？"

灵儿感动得热泪盈眶，见项羽不同意她走，只好说道："我去陪义帝，过一段时间再回来。这个玉佩你一半我一半，我悄悄回来避他人耳目，到时候以玉佩相认。"

项羽当即答应不屠城了。项羽急着想见灵儿，于是也无暇处死县令胡三了，命令全军给他找灵儿。终于，项羽找到了灵儿，一见到灵儿就忍不住抱了起来，两人的玉佩合二为一。如今义帝已死，再也没有谁可以拆散这一对苦命鸳鸯了，他们要永结同心，永远在一起！

有灵儿在，项羽的杀气收敛了许多，允许投降并且不屠城后，进攻容易了许多，很快就夺回了十余座城池。彭越逃得快，项羽追得更快，项羽恨透了这个多次在后方切断他粮食供给线，导致他吃不上饭的家伙。彭越知道这次项羽来真的，不把他灭了估计不会罢休，于是就在军师朱景的建议下，悬赏一个长得像他的人来做替身。

于是彭越的老窝重阳城里到处贴满了悬赏彭越的告示，并且上面标明，如果抓到此人，悬赏黄金百两。正所谓重赏之下必有勇夫，过了一段时间，项羽就要打过来前，还真找到一个像彭越的人。彭越让下面的人把这个长得像他的人关起来，说是他的仇人。等到项羽打来，彭越先装模作样打了几场，同时多次亲自上城楼指挥杀敌，让项羽相信自己就在城里，然后让那个长得像他的人穿上他的衣服，让自己的部下导演了一出内乱的剧情，自己悄悄逃跑了。项羽见到彭越的部下徐昆提着彭越的人头来投降，再仔细一看，尸体确实穿的是彭越的衣服，于是恨恨地说道："你也有今天啊！把彭越的头颅挂在城墙上，看看以后哪个还敢跟我西楚霸王作对，跟我作对的人只有死路一条！"

项羽跟彭越决战，汉军自然不会坐以待毙，刘邦趁此机会大量补充兵源。楚军此时负责防守的是司马欣，项羽临走前给司马欣的命令就是按兵不动，死守成皋城。刘邦早就看透了司马欣，司马欣这人作为前秦的官僚，不会打仗，平时主要负责文书工作。刘邦是个无赖，自然知道怎样逼这种假清高的官僚出城作战。

刘邦先是驻扎在离成皋城不远的地方，依靠地形建立了一个包围圈，接着就用重金找来附近村里最能骂街的泼妇，然后让她们混进成皋城。因为是些农村妇女，成皋守城将士以为是来卖菜的，因此也就放她们进去了。这些农村泼妇进城后就开始造谣，各种关于司马欣的谣言四起，什么司马欣卖主求荣，跟自己姐姐有染，以及司马欣的各种黑历史。这些都是之前刘邦搜集的，让传播开来，导致司马欣走到哪里都感觉有人在指指点点。于是司马欣下令，谁敢传这些谣言就把谁杀了。

接着刘邦命人率小股军队前来，这支军队人数不多，却坚决不退走，就在成皋城附近吃喝拉撒污染环境，并且刘邦还让人将许多准备好的粪车倒在成皋城附近。此时正是夏天，整个成皋城立刻变得臭不可闻，将士们都不愿意上城墙，而此时司马欣对于这伙污染环境的汉军也是仇恨到了极点。这时候城内谣言又起，又传出司马欣没有战功，是靠着跟项羽有不正当关系才上位的，所以好多楚军将领见司马欣连这点汉军都不敢出城迎战，纷纷借谣言嘲讽司马欣是胆小鬼。这些将领原本就不服司马欣一个没有战功的文官上位，因此逮住机会就拼命抹黑司马欣。

第六十八章 负荆请罪我也学过

终于司马欣憋不住了，觉得那一小股汉军不成气候，只要出兵一定能打胜仗，这样既给自己增加了战功，也能堵住那帮将领的嘴。在司马欣看来，打仗不就那么回事，以多打少，士兵冲过去，我在后方喊加油，最后功劳都是我的，送死的都是你们这些小兵。可是他不知道，战场上真打起来，哪管你是将军还是啥，没准你最信任的下属还会砍了你的头去投降。司马欣沉浸在对自己文武双全、盖世无敌的幻想中。

这一天，司马欣吃饱喝足，带着大量兵马出城迎战污染环境的汉军。谁知道，这伙汉军真不要脸，司马欣还没打过去，就直接开跑。司马欣见汉军这么弱，立马决定追击，非要把这伙汉军给灭了不可。结果，表面上看司马欣一路追击砍杀了不少汉军，好像楚军所向披靡一样，实际上司马欣掉进了汉军的包围圈。司马欣发现上当了，想要逃跑，可是他武功不过关，直接就被活捉了。最终这一战汉军大胜，杀死了不计其数的楚军，同时乘胜追击，一举夺下成皋城。

刘邦拿下成皋城，但是一点不敢大意，他知道项羽很快会回来，于是把成皋城抢掠一通，把物资啥的通通带走，然后便放弃了成皋。

项羽因为刚刚灭了彭越，又与他心爱的灵儿久别重逢，心里那是乐开了花，可是没想到被刘邦恶心了一下。他正跟灵儿浓情蜜意吹嘘着自己的赫赫战功，结果却是传来成皋失守的消息。项羽面子挂不住了，谁要是让他在女人面前丢脸，后果非常严重。正所谓生死事小，面子第一，所以项羽也就没有再等些日子，如果他再等些日子，估计真彭越就会出来了。毕竟彭越是诈死，但是如果久久不露面，别人以为彭越真死了，那就没有号召力了。而他刚死不久出来，还能搞封建迷信说自己能复活，赶快加入他彭越旗下，分分钟领悟复活神技。正所谓不管好人坏人，能忽悠别人为你卖命干活那就是神人。

刘邦在项羽赶来前，集合关中大量兵力包围荥阳城，想要将进攻成皋的套路故技重施，然而守将钟良却是坚决不受环境影响，坚决等待项羽，刘邦一时没了办法。这个时候被抓来的司马欣却想要建功立业，吹牛说自己跟钟良感情好得穿一条裤子，只要刘邦派他去，他一定能说服钟良不忠良。刘邦见司马欣信誓旦旦，就让司马欣立下军令状，如果不能策反钟良就把他脑袋砍了，于是就任命司马欣当使者，前去荥阳城劝钟良不忠不良。

令人啼笑皆非的是，司马欣就是个极其不要脸的人，他见到他的好兄弟钟良，那是一把眼泪一把鼻涕，控诉着刘邦对他的侮辱与虐待，并且因为他刚打了败仗，所以认为汉军太厉害了，荥阳城肯定守不住，只能靠弃城跑路才有日子过。

钟良其实心里也憋屈，他作为武将却不能上战场，原本就觉得汉军乌压压一片围城，死守守不住，现在一听司马欣把汉军说得那么厉害，神出鬼没似的，更加觉得应该以保存实力为第一要务，毕竟只要有兵，城池迟早会回来。于是让刘邦意想不到的操作就出现了。刘邦原本以为钟良会死守荥阳，结果万万没想到荥阳城城门居然自己打开，楚军如同潮水般涌出。此时正值中午，汉军正吃饭，楚军突然来这么一出，光天化日之下弃城而逃，根本不跟汉军交战。

汉军上前进攻，楚军立马换方向跑，最终跑到山里彻底没了影子，留下了目瞪口呆的汉军和空空如也的荥阳城。

项羽的作战风格便是兵贵神速，在路上就接到了钟良的请罪书，毕竟弃城而逃违反了当初项羽的命令。项羽没想到荥阳也丢了，不过思考过后，立马决定让钟良掉头进攻刘邦，而他则会突然出现，援助钟良。

于是，刚刚逃走的钟良居然又回来了。刘邦想也不想直接开战，想着趁项羽不在多消灭楚军。就在双方杀得难解难分的时候，一声怒吼传来，项羽手持方天画戟杀了过来。项羽率领的骑兵如同一把利刃直插刘邦部队的胸膛，刘邦的兵已经形成了项羽恐慌症，见到项羽来了，士气立马跟抛物线一样下落。刘邦也是一样的，赶紧下令："打不过就跑，保存兵力要紧！"于是乎他自己也跑了。论跑路，刘邦从没输过。

战斗结束后，司马欣与钟良都去项羽处请罪，钟良还特意写了请罪书。司马欣没想到的是，钟良搞的请罪书居然有用，项羽原谅了钟良弃城而逃的举动。司马欣心中暗想，你个武将会写请罪书，我个文臣难道就不会写？我要让你看看什么叫专业。于是他连夜起草了一封文采飞扬、感人肺腑的请罪书，第二天更是学着负荆请罪里面的廉颇一样，去向项羽请罪。司马欣心想，我可是读过书的人，负荆请罪这个梗没人比我熟。

第六十九章　偷天换日

可是司马欣万万没想到的是，钟良的请罪书管用，是因为他保存了有生力量，并且跟项羽一起打跑了汉军，夺回了荥阳城，可以说是将功抵过了。项羽可不是蔺相如，他一见司马欣这样，直接就拿起荆条来猛抽。项羽正气愤，因为他刚打了胜仗准备跟灵儿吹嘘一番，结果又被打脸，后方传来彭越复活的消息，而且彭越复活后由于搞迷信，反而投奔者更多了，他项羽不光做了无用功，而且还让原先的平民百姓彭越有了传奇色彩，这哪是打仗？这分明是雪中送炭！项羽正满腔怒火无处发泄，现在司马欣居然主动送上门来，他当然要打，狠狠地打！

司马欣没想到项羽根本不吃这套，压根不看他写的请罪书，直接就是给他一顿抽，把他个文人抽得鲜血淋漓，跟杀猪似的叫唤不停。项羽一边抽，一边骂："你还有脸回来？我让你守城，你居然敢出城，今天我不教训你一下，以后谁还听老子的话！"

司马欣这才彻底明白，项羽不是蔺相如，现实从来不按剧本走。司马欣被项羽抽完，项羽直接说道："哭什么哭？有本事就替本王把成皋收回来，不然以后本王心情不好了就打你，大男人跟个女人一样，难怪打败仗！"说完，项羽拿起司马欣写了一晚上的请罪书，看了个开头就火大，又抽了司马欣一鞭，把请罪书扔进火炉里，骂道："写的什么东西，本王都看不懂，以后别给我弄这些文绉绉的玩意！"

司马欣内心遭受重创，回去后，想到自己哪有本事夺回成皋，暗叹自己怀才不遇。刘邦那里他回不去了，那就只剩死路一条了，总不至于活着让项羽这个粗人侮辱吧，正所谓士可杀不可辱！

项羽接下来想要收拾刘邦，可是没想到刘邦这家伙早就准备好了。刘邦连城都不守，直接跑深山老林里面，利用对复杂地形的熟悉，来来回回吊着楚军，就是不跟楚军正面交锋。刘邦跟彭越配合，彭越负责切断后方粮草，刘邦则负责把前方储存物资的城市大肆破坏，目的只有一个，彻底切断楚军供给。他刘邦就不信了，楚军再厉害，难不成还能不吃饭？

但是让刘邦没有想到的是，这次连项羽都快不吃不上饭了，他誓要把刘邦灭了，将刘邦烹而食之。楚军现在靠山吃山，没有粮草，那就挖野菜，吃野果。

刘邦被闷在山上多日，想跟项羽谈判结束战争。可是谈判就得有筹码，刘邦看到戚姬，就想到了虞姬，心想要是能把虞姬抓来，估计就能跟项羽谈判了。可是虞姬哪是那么容易抓的。这时候，刘邦平时养的那帮酒囊饭桶就起作用了。刘邦跟他们商议，这帮门客也不是吃素的，立马有一个长得相当丑陋的人站起来打包票说，一定替刘邦干成这件事。于是这个叫王昭的丑八怪就正式登上舞台。

王昭虽然丑得人见人怕，但是他很懂得关键时刻赌一把。他不想当一辈子汉王的门客，他想立功，这次只要他能把虞姬抓来，按汉王刘邦重赏勇士的性格，封侯那是一句话的事儿。

虞姬是谁？是项羽心爱的女人，但同时也是灵儿的替身。最近虞姬心情很不好，因为项羽无暇顾及她这个山寨版灵儿了。虞姬天天闲得发慌，同时也恨死了灵儿。世界上没有一个女人不吃醋，现在的虞姬天天吃灵儿跟项羽的醋，吃得牙齿都快冒酸水了。虞姬于是干脆说自己病了，哄骗项羽多来看她。可是项羽来了几次后，就发现虞姬这病奇怪，他来了就好，他走了没几天就又犯，于是四处为虞姬找名医。

王昭自然是知道这一点，他认为干吗要把虞姬绑来，从楚军中活捉虞姬，咋不直接活捉项羽？所以最好的办法就是让虞姬自己走出来，自投罗网。

正所谓，堡垒都是从内部攻破的。王昭装扮成到处游历的郎中，到了楚军营地处，对守卫说："我能治虞姬娘娘的病。"守卫好奇地问道："你怎么知道我们娘娘有病没病？"

王昭说道："你别看我长得丑，但是我医术高明。再说了，如果我长得英俊，项羽将军能放心让我给虞姬娘娘看病吗？"

守卫一想也是啊，那些长得俊朗的郎中估计过不了项羽将军那关，这长得丑的肯定没少受人白眼，能活到现在八成是医术高明，于是就放他进去给虞姬看病了。

王昭见虞姬躺在床上，就说道："娘娘，我一定能治好你的病。"

虞姬问道："我这病很特殊，你怎么敢打包票？"

王昭将自己遮面的布掀开，露出他那张奇丑无比的脸，说道："娘娘长得极美，我长得极丑，都是属于让人过目难忘。不过，人们常说，常看的地方无风景，常去的地方不新鲜，项羽将军现在已经习惯了娘娘的美，因此有些厌倦，要想挽回项羽将军的心……常言道，得不到的才是最珍贵的！"

虞姬于是问道："怎样才能让项羽得不到我，他现在可不让我跑了，看得死死的。"

王昭这时候小声道："只要娘娘穿上我这身衣服不就行了，然后直接到这个地方，有人接应你。"

第七十章 攻心为上

是啊，王昭的这身衣服为了防止别人看到他那张丑脸，那是包裹得严严实实，从外面压根看不出来里面到底是谁。

于是虞姬就傻不拉几地穿上了王昭的衣服，然后就按照王昭的指示，来到了那棵树那里，到了那里刚说出接头暗号，就被等在那的汉军抓起来了。

这下子项羽暴怒了，刘邦你怎么能玩这种无赖的手段！项羽这下想起虞姬的好了，如今虞姬被刘邦用计抓走，可算是把项羽的心头肉给割走了。项羽瞬间领悟到自己既离不开灵儿，也离不开虞姬。

刘邦这下子有了谈判的资本，跟项羽隔河喊话。项羽喊："刘邦，你把我的虞姬还来！"

刘邦喊："项羽，你搞清楚，我们现在是对手，除非停战并且把我的老婆跟老爹还来！"

项羽喊："一个换一个！"

刘邦喊："现在是你在求我，大不了今天晚上我把她烹了！"

项羽喊："你敢动虞姬一根手指，我就跟你豁出去玩命！"

刘邦喊："你现在不就是在豁出去跟我玩命吗？跟我谈，只有同意和不同意！"

于是项羽只好委屈地同意了，毕竟刘邦根本不在乎老婆和老爹，但是项羽在乎。项羽认为自己是正人君子，刘邦这么坑人，将来一定会遭报应。不过一想到可以停战，项羽还是很高兴，毕竟打了这么多年仗，尤其在刘邦和彭越的前后夹击下，楚军已经疲惫不堪，粮道也毁坏了大半，可以说已把战斗潜力压榨到了极点。

本来为到底谁先放人，估计又得撕扯几百个字。项羽说："刘邦，不是我不信任你，而是如果你不先放人，我坚决不干！"

刘邦说："凭啥我先放？你到时候反悔咋办？人和人难道这点信任都没有？"

没错，人和人还就这点信任都没有，于是最后商议来商议去，决定两边同时出发，在河中央的桥上相遇，交换完人质、签完停战协议后各自返回。

刘邦没想到，吕雉一回来就把他臭骂了一顿，因此更加不愿跟吕雉接触，越来越宠爱戚夫人。而虞姬回来后，项羽想跟她亲热，虞姬于是质问项羽："你到底是要我，还是要灵妃？"

项羽避而不答。一觉过后，项羽回答道："灵妃永远是灵妃，只有你才是我楚国的王后。"

刘邦这么多年用尽了计谋手段依旧没能打败项羽，如今他已是满头白发，脸上布满了沧桑，他打算回到关中，好好当汉王了事。可是，刘邦愿意，他手下的那些人可不愿意。跟项羽一样，刘邦若是只当王，不当皇帝，那他手下的人可以分的蛋糕就小了。主战派张良和陈平商量许久，决定亲自去劝说刘邦不要放弃，现在楚军已经到了强弩之末，汉军胜利指日可待。

张良直接就问刘邦："是汉王您年轻，还是项羽年轻？"刘邦说："这不明摆着吗？当然是项羽年轻。我刘邦之所以停战，还不是想着养老。"张良又问刘邦："您需要养老，但是项羽却不用。项羽年富力强，现在不除掉他，恐怕等您彻底老了，您觉得项羽会放弃关中这块地方吗？"刘邦说："我老了，我不是还有儿子吗？"张良说道："汉王您从战争洗礼中走过来尚且勉强应付项羽，您觉得您的儿子能对付得了项羽？为了您的晚年安详，一定要把项羽消灭了！"

刘邦还不信，张良干脆跟刘邦打赌道："项羽回去一定不会休息，第一件事就是攻打那些造反的诸侯王。汉王您想休息，项羽却不想，他天生渴望上战场。"

果不其然，项羽跟刘邦停战后，立刻掉头攻打韩信、彭越。刘邦一想到自己现在不努力，将来老了估计就是国破家亡，只好把心一横，说道："好！那就继续打吧！"

刘邦决定不惜一切代价消灭项羽，当即按照张良的计谋，开出高额空头支票，跟各诸侯宣布只要一同出兵消灭项羽，那么夺取的项羽的土地都直接归他们所有，并且连刘邦的部分土地也可以分给他们，以此号召天下诸侯共同瓜分项羽的楚国。

这下子，诸侯们纷纷觉得刘邦大度，不会跟之前帮项羽打秦朝一样，最后白忙活。于是，彭越、韩信、英布纷纷出兵。

各路诸侯倾巢出动，此时项羽只剩下二十多万人马，而诸侯联军的人数比项羽的两倍还多。项羽一边怒骂刘邦这个背信弃义的小人，一边无奈应付残局，他面对如此多的敌人，仍然认为是可以战胜的。现实很残酷，但是现实反过来就是实现，他能以少克多打败秦朝，今天就依然能把这些诸侯联军消灭。

项羽此时到了垓下城，他进入城中休息，诸侯联军很快便将这座城包围了起来。然而项羽确实神勇，几次三番从城中出来突袭诸侯联军，把诸侯联军杀得大败而逃。

此时已是秋天末尾，到处是落叶，雨滴如同剑一样刺向大地，灰蒙蒙的天空笼罩着尸横遍野的大地。诸侯们都认为现在是项羽这只老虎最虚弱的时候，现在不能把他消灭，以后不会再有机会了。

可是项羽一柄方天画戟横扫一切，没有哪个士兵将领能跟他正面对抗而不输的。再这样下去，恐怕等项羽休整完毕，就会突围出去，要是放虎归山，以后就难了。

张良心情郁闷吹响笛子，吹着吹着，一条妙计就想出来了：既然武力不行，那就攻心，人心动摇，再厉害的武功也作废。于是，又一个成语"四面楚歌"诞生了。

第七十一章 最后的夜晚

悠扬的楚歌从遥远的山丘跨过岁月之河传了过来，将黑夜的风弦拨动起来，那一阵阵音浪如楚汉命运一般，起伏不定。

项羽卸下了一身战袍，轻拂着乌骓马儿，随后走进营帐，营帐中有酒有肉有美人，一如往日。这一天跟平常的日子没什么区别，没有谁会想到丧钟将在今晚敲响。

即使目前楚军处境不是很好，然而无数次项羽不都是在逆境中翻盘的吗？这一次应该也不例外吧。

项羽在营帐中与虞姬对饮，面前的美食却是一筷子也未动。项羽此时兵力已经不足十万，而且隆冬将至，将士们思乡心切，人心浮动。

古来征战几人归，醉卧沙场君莫笑。项羽一杯酒下肚，望着面前的虞姬，万般追忆上心头，岁月如刀斩天骄！

虞姬开口道："大王莫愁！战场瞬息万变，乾坤扭转未可知。"

项羽望着眼前的虞姬说道："我已经累了，打了这么多年仗，我现在只想放下一切，跟你在乌江上泛舟，云游四方！"

虞姬说道："大王不愿打仗就别打了吧，虞姬愿与大王一同乌江泛舟！"

"砰！"项羽却是将酒杯重重砸在地上，说："想我项羽英雄盖世，怎可将天下输给刘邦小人，若是那刘邦当了皇帝，哪怕乌江水倒流，我也决不向他俯首称臣！所以我要跟他决战到底，秦朝可灭，他刘邦必死！"

虞姬一边收拾酒杯，一边叹气道："你们男人总是这样，大王还记得您曾经的誓言吗？您说推翻了暴秦就泛舟乌江，可现在呢？你灭了秦朝，然而刘邦又出来了，即使你杀了刘邦，难道过些年就不会再有别人？您忘了您在权力巅峰的时候，您并没有满足，依然随时准备出征，不知道多少人因大王您而埋骨沙场。您的悲剧在于您沉醉在不败战神的幻想中，无外乎想要打赢无数场大仗后的万人敬仰、千古留名！"

项羽沉默良久，然后说道："那就不打了，虞姬，明天我带你突围出去。"

虞姬听完却是笑了，那倾城一笑把项羽的心都快融化了。正当英雄美女打算和衣而眠的时候，楚歌声声如同潮水一般涌来，由远及近。楚歌寄托着楚人对故土的思念，也满载着楚人最根本的信仰，那便是正义与光明！

项羽做了个很短的梦，梦里他跟心爱的虞姬泛舟乌江，逍遥自在，好不快活，然而侍卫冲了进来禀报道："大王，外面传来楚歌阵阵，将士们都担心是不是刘邦已经攻陷了江东老家！"

项羽惊醒后头一次感到慌乱，江东老家可是他的心头肉，难道那里也会向刘邦投降？那可是项羽最后的精神支柱。

虞姬却是拔剑，说道："大王莫慌，今晚我们就突围吧！"

项羽穿好甲胄，说道："好，传我军令，所有人集结，让我们迎着楚歌战他个天翻地覆！"

侍卫出去后，项羽却是对虞姬说道："虞姬，刘邦的目标是我，就让我一马当先引开大部分敌人，你穿上侍女的衣服骑马直奔乌江畔，那里会有人接应你！"

分别之时，万般不舍涌上心头！

虞姬望着眼前的男人，温柔地说道："就以这楚歌为和乐，让奴家为大王舞上一曲，此舞名为《霸王别姬》！"

楚歌慷慨悲凉，虞姬的舞姿豪放动人，项羽忍不住打着节拍慷慨而歌："力拔山兮气盖世，时不利兮驹不逝，驹不逝兮可奈何，虞兮虞兮奈若何！"

项羽凝视着虞姬，虞姬明亮的双眸仿佛大海上的灯塔，无数次照亮项羽的夜晚，如今灯塔将要远去，英勇之船即将乘风破浪！

虞姬一个转身，项羽也同时背过身去，即将分别，谁也不愿说再见，然而兵戎起，战歌鸣！男儿有泪不轻弹，只是未到伤心处！

这江湖啊，多少传奇转眼烟消云散，唯有真情笑傲江湖永不变！

项羽眼角湿润，他不敢转身，纵使千万人也难挡的楚霸王，也不敌虞美人一笑倾城。他骑上他的宝马，一声"驾"便一骑绝尘消失在夜幕中，只剩下虞姬哭啼着喊叫道："大王，妾身在乌江畔等您归来！"

红尘万千，谁又等待着谁？情不知所起，一往而情深。江湖夜雨几时休，儿女情长千般愁；笑把人间春秋过，伊人憔悴为谁醉？

这一别，便是千古绝唱霸王别姬，无论前世是否有缘，我只道今生今世余生了了，在滚滚万千红尘中等你归来！

项羽冲了出去，他只想替他心爱的女人杀出一条血路，我愿意赴汤蹈火，只为赴你一约！

"我，楚霸王项羽，当世无敌！"

刘邦下达了取项王首级者封万户侯的命令，无数的兵士瞬间抱着搏一搏荣华富贵的念头上前阻击项羽，然而终究还是毫不例外成为刀下亡魂。他们是平凡人，也有在家中等他们归来的父母妻儿，他们渴望着战功卓著衣锦还乡，希望能够最后一搏给父母妻儿更好的生活。

一切荣华富贵终究烟消云散，项羽挥舞着方天画戟，将这些敢上前来的普通兵士泯灭在历史的尘埃中。谁记得他们的曾经？他们的人生虽不如项羽那般璀璨，但他们同样在人生长河里奋力挣扎过！

一个小兵，他贪生怕死苟活到了最后，也因为贪生怕死，他没有军功。如今到了最后时刻，他要来使劲了，他无名无姓，是个孤儿，他渴望最后一搏后能有个家庭。

小兵视死如归冲上前去，这一刻是他平凡人生的巅峰，他站在了自己舞台的中央，他登上了历史舞台，他要发光，如果他能干掉项羽，那他就会千古留名。

他手持长矛冲了过去，他飞快地向前，向前，再向前。终于这个小兵冲到了最前面，他已经可以看到项羽的眉毛了，浓眉大眼，跟想象中一样帅呀。

当然这不是追星现场，这是屠神之战。虽然他贪生怕死，但为了今天，他从来不肯放弃任何一个锻炼的机会，一点点努力进步。今天就是检验他这么多年奋斗结果的时刻。

双方开始交战，短兵相接，你来我往。此时此刻，武器的质量就很关键了。小兵的长矛毫无疑问是被偷工减料了，几个回合下来，枪头就没了。

还好，小兵不光会用长矛，还会用棍。项羽也没想到，这个小兵居然也敢挑战他，他原本以为他是个傻子，没想到居然还有两下子。项羽来了兴致，想要交手，没想到稍微一用力，对方长矛的尖头就掉了。

小兵继续使用长棍，疯狂地进攻。项羽一下子竟然处于下风，他仿佛遇到了一道老师上课从来没讲过的题目，这道题莫非无解？

汉军也惊讶了，想不到我汉军中居然有如此人才，能够与西楚霸王项羽单挑而不落下风，这是怎样一种奇迹？此人真有大将之风！

感叹归感叹，可项羽是谁，他这么多年什么没见过，很快就看明白了，这就是一通乱舞，哪有什么招式可言。于是他也直截了当，用方天画戟猛砸了下来。你个臭小子也敢来戏耍我，让你知道什么叫作霸王的力量！

"吧嗒"一声，棍子断了，小兵也被方天画戟砸死了。他赌输了，他被项羽干掉了。他后悔吗？不后悔，至少他出场了。多少男儿在秦末汉初的战争中殒命，他们甚至连出场的机会都没有，就悄无声息消失在历史长河中。他们的家中也有老母老父，也有妻儿，他们盼望着他们的唯一能够归来，盼望着战争能够早日结束，一家团圆永远是最重要的。

第七十二章 尘埃落定

这片战场之上尸横遍野，无人敢阻挡项羽，如同退潮一般给项羽让出了一条亡魂路。汉军兵士们脸上的表情已然被项羽旺盛的战斗力震撼到麻木，他们发出阵阵呜咽声，项羽的方天画戟依旧不断舞动，如同指挥棒般指挥着这场战斗。

依旧是楚歌阵阵夹杂着淫雨霏霏，秋风刮着刮着就刮来了刺骨寒意。楚军自从跟随项梁起兵以来，已经数十年光阴未能还乡，曾经的青年在十年征战中已被磨出满头银发，征战仿佛永不停息的哀乐，战死沙场才是唯一的解脱。

楚歌声越来越洪亮，仿佛有成千上万的人在附和。不断有楚兵感触到楚歌中的思乡之情而忍不住涕泪涟涟，勾起了内心的灵魂叩问：少年时候，参军只为搏一把富贵衣锦还乡，可如今年纪渐长，家乡已被敌人攻陷，父母妻儿沦为俘虏，那这场战争还有何意义？

通通回不去了，回不去了。江湖刀光剑影，征战不休，到头来依旧是黄河水东流到海不复还，思念的亲人啊，你们到底在何方？

楚军人心涣散，项羽见难以挽回，依旧不愿束手就擒，抱定了拼死一搏的念头，带着八百铁骑向东而去。他要去乌江边上，他算了算时间，虞姬应该已经过江了，项羽高吼道：“我楚霸王自起兵以来连战连捷未曾一败，今日诸位随我决一死战，定能扭转乾坤！”

这一声大吼震醒了沉浸在思乡情中的楚军。项羽狂飙突进，向外冲刺，汉将杨喜本想从背后偷袭，然而却被项羽雷霆霹雳般一声断喝，吓得坠落马下。项羽斩杀数十位汉将，眼见乌江就在不远处了。

然而世事难料，项羽却被一个农夫骗了。这个农夫欺骗项羽向左走，从此项羽走上了一条不归路，深陷在沼泽地里。

盼乌江，盼乌江，家在乌江畔，然而敌人已经杀到家门口了。

项羽陷在沼泽地的时候，汉将灌婴率领数千骑兵追了上来。经过一番厮杀，项羽冲出沼泽地，此时他浑身布满了血与泥，他的身边只剩下二十八个骑兵，其余兵士全部葬身沼泽地。

项羽第一次感觉到疲惫，他骑着马向前，乌驹似乎也累了。对虞姬的诺言是支撑着一人一马的唯一信念，然而后面的追兵却丝毫不肯放弃。项羽走着走着，却发现前面路旁的大石上刻着“霸王自刎之处”。

这六个大字字字诛心，项羽心里咯噔一下，那是信念破碎了一地的声音。难道老天爷真要我死？他心里瞬间凉透了，长叹一声。最后一刻，项羽依旧想念虞姬，他意识到了，就算他过了乌江又怎样，普天之下莫非王土，他楚霸王难道甘心跟心爱的女人亡命天涯了此余生吗？他知道，只要他不死，刘邦就不会安心。他杀了数不尽的人，依旧还有数不尽的追求荣华富贵的人追上来。

人为财死，鸟为食亡！

铁马冰河入梦来，在项羽的梦里，他跟虞姬在乌江之上泛舟，不再过问世间的纷扰，然而这终究只能是一场梦罢了！

面对失败和死亡，项羽表现出了真正的英雄气概，以极其悲壮的自刎死在乌江畔。没有人可以打败他，打败他的唯有他自己。

他的眼睛至死遥望着永远到达不了的乌江……

乌江潮起又潮落，数十年过去，一群孩童在江畔欢快地玩耍。这里遍地花开，美不胜收，一位老太太拄着拐杖来到这里，问这些孩子："孩子们，你们知道这些漂亮花儿的名字吗？"

一个小小少年回答道："老奶奶，这花儿叫虞美人，据说是在咱江东大英雄项羽战死之地长出来的花。我将来也要成为像项羽那样的大英雄！"

老奶奶望着这位小小少年，想起了很多年前的事儿。这小小少年多么像那个他，她仿佛看见他从轮回中走了出来，手上拿的不是方天画戟，而是一朵小红花，来到她的面前，对她说："我的虞姬，这朵虞美人送给你！"